徳間文庫

二刀の竜

志木沢郁

徳間書店

目次

第一章　栃餅の味

一

竜崎竜次郎《りゅうざきりゅうじろう》は、子供の頃から優れた嗅覚の持ち主だった。

だから、たった今師匠が自分のかわらけに注《つ》いでくれた酒の筒をいったん懐《ふところ》に戻し、もう一度改めて取り出して、自分の隣にいる尾崎七郎《おざきしちろう》のかわらけに注ぎ直した時、

――ん!?　違う！

自分のとは香りが違う、と強く思った。

竜次郎と七郎は、今から決闘する定めだった。

小さな崩れかけたお堂の前に師匠・黒鉄巌之介《くろがねがんのすけ》がいかめしく腰をかけ、二人の弟子は巌之介の目の下に並んで畏《かしこ》まった。

撫でつけ髪を長々と背に垂らし、威厳に満ちあふれた巌之介は、かわらけに口をつけようとする二人を、鋭いまなざしでじっと見つめた。

竜次郎の鼻に皺《しわ》が寄った。

竜次郎の手にしたかわらけの中身は、竜次郎にのみかろうじて分かる、微《かす》かに酸味を含んだ、甘い古酒の香りだった。

しかしすぐ隣の七郎のかわらけからは、これまた微かではあるが、何か混ざり物のある、濁った苦《にが》みのある臭《にお》いがたっていた。

竜次郎が横目で見た時、七郎は全く何も感じてはおらぬ様子でかわらけに唇を近づけ、すいと飲み干した。

「これより闘いたる二名のうちの勝者に、我が流儀の秘太刀を授け、我が娘・富江《とみえ》を与える。勝者は我が神変《しんぺん》鬼《き》岩《がん》流《りゅう》の後継となる。勝敗は、いずれかが仆《たお》れることによってのみ決する。よいな、正々堂々と、いざっ」

巌之介が大声で宣言した。

もう何も考えているひまはなかった。竜次郎もまた、中身をぐっと飲み下した。

二人はかわらけを捨て、ぱっ、ととび離れた。

白刃を抜き放ち、相対した。

ぼうぼうと生えた髪を後ろにくくった丸顔の竜次郎は、背丈の高い、逞しい身体《からだ》を持っていた。対する七郎は、無駄のない引き締まった身体つきの、きりりと男前な顔立ちをした剣士だった。

竜次郎は相手を圧倒するように剣先を上段に舞い上げ、上から見据えて鷲《わし》のような眼光を浴びせた。

七郎は、真っ当に青眼につけるや、一歩も退《ひ》かぬというように鋭い視線を下から返してきた。

しばらく不動で気合をはかった後、

「オーウッ」

と竜次郎は咆《ほ》え声を上げて誘った。ぴくっ、と小さく気を発して飛ばしたが、七郎は動じなかった。

再び竜次郎は咆え、今度はじりっと足先を進めた。

その時、七郎の肩が揺れた。しかし殺気はこちらに向かってこなかった。

――ん!?

ふと見ると、七郎の顔は蒼ざめ、額《ひたい》に粒々と汗が浮き出ていた。

――どうした？

と竜次郎が怪しんだのと同時に、

「きえいっ！」

と捨て身の気合を吐いて、七郎の方から突っかけてきた。

竜次郎は斜めにかわし、二の太刀が来るのを待ち構えた。

ところがそれは来なかった。

不安げに表情を曇らせて、七郎は何かにとまどうように刀を引いた。改めて動きを起こそうとした刹那、小さくよろめいて足もとを乱した。


竜次郎が黒鉄巌之介の弟子になってから十年。七郎の方は、ずっと別の師について修業してきた者で、巌之介のもとにやってきたのは半年ほど前のことだった。

まだ様々な剣術使いが口々に自分の流派を唱えていた頃のことで、師匠の巌之介は神変鬼岩流、というものものしい流儀名を名乗っていた。近所の郷士や、いくらか余裕のある百姓連中が主な稽古先で、内弟子は竜次郎と七郎の二人である。

巌之介の弟子としての歴は浅いものの、七郎は筋のよい剣士だった。

いまこうして向き合っていると、改めてそれが竜次郎には感じられた。

それなのに、当然踏み込んでくるべき時に七郎はそうしなかった。

何かが妙だと頭の隅では閃《ひらめ》いていたが、真剣の勝負に余計な考察の入る間はない。

竜次郎はざっ、と踏み込んだ。

蒼ざめた七郎に迫り、崖を弾み落ちる巨岩の如く跳んで、上から白刃を七郎の首筋に叩きつけた。

七郎は受け損ねた。

ざっくりと首筋に斬り込まれ、そのまま崩れた。片膝をついた姿勢で、鮮血を激しく飛ばしながら総身を震わせた。

非難の目つきで七郎は竜次郎をにらみつけ、わななく唇から、

「卑怯《ひきょう》」

という一語を投げつけて、ずるりと地に這った。

驚愕に目をみはる竜次郎の足もとで、じきに最期のけいれんが、敗者の四肢を奔《はし》り抜けた。

「それまで」

重々しく言いながら、巌之介がゆっくりと前に一歩進んだ。鉄扇で竜次郎を指しながら、

「勝者、竜崎竜次郎」

と高らかに宣言した途端。

お堂の後ろから、華やかな色彩のものが躍り出てきた。

それは、ひいいい、とかん高いつんざくような悲鳴を噴き上げながら、巌之介の脇をすり抜け、地に伏した七郎にとりすがった。若い女だった。

二

竜次郎は茫然として立ちすくんでいた。

「七郎さま、七郎さまっ」

泣き叫びながら、若い女は動かない七郎の身体を揺すぶった。

「富江、離れろ」

と巌之介が苦りきった顔で命じるまで、竜次郎はそれが巌之介の娘の富江だと分からなかったくらい、ただびっくりしてしまっていた。

するといきなり富江が起き上がり、父にむしゃぶりついた。

「取り乱すなっ」

と言いながら巌之介は、その場に富江をねじ倒した。

その瞬間に、巌之介の懐に収まった、二本の竹筒が竜次郎に見えた。

——やっぱり！

竜次郎はさっと巌之介に詰め寄った。避《よ》けようのない素早さで巌之介の懐から二本の筒を摑み出すや、思いきり地面に叩きつけた。

二つの竹筒。匂いの違う酒。

げて泣き出した。
「七郎さまに、毒を飲ませたのですねっ」
と叫んで、富江は七郎の身体に覆《おお》い被《かぶ》さり、ああああ、ああああ、と澄んだ声をあ
げて泣き出した。

——なぜそんなことをした？

疑問と同時に、何とも言えない不快感が身のうちに湧き上がってきた。

——何も七郎に毒を飲ませずとも、わしは勝てたのに。

七郎の非難の目つき。卑怯、という罵《ののし》り。

竜次郎はそれこそなきがらに取りすがって、

「違う違うっ」

と叫びたくなった。勘違いをされたまま死なれたと思うとやりきれなかった。

初めて師匠に、怒りの表情で向き合った。

「お師匠さま、これは一体、どういうことにござるか」

すると、巌之介が何か答えるより前に富江がぱっと顔を上げ、

「仕組まれたのですっ。七郎さまは毒を飲まされたのですっ」

と突き刺すように声を絞った。同時に巌之介が、

「毒などとは大げさな。少しばかり目の回る薬にすぎぬわ。りゅ、竜崎に、勝たせてほしいと頼まれたのだ」

と、本人を目の前にぬけぬけと出まかせを言い放った。

驚天動地とはこのことだった。師匠は卑怯な酒のすり替えを、事もあろうに竜次郎のせいにしようとしていた。

「頼む訳がなかろうっ。そんな卑怯なことをわしが頼むか阿呆《あほ》らしい。そんなこと頼まんでもわしは尾崎には負けやせんわい」

憎しみを込めて突き刺すような視線が、膝もとからとんできたのが分かった。多分巌之介の出まかせを、富江は信じてしまったのに違いない。

たじろいで一、二歩退《さ》がりながら竜次郎は、

「仕組まれたというのは一体どういうことなのだっ」

と富江に訊《き》いた。

「ち、父は、七郎さまをかたづけたかったのです」

泣きぬれた顔を上げて、富江は驚くべきことを言いだした。

「父には、多額の借金があるのです。その借金のかたに、わたくしを土地のあばれ者の親分に差し出そうと考えたのです。でもわたくしが七郎さまと、七郎さまと……」

そこまで一気に言って富江は恥じらった。言葉を探し、

「し、将来のことをお約束したと知って、父は邪魔な七郎さまをかたづけようとしたのですっ」

と悲壮に顔を歪めた。

「しかも、もう自分の力では、到底七郎さまに勝てないと知っていたから竜崎さまを言いくるめたのでしょう。自分はもう、すっかり老いぼれて、まるっきり弱くなってしまったから」

糾弾と軽蔑を混ぜたまなざしで、富江は父親をにらみつけ、七郎の身体を抱え上げてその血みどろの顔に自分の顔を押しつけた。

その眼光を受けて、蒼白になった巌之介は、へたへたと階《きざはし》に腰を下ろした。

「……しかしわしは、勝ったらお前さまを貰えると聞いておったんだが……」

狼狽しながら発した竜次郎の言葉に、ぞっとしたように富江が身をよじった。

それを見ただけで竜次郎はカッと身うちが熱くなった。間抜けなことを言ってしまったと思った。

無論師匠は、自分を騙《だま》したのだ。娘を与えると偽って七郎と決闘させ、仆させた。七郎さえかたづけてしまえば、そのあとのことはどうにでもできると踏んだのだろう。

土壇場で娘の気が変わったとでも何とでも言ってごまかせば、師匠の言うことだからまんまと丸め込まれるくらい、竜次郎をお人よしと思ったのかもしれない。

そうかもしれない。剣の奥儀《おうぎ》さえ伝えてもらえば、小娘の気まぐれで気が変わったと言われても、ああそうですかと呑み込んでしまったかもしれない。

計算高いやつに騙されて、憎くも何ともない相弟子を斬ってしまった。自分は知らずにやったことだし、それこそ誓いの酒をあおって、正々堂々果し合いをした……筈だったが。

——汚い！　汚い！　ううっ。

右手が思わず刀の柄《つか》を握りかけるのを、渾身《こんしん》の力でこらえた。

——こ、こんなやつを斬ったら刀が泣く。

必死に自分を抑え、しかしできごとの汚さに耐えきれず、足もとにべっと唾を吐いた。

「竜崎竜次郎、只今をもって師弟の縁をば、切らせて戴く！」

激しく宣言した。

巌之介はなけなしの威厳をかき集めたように歯を食いしばり、蒼黒い顔を精一杯いかつく見せていた。その、見かけ倒しの、見栄っ張りの、小汚い根性の見下げ果てた醜い「師匠」に、竜次郎は頭の上から言葉を叩きつけた。

すると、巌之介が目の玉をぎろりと動かして竜次郎をにらみつけ、

「師弟の縁を切る時は師匠から切るものだ。弟子から縁切りなど聞いたことがない」

と言い返してきた。

竜次郎は目を剝《む》いた。

「人に剣を教えるなら、それにふさわしい人であったらどうだ。わしは……わしは恥ずかしいわ。あんたのような人間から剣を学んだなどと、誰にも恥ずかしくて言われやせんわ。聞いたことがあろうとなかろうと、こっちから縁切りじゃわい！」

と怒鳴り飛ばすなり、走り出した。

三

山坂を、息が切れるまで走りとおした。

不快で不快で、いくら振り落とそうとしても今のできごとが汚泥《おでい》を頭から被ったように自分にこびりついていた。

途中で道が下り、草むらの向こうに川の流れが見えた。

――みそぎじゃ、みそぎ！

だっと走り寄り、何も考えずにくるくると着物を脱いだ。刀も懐中のものも無造作にそこに置いたまま、首から下げた守り袋の他は下帯《したおび》一本で、竜次郎は流れに踏み込んだ。

流れの速さも瀬の深さも何も考えずにざぶざぶと進む。

岸から少し離れると流れは急に深くなった。そこまで突き進んでいって、ずぶっと潜《もぐ》った。泡が渦を巻きながら頭の上の方へ銀色に光っていくのが見えた。

ぎりぎりまで水中で我慢していてから、ぐん、とのけぞるようにして空中に半身を押し出した。ぷはっと息をついてまたすぐ潜った。

そんなことを繰り返しているうちに、少し落ち着いて岸に向かって泳ごうとしたら、いつの間にか流れはぐっと速くなっていた。

竜次郎は流された。流れに揉まれ、身体が回転した。

もし流れの真ん中にどんと居座っている大きな岩がなかったら、そのまま下流まで流されていくうちに溺れたに違いない。

岩に叩きつけられて身体が止まった。ぜいぜい喘《あえ》ぎながら竜次郎は何とか岩の上に這い上がった。

――わしはどうかしとる。

岩の上で四肢を広げて仰向けになると、自然と泣けてきた。

ああああ、ときれいな声で泣いていた富江を思い出した。

よほど七郎のことが好きだったのだろう。富江は器量よしだから、七郎も富江を好いていたに違いない。

——人の恋路を邪魔するやつ、になってしまった。騙されたとはいえわしが斬った以上、わしが富江さんの仇《かたき》じゃなあ。

あの、怒りに燃えながら同時に冷め果てた、汚いものを見るような目。富江の怒りは、騙した父親以上に、騙されておめおめと仲間を斬り殺した竜次郎に向いていた。

くそぅ、と起き上がった。

波に揉まれ、岩に叩きつけられて、手足には無数の傷ができていた。今さらそれがヒリヒリして、自分の荒れた心にぴったりだった。

おかしなことだが、無茶をしたので少し落ち着いた。竜次郎は岸に向かって流れに踏み込んでいった。

今度は流されずに岸にたどり着いた。

だいぶ下流まで来てしまったので、濡れた身体でとぼとぼと歩いて戻ると、妙なことになっていた。

刀だけがそのままそこにあり、どういう訳か着物と袴《はかま》がなくなっている。銭入れは無論なかった。

——女か、子供か。

盗っ人は、怖がって刀だけ置いていったのだと思った。

チッ、と舌打ちしたが、もう仕方がない。

竜次郎は下帯に刀を挟んだ。相当に珍妙な見かけだがどうしようもない。

——やむを得んな。山賊といくか。

通りかかる誰かから着物を剝ごうと思った。

農家の庭先に干してあるものをかっぱらうなどはケチくさくて何とも嫌だったので、通る人間に勝負を吹っかけてやればいいと考えた。その底に、

——あんな師匠に教わった剣術だから、そんなことの役にしか立ちゃせんのだわ。

という、恨みがましいすさんだ気持ちがわだかまっている。

汚れきった気分で、竜次郎は道の真ん中を堂々と歩いた。脇道から本道に出てきて、恰好の相手が通りかかるのを願いながら、胸を張って進んだ。

まだ陽が暮れきる前だったので、街道には行き交う人の姿があった。

しかしなかなか勝負を吹っかけるにふさわしい相手が通らなかった。とにかく竜次郎は、自分より弱そうな者は相手にしようと思っていなかった。

立派ななりの武士が向こうからやってきたが、裸で下帯に刀を差した竜次郎をひと目見ると、何か用を思い出したような顔をしてそそくさと回れ右をして去っていった。

そういう者は相手にしたくなかった。

豪傑らしく見える髭《ひげ》もじゃの偉丈夫《いじょうふ》が近づいてきたので、

——しめた！

と思い、道をさえぎって声をかけようとしたら、何と向こうから、腰をかがめ加減にすすすす、と小走りに近寄ってきて、豪傑ふうはいとも小声に、

「勝負か？」

と語尾を上げて訊いてきた。

その言動に竜次郎は呑まれた。つられて自分もつい小声に、

「おお、そうじゃ」

と言い、気づいて、

「そうじゃ、勝負じゃ！」

とがなった。

「勘弁してくれ、わしは嫌じゃ」

と言いながら、豪傑ふうは素早く懐中から袋を取り出すと、その中身の何か小さなものを竜次郎におしつけた。そしてこれも勢いで竜次郎が思わず受け取ると、ぴゅん、と音が出そうな速さで豪傑ふうは走って逃げていった。

四

竜次郎は手の中を見た。どうも銀の小さな粒らしい。これまでに見たことはなかっ

たがそうだろうと思った。

——ひええ。

竜次郎は肩をすくめた。

——なるほどなあ。世に追剝ぎの成り立つ理由だ。いろんな人間がいるものよ。

仕方がないので強奪してしまったことになった銀を、元結《もとゆい》で括《くく》った髪の根もとにぎゅうぎゅう押し込んだ。これでまず、何とかなるだろう。

十年も修業をしている間、竜次郎は剣技のほかは何も体験していなかった。今日は朝から、いやというほど人というもののいろいろな面を見た。しかしそれも、今の竜次郎の気分では、いい方に作用はしなかった。自分はこれまで何を見てきたのだろうと思い、知っていたつもりの世の中というところが、何やら臭気を放つ古沼めいたところに思え始めた。

とその時、遂に恰好の獲物が通りかかった。相手は三人だったが。

元結できりきりと、何寸も髪を高く巻き上げてその先をしっぽのように垂らしたやつと、伸ばして括った髪をぐるぐると、頭の上にとぐろを巻かせたやつと、地肌の血の筋が見えるまで丸刈りにそり上げたやつである。

三人とも、地面にひきずりそうなばか長い刀を差し、袴はなくて、女の着物かと思うような派手な柄《がら》の着物をまといつけていた。だらしなく着て、短かい裾から毛脛《けずね》が出ている。その着物は気に入らないが、叩きのめす獲物としてはちょうどいい。

竜次郎がのこのこ近づいていくと、きゃはっと奇声を上げ、向こうも寄ってきた。

竜次郎の風体《ふうてい》を、ひと目で同類と認識したらしい。

「なんじゃお前は！」

丸刈りが真っ先に怒鳴った。

「勝負しよう、勝負」

面倒臭くなって竜次郎は雑に言い放った。

「勝負!?　わしらとやる気か」

「お前頭がどうかしとるんか。……まあその恰好見たらそうかしれんが」

と、とぐろ巻きに言われ、

――自分たちこそ珍妙な恰好をひけらかしているくせに！

と思いながら、

「いいから！」

と怒鳴りつけるや、竜次郎はぱっと距離をとった。

「一番強いやつでも三人まとめてでも何でも構わん。わしが勝ったらおまえらの着物をもらう」

また男たちの口から、きゃははという声が噴き上がった。

「裸の追剝ぎか。こいつ、わしらから勝つ気だとよ」

「いかれたやつじゃのう。おおかた、自分こそ誰ぞにひん剝かれたんじゃろが」

「命を粗末にしたら不可《いか》んが」

どうやら真ん中の、しっぽのように髪を垂らしたやつが一番できると竜次郎は踏んだ。いま命を粗末にするなと説教がましい口調で言ったのがそれだった。身のこなしと落ち着きが、そいつが一番ましと告げている。

真っ先に怒鳴った丸刈りが、最も自信のないやつのようだ。両腕を開き加減に、いつでも刀を抜けるように身構えているのだが、腰が据わっていないからすぐに身を翻《ひるがえ》して逃げそうに見える。

とぐろの奴は可もなく不可もない程度、と読んだ。油断なく身構えているが、目は落ち着きがなく呼吸がせわしい。

竜次郎は抜刀した。

その構えを見て、しっぽのやつの表情が引き締まった。ところがそいつは、丸刈りに向かって、

「まずは源左《げんざ》、行け」

と命令した。

源左と呼ばれた丸刈りは、確かに口の中で小さく、

「えっ」

と言った。小刻みに震えながら刀を抜いたが、竜次郎が一歩踏み込んで、

「うおっ」

と気合をかけると、ひっ、と腰が引けて刀を取り落としそうになった。

「お前の刀、寸が合っとらんぞ。力もないのにそんなもん、やめときや」

長刀を使いこなすだけの技も鍛錬もないのは一目瞭然だった。

「大体、真ん中で威張ってるくせに、子分から行かそうとするとは、情けない親分じゃな。源左、お前もこんなやつ、見限ったがましじゃぞ」

竜次郎は今聞いた名をわざと使って、嫌味《いやみ》を浴びせた。

怒りに顔を歪めたしっぽが、

「きええええっ」

と怪鳥《けちょう》の叫びを上げながら、抜きつけに打ち込んできた。こちらは何とか長い刀をうまく扱っていたが、竜次郎は余裕をもってかわした。

「面倒臭いな、いっぺんに来たらどうじゃ」

――さっさと決めんと、着物が傷《いた》むわな。

当然ながらあちこち斬りつければ着物が裂ける。それは嫌だから、竜次郎は、

「うわわわああ」

と決死の覚悟の声をあげて突っ込んできた丸刈りの手もとにとび込んで、その腹を蹴り飛ばした。が、身を翻しざまに逆側から突っかけたとぐろの男の肩口を、思わず鮮やかに突いてしまい、血を噴かせてしまった。

——ああしまった。

と竜次郎はしかめ面をした。とぐろの男の肩からあふれ出した血が着物を汚した。

男は、

「はうああっ」

と空気の抜けるような声をたててその場にへたり込んだ。

しっぽの男が再び奇声と共に踏み込んできた。初めて刀があい触れ、ぎゃりんと嫌な音がした。

「お前これだけの腕があったらどこぞに仕官でも叶《かな》うじゃろに、ぱっとせん子分引き連れて街道でよたっとるのか、もったいない」

言いながら竜次郎は相手を押し離し、自分の間合いで踏み込み、瞬間に手首を使って男の細長く立てた髷《まげ》をすぱりと斬った。しっぽが宙を舞った。

「勝負はあったじゃろ。早う着物を脱げ！」

しかし髷を斬られて逆上した相手は、怒声を放ちながら遮二無二《しゃにむに》攻め込んできた。

「たわけじゃな。退きどきを知らんやつ」

竜次郎が大きく振りかぶってしっぽの息の根を止めようとした時、

「ま、待てっ」

と震え声を出しながら、丸刈りの男がいつの間にか脱いで丸めた着物を、這うようにして差し出してきた。

「こ、これでええやろ。さっさと去《い》なんかい」

「おー、親分は情けないが子分はええやつじゃ」

竜次郎は丸刈りの着物を受け取った。だいぶ薄汚れた、祭りの装束のような紅白の大きなうろこ形模様の着物だった。

「ついでに草履《ぞうり》もよこしや」

と言うと、丸刈りはおとなしくそれもよこした。

取りあえずそれに竜次郎は足を突っ込み、着物さえ手に入ればこんなやつらを相手にしているのはまっぴらだとばかり、くるりと背を向けた。

すると、数歩も行かぬうち、しっぽを失くしたしっぽの男が、

「くらええっ」

と叫びながら、背後から打ちかかった。

流れるように鮮やかに、竜次郎は相手を見もしないで白刃を横に振るった。胴中をしたたかに薙《な》がれて、男の動きが止まり、声もたてずにその身体が前のめりに倒れた。

「お前ら二人で命を大事にせえや」

丸刈りととぐろに言い残して、小脇に着物を抱えた竜次郎はすたすたとその場を離れた。

五

——ああ、嫌だ。

こんなもの、裸とどっちがましじゃろか、としばらく思案したが、人一人を斬ってまで手に入れた着物だからと思って、着た。

たちまち、もとの持ち主の臭いが竜次郎の鼻にきた。

——不可ん。

川に引っ返し、着物を水に浸して洗い、濡れたままま[sic]といつけた。

七月のあたまで、まだ夜になっても寒くはなかった。降るような星のもと、濡れた着物を乾かしがてら、竜次郎は人里とは逆の方にぶらぶら歩いていった。

——剣の道って、何なんじゃろ。

竜次郎の家は、半農半武の郷士である。昔は殿さまに仕《つか》える料理人であったが、何代か前にそれはやめて、野《や》に下ったと聞いた。

裕福ではないが、土地を少し持ち、使用人もそれなりに使い、構内に厩《うまや》の一つもあるという生まれである。

まだ父は存命だが、家は長男の申一郎《しんいちろう》が既《すで》に継《つ》いで、立派に守っている。兄・申一郎は竜次郎とは対照的な堅物で慎重派で、そのうえ研究熱心で、ただ田畑を持っているだけでなく、稲やら麦やらのことを年がら年中思案しているような人である。立派すぎておよそ苦手な兄だった。

父は剛右衛門《ごうえもん》と言って、名前のとおりの剛直な人だった。兄の真面目なところは間違いなく父親譲りなのだろう。

竜次郎の落ち着きのなさは、誰からのものか分からないが、時々意固地《いこじ》で反抗的になるところは父の血がねじれて伝わったかと思う。

父は別に、無道《むどう》なしうちなどはしたことがない人だったが、竜次郎のことを好きでないのは何となく伝わってきた。

一族に一人くらい仏門に入るのは後世《ごせ》のためにもなる、と親族が竜次郎の身の上に関して真顔で話しているのを漏れ聞いた時、竜次郎は、

――寺なんか放り込まれたら、わしは息が詰まって本当のお陀仏じゃ。

と真剣に思い、ほとんど家出同然にとび出して黒鉄巌之介に弟子入りした。

十五歳の時だった。

堂々たる体軀《たいく》に撫でつけの髪を垂らし、近隣の郷士などに稽古をつけている巌之介は、竜次郎の目に眩《まぶ》しく、憧れの的だった。

田舎剣術とはいえ、時々流れてくる道場破りの剣客たちと竜次郎や七郎が立ち合って、ほとんど負けたことはなかったのを思うと、神変鬼岩流・黒鉄巌之介はそう悪くない剣術使いだったのではと思う。

竜次郎や七郎のことも、うるさい口こそきかなかったがちゃんと稽古もつけ、時にはびしびしと指導を加えた。

時々は酔い潰れて富江の手を煩《わずら》わせたりしていることもあったが、それも師匠のお高くとまらないところだとむしろ温かみに感じていたくらいだった。

要するに自分は、黒鉄巌之介を尊敬していたのである。

——それがあの仕打ち……。

——剣の道って、何なんじゃろ。

自分はこれまで、剣の修業は即、自分という人間の心胆を練り上げることだと信じ込んでいた。

——だってそうでなければ、ただの人斬り……人殺しの技になってしまうだろう。

わしは父や兄によう似とるんじゃなあ、としみじみ思った。根が堅物の自分は、剣を磨きながら、それがただの人斬り、人殺しの道だとは思わずにこれまで来て、自分の尊敬する師匠から、思いきり足をすくわれた。

——なんか座禅のまねごとをしたりもしたっけが。

大体、巌之介自身も二言目には、

「剣はそれ心魂を練るの所以《ゆえん》なり」

とか何とかのたもうていたのではないか。

何でだか知らないが多額の借金を背負って、それを帳消しにするために娘をいわば売りつけて、手塩にかけた筈の弟子がその邪魔になると知るやさっさとかたづける気になり、自分では勝てないのでもう一人の弟子をまんまと嵌《は》めて殺させた。

——くそお。なぁにが心魂じゃ！

あんなやつでもそれなりの師匠になれるなら、そんな剣の道とは一体、何であるか。頭の中で問題をひねくってても答えは出ないと知っていた。答えを探すには時間がかかるだろう。

いや、何も外側に答えを探さなくてもいい。たとえば自分はどうだ。自分は十五の歳《とし》から剣だけに打ち込んで、剣を磨くことは自分を磨くことで、でも自分の「心眼」は自分の鼻ほども利かないで、まんまと奸計《かんけい》に嵌まり、相弟子を斬ってしまった。兵法者として考えれば、騙された自分が悪いということになり、

「まだまだ未熟じゃ、わっはっは」

となって、いよいよ剣の道に打ち込むのか？

──それはもう嫌じゃ！

ああもう！　と暗い夜道に咆哮した。

──大体、今日のことだってそうじゃった。

三人の与太者《よたもの》のうち、一番腕が立って親分を気取っていたしっぽ髪の男は、先頭に立たずに他人をそそのかしたり、かと思うと怒りに任せて後ろから斬りかかってくるやつだった。

最も剣にうとく、びくびくしていた丸刈りの源左が、結局自分から動いて事を納めようとし、着物を差し出してきた。

──あれは臆病でも腰抜けでもなかったんじゃな。

仲間のしっぽ男が斬られそうになったから、源左は自分にできる精一杯のことをやったのだ。

──ああ嫌だ。

くそう！　と喚《わめ》きながら抜刀し、夜気を鋭く切り裂いた。星明かりを映《うつ》して閃く白刃の輝きは、少しも竜次郎の気持ちを鎮めてくれなかった。あまりにも不快で、このまま崖の上から谷底にとび降りてやろうか、と思いさえした。

竜次郎はふらふらとあてもなく歩き続けた。

黒鉄巌之介はどこかへ出ていったきり、屋敷に戻っていなかった。

道場に運び込まれた尾崎七郎の遺骸を前に、富江は凄いような蒼ざめた顔を凍《こお》らせて固まっていた。

するとそこに、七郎の弟だという、尾崎八郎《はちろう》が案内されて入ってきた。

八郎は、生き写しと言いたいくらい兄に似ていた。

富江は呪縛から解かれたように身じろぎ、両眼から涙をほとばしらせた。喘ぐようにすすり上げながら、

「竜崎竜次郎という者が七郎さまの仇です！」

と叫んだ。

騙した者は富江の「父親」だった。本能的に富江は、父に関する部分について言葉を濁し、薄め、怒りと恨みを全て竜次郎の上に載せた。

「本人は、父に騙されて何も知らなかった様子をしていましたが、それが本当かどうか、分かるものですか」

と八郎に訴えた。

「このようなことを申すも恥ですけれど、竜崎は、わ、わたくしに邪心を抱いていたようでしたから……」

言いかけて富江はまた涙にくれ、両の袂《たもと》を顔にきつく押し当てた。

「そ、その者、竜崎竜次郎という者が、兄の仇にござるか」

蒼白になった八郎が、唇を噛みしめた。

「そうです。竜崎竜次郎が、兄上さまを斬り殺した仇です」

と断言して、疲れきりやつれた美しい顔を、富江は袂から離し、想いを込めて八郎を見上げた。

六

どれくらいの間、彷徨《さまよ》っていたのか。

竜次郎にはほとんど記憶がなかった。ただ闇雲に歩き回り、時折川の水を飲み、疲れきると崖下のくぼみに身を寄せて気絶するように眠った。何ならそのまま息絶えてしまってもいいくらい落ち込んでいたが、そうはならずに朝が来ると目が開いた。

そして、多分二日やそこいらは経《た》っていたと思うが、その日、目が開いた瞬間に、それまでしばらくの間感じていなかった強烈な飢えを、竜次郎の胃袋は鋭く感じた。

ふらふらと立ち上がり、本能の命じるままに歩いた。多分、自分ではそれと意識せずに空気を嗅《か》いでいたのだろう。茂みに分け入り、細い道をみつけてたどっていくと、そこに小さな石の地蔵が三体ほどあり、その前に、いま供えたばかりらしい餅《もち》が幾つか、葉っぱの上に盛ってあった。

黍《きび》か粟《あわ》か、何だか分からないがうっすら色づいた混ぜものの餅だった。

津波のように口中に唾《つば》があふれ、腹の中に虎でも棲んでいると思うほど凶暴な食い気につき動かされて、竜次郎は両手を突き出すや、餅をつかみ取った。

危なく喉《のど》に詰まりそうなほど大きく嚙みとり、目を白黒させたものの何とか呑み込み、ひと息つく間も惜しいようにまたかぶりついた。

――はああ。うまい。

この、香ばしく懐かしく少しばかり苦みを帯びた味。夢見心地になりそうな糯米《もちごめ》の甘さに混じる、その微かに灰を連想させる苦みの味わいが、竜次郎の身をよじらせた。

――う・ま・い。

知らないうちに涙が流れてきた。竜次郎自身は、呑み込むのに苦労したせいだと思っていた。

瞬《またた》く間に全部食べ終えてしまい、あっと気づいて竜次郎は深々と石の地蔵に頭を下げた。

「えらいすまんことで。お地蔵さんの召し上がりもんを横取りしてしまったが、許してやって下され」

手を合わせて詫びを言い、そこを離れて川の水を飲みに行った。

たらふく水を飲むと、やっと落ち着いた。

竜次郎は水辺にしゃがんで、しばらく川の水をもてあそんでいた。

――生きておればこそ、腹が減って、腹が減ればこそ、あんなにもうまいと思ったんじゃ。

あれは栃餅《とちもち》だったな、と思った。栃餅は、栃の実のあくを抜くために何度も清い水にさらし、次には灰汁《あく》につけてさらに灰を入れて何日も寝かせ、また洗い……と、とてつもない手間をかけて作られる。真っ白な米の餅などというものはお殿様が召し上がるもので、下々の者はそこに何か混ぜて量を増さねば皆にいき渡らない。

だからあの苦みは貧しさの味だったが同時に、そのままでは食べられない栃の実を、手間暇かけて食べられるようにした知恵の味でもあり、生きる努力の味でもあった。

「よく考えたら……」

と竜次郎は声に出して呟《つぶや》いた。

「他人の下劣をわざわざ気に病んでどうするんじゃ。そんなことで自分の命を粗末にして堪《たま》るかい」

自分の剣を磨き上げた人があんなつまらない人間だったとは幻滅そのものだが、それに引きずられて無闇にとび降りでもしたら、むしろ一生の笑いもので終わる。

また水をすくって飲んだ。

誰かの作った餅で、竜次郎の命の綱《つな》は切れずに済んだことを思った。

――剣の道は人を殺すが、食いものの道は人を生かすなあ……。

「あー、決めたっ。わしそっちの道に行くと決めたっ！」

と叫びながら勢いよく立ち上がった。

しばらく思い出したこともなかった曾祖父《そうそふ》の、毛の抜けた薄い頭と、耳の下から顎《あご》にかけて流れるように生えていた白い髯《ひげ》の顔がくっきりと浮かんだ。


まだ三つ四つの頃だった。

ある時、竜次郎が手にした餅を振り回し、

「葉っぱ、葉っぱ！」

と騒いでいたら、叱りつけようとする父を制して、曾祖父の宗左衛門《そうざえもん》が、

「何だ、どうしたのだ、竜や、分かるように言ってごらん」

と訊いてくれた。

それで竜次郎は庭にとび降り、とたとたと走っていって笹の葉をむしってくると、

「これ」

と突き出した。

「それがどうしたのだ」

と父が苦りきって言ったが、曾祖父は台所の者を呼んで、

「この餅はどのようにして届いた」

と尋ねた。

「はいあのう、笹の葉にくるんでござりましたが、奥方さまが剝いてお出しするようにと仰せでございましたので、そのように致しましたが」

台所の者はおそるおそる答えた。

竜次郎はその時、曾祖父の膝に抱き上げられた。

「竜は何で分かった？」

同じ匂いがしたからだ、ということを言葉で説明できた覚えはない。でも竜次郎は、笹の葉の匂いを知っていたし、手に取った餅から同じ匂いがしてきたのだ。

その日から時々、竜次郎は曾祖父に呼ばれてはいろいろなことを試された。同じ野菜でも包丁の良しあし、切りようの違いではっきり味に差がつくことなど、分からぬままに竜次郎は言い当てた。

宗左衛門の父が、料理人を辞めて郷士になった最初の人だった。

宗左衛門は父親に従ったが、もともと鋭い味覚を持っていて、本当は料理人の道を継げなくなったことを惜しんでいた。

若くして亡くなった宗左衛門の息子も、忘れ形見の孫・剛右衛門も、別段そう抜きんでた舌の持ち主ではなかったが、曾孫《ひまご》にそれは伝わっていたのだと思うと、宗左衛門にも特別な思いがあった。

それから折に触れ、宗左衛門は竜次郎を連れて出てはいろいろと美味《おい》しいものを食べさせた。

「家では、うまいまずいは言うなよ」

と竜次郎の父をはばかって曾祖父は教えたが、同時に、焼き魚一つでも、まずはそのまま焼いたもの、塩を振って焼いたもの、同じ魚を軽く干したもの、などと比べて味をみさせ、竜次郎の舌を鍛えた。

竜次郎が家を出て巌之介に弟子入りする二年ほど前に宗左衛門は亡くなったが、亡くなる前に竜次郎に、

「せっかくの天与の舌を鈍らすな」

と言葉をかけてくれた。

でも、剣の道に進んだから、竜次郎はその言葉を忘れこそしなかったものの、いわば胸中に秘めてあった。

それが今、おのずと蘇《よみがえ》ってきた。

――これも何かの縁《えん》かしれんな。

栃餅が宗左衛門を思い出させ、曾孫に生きる道が示されたようなものだった。

——途中ちっと飛んどるけども、わしがその道は継いで見せますゆえ。

と天を見上げて竜次郎は誓った。

七

そうと決まれば早い方がいい。

——味の道の修業をするなら、京の都じゃ！

と竜次郎は即座に思った。うまいものは都に集まってくる。腕のたつ料理人もそこにいる。

今いるところがどこなのかいま一つよく分からなかったが、とりあえず街道に出れば何とかなるだろうから、そちらと思われる方向に歩いていった。

やがて大きな道に出たので、竜次郎は通る人をつかまえ、そこがどこなのか訊こうとしたが、誰も相手にしてくれなかった。

がっかりして道の真ん中に突っ立っていると、道端に休んでいたらしい物売りの爺《じい》さんが、

「もしもし」

と声をかけてきた。

これ幸いと近寄ろうとした時。

竜次郎の背後から、

「あっ、いたっ！」

という大声が聞こえた。

振り向くとそこに、黒鉄巌之介の下僕の吾助《ごすけ》と、何人かの男たちと、そして尾崎七郎の幽霊としか思えない男が血相を変えて立っていた。

こちらを指さしながら、大声を出したのが吾助だった。

男たちが走り寄ってきた。

——尾崎の……兄弟か。

同じように小柄で、引き締まった感じの男——顔立ちは尾崎七郎そのものだったが、記憶の中の七郎より、一つ二つ年下かもしれない。それでも竜次郎はぞっとせずにいられなかった。

「その方《ほう》が竜崎竜次郎か！」

——ひえっ、声までそっくりか。

こうなったら仕方がない。逃げも隠れもせんわい、と向き合い、

「わしが竜崎竜次郎じゃ」

と名乗った。

「身に覚えがあろう。それがしは尾崎七郎の弟・八郎じゃ。その方、卑怯な手口で七郎を仆した竜崎竜次郎に間違いないな。ここで出会ったは神仏のお引き合わせ。七郎の恨みを思い知るがよい！」

叫びながら八郎は抜刀した。

──うーん。

相手をしたくなかった。

──幽霊を斬るのは御免じゃ。

実は、七郎と比べると八郎の腕ははるかに未熟だと思えた。腰の引けた構えと、頼りなく震える手もとで一目瞭然であり、そこだけは七郎とはまるで似ていなかった。

「あのな、尾崎さん、わしは卑怯なことなんぞしてやせんが」

「やかましい。言い訳は要らぬ。おとなしく首を差し出せ」

多分富江から、いろいろ吹き込まれてきただろう。竜次郎の腕が立つことも知っているだろう。それに立ち向かうにはあまりにつたない八郎の技である。

「ええい、抜け！　抜かぬか！」

血を吐くように声を絞りながら、八郎は未熟者特有の大胆さで前に突き出した白刃を頼りに、遮二無二突っかけてきた。

同時に、八郎の家来たちが刀を抜いた。

竜次郎はなお刀に手をかけなかったが、その時ふと、まだ道端にじっとしていた爺さんのかたわらの天秤棒に気づいた。

竜次郎は爺さんのもとに駆け寄り、

「これ貸してくりゃあ」

と叫ぶなり棒を取り上げた。

相手からこれ以上四の五の言われるのが面倒でならないと同時に、何を説明したところでまず間違いなく聞き入れてはもらえないだろうと思ったので、竜次郎は棒を振りかぶるなり八郎の家来たちのただ中に踏み込んでいき、

「うりゃああ」

と叫びながらぶんぶんと棒を振り回した。

闇雲に振り回しているように見えても、竜次郎の足さばきは鍛えに鍛えた正確さと鋭さを持っていた。たちまちその棒先が、目前の一人のあばらを激しく殴打した。

ぐふっと息を漏らして、叩かれた男は刀を放り、うずくまって身を丸めた。

「なぜに刀を抜かぬ。それがしを愚弄するかっ」

八郎は涙を流して絶叫した。

刀の重さに引っ張られるように、八郎は間合いも何もろくに計らず突っ込んできた。

やや半身になって八郎を待ち受けた竜次郎は、相手の刀尖《とうせん》が迫ってくるその瞬間を捉《とら》えて、すっ、と間合いを軽く詰めるや、八郎の振り下ろす刀を棒ですくい上げ、しなりを効かせてはね上げた。

あうっ、と八郎の口から叫びが漏れた。刀は八郎の手を離れて虚空に舞い上がった。もしそこでもう一歩竜次郎が踏み込み、棒を使えば、八郎は敢《あ》えなく打ち据えられ、叩きのめされてしまっただろう。

竜次郎はそうはせず、飛竜の素早さで棒を繰《く》るや、その先端をぴたりと八郎の鼻先に突きつけた。

「いっくら助っ人を連れてきても構わんけど、その腕ではわしには触ることもできんで、尾崎さん。いろいろ事情のあったことなんじゃ。わしが七郎さんを斬ったのは事実やから、恨むならそれも仕方ないけんど、わしは正々堂々立ち合うたばっかりなんじゃ。……まあ言うてもせんないか。とにかく今日のとこはもう諦めさんせ」

竜次郎は棒を手もとに引くと見せつつ、八郎の胸板の真ん中、最も衝撃に強いところを見定めて、軽く突き当てた。

十分に手加減した一撃だったが、八郎は大きく後ろにふっ飛んで尻餅をついた。

周りの男たちも気を呑まれて、もはや突っかけてはこなかった。

竜次郎は棒を片手に爺さんのかたわらに戻ると、

「あんたのお蔭で無益な殺生《せっしょう》せんと済んだわ」

と礼を言い、

「世話になりついでに、ちょっと一緒に来て、いろいろ教えておくれんか」

と頼んだ。

結構血の気が多いらしい爺さんは目を輝かせて竜次郎を見、

「お見事でやんした」

とほめ、身軽く立ち上がって、

「あっしで良ければ、いくらでもお役に立ちますよ」

とうなずきながら請け合った。

八

数日後。

街道の端に、妙なものがいた。

むしろを敷いた上にどっかりと座り、後ろに墨黒々と「天下一味勝負」の文字を記した大きな旗を立てている。

竜次郎であった。

いくらいだった。

竜次郎は胸を張って、往来の人を眺めた。ほとんどにらみつけているといってもい

路傍の物売り爺さんは、善兵衛《ぜんべえ》といった。善兵衛は竜次郎を自身の掘っ立て小屋に連れていき、一から話を聞いた。聞き終わると、

「まあとにかく、その風体を何とかしたらよろしいんじゃござんせんか。街道を練って歩く与太者の着物じゃあ恰好がつかない」

と提言した。

竜次郎が髪の中から銀を取り出して、思いきり気前よく、

「これで何とか一式頼む」

と言うと、善兵衛は苦笑し、

「そんなものは馬とか茶碗とか、目の玉のとび出そうなものを買おうという時出すもんだ。たかがと言っちゃあ何だけれど、お前さまの身の回りにそんな御大層なものは要りません。あっしが用立てておきやしょう。気になったらそこいらで力仕事でも二、三日やって銭を作ってくれりゃあいいんですから」

と笑った。

「ああそうか。まあじゃあ、取りあえず頼む」

竜次郎はこだわらず言った。それから、

「おまはんは、東の人だな。言葉つきが」

と気づいたことを言うと、善兵衛はうなずいたが、

「そうそう、東からの流れもんでね」

と答えただけで詳しいことは言おうとしなかった。

別にそんなことはどうでもいいと思い、竜次郎はこの、何だかただの物売りとも思えない身のこなしを時々見せる爺さんに、当面世話になろうと思った。

——しがない物売り、実は大泥棒、なんてことはないじゃろか。それとも、世を忍ぶ仮の姿の東国の間者《かんじゃ》とか？

などと疑ってもみたが、まあそれでもいいと考えた。最初から得体の知れない者同士だと思えば何があっても驚かないし、これと信じて仰いだ人に裏切られるよりはるかにましである。仮に間者なら、きっと要領よく何でもうまく用立ててくれるだろう。

こうして竜次郎は善兵衛の小屋に何日かを過ごした。

善兵衛は竜次郎に、一応武士らしい小袖と袴を見つけてくれた。竜次郎は礼のかわりに、近くの小川でしじみをすくい、汁を作って進呈した。

しじみはきれいに泥を吐かせ、小屋にあった味噌玉《みそだま》を削って使った。

ひと口吸って善兵衛は、

「こりゃあ、うまいな」

と感心した。

「そうじゃろ。ちっと味を強くしたんじゃ。東国の人はその方が好みじゃそうな。昔誰かから聞いた」

多分曾祖父からだろう。生まれ故郷、生業《なりわい》、その人の気性などによって、好む味は違うということを聞いた気がする。

「出汁《だし》を引かんでも、しじみがええ味になってくれるから」

「こりゃあお前さま、随分と手間をかけなすったね」

一つ一つ磨かれたようにきれいなしじみの殻を、善兵衛は感心して眺めた。

「うん。しじみは泥を吐かせるのが大事やけんど、殻が汚れとったら汁が濁る。泥の臭いがするから、殻も筋の中まで洗うて、舐めても構わんくらいにせんとうまくない」

「この腕前ならお前さま、立派に勝負になんなさるでしょうよ」

「そうか、勝負か」

その時ちょうど竜次郎は、味の道の師匠を求めて都に行くことをためらっていた。自分を仇として、尾崎八郎が追ってきていると分かったからである。仇持ちの身では、いつ師匠に迷惑をかけないとも限らない。

──やめておいた方が、無難かの。

やめるのはいいが、ではどうやって腕を磨くのか……と考えていた矢先に、善兵衛の何気なく言った「勝負」の語がぴりりと効いた。

「あのな。頼みごとばっかりして申し訳ないけんど、わし、旗が要るわ」

「旗、ですかい？」

「うん。天下一味勝負、と書いた旗じゃ。武者修業であるじゃろ。他流試合。わし、料理の道でそれをやることにする」


こうして路傍に旗は立ち、その前にどっかりと構えて竜次郎は好敵手を待った。

が、武者修業の者は道を行き来しても、味の勝負を買って出る者はなかった。

旗を立てて二日目に、近所の茶店のおかみから、

「味で勝負なさんすお方なら、餅つきも上手《じょうず》になさりますかいの」

と訊かれて、竜次郎は茶店の裏で餅つきを手伝ってやったが、そのあとはまたひまになった。

善兵衛は黙って様子を見ていた。

それから数日後。

いい加減ただ座っているのに飽き、

――ええ考えだと思ったが、勘違いだったかの。

と思っているところへ、一人の男が現れた。

九

頭巾《ずきん》を被り、渋いが立派な身なりの男だった。

歳は五十代の初めくらいか、腰の据わった、かなりの使い手と見える落ち着いた様子をしていた。供《とも》の者を七、八人連れていたが、一人だけ気軽に離れると、すたすたと近づいてきて、じっと鑑定するように竜次郎を見た。

――どこぞの殿さま？

それにしては勿体《もったい》ぶっていない感じがする。竜次郎は鼻に皺を寄せて、こちらもじっと相手を観察した。

味勝負の旗を立てて、どんな挑戦にも応じるつもりだったが、正直、こんな整った風体の人が興味を持って近づいてくるとは思っていなかったから、少しばかりたじろぎつつ、それを見せないように胸を張った。

「天下一、味勝負、か」

面白そうにその人は旗を読んだ。

「なかなか良い文字を書く」

意外なところをほめられて、竜次郎はますますとまどいながらその人を見つめた。

「味勝負とは、どんなことをするのかの？」

「どんなことでも、お望み次第じゃ！」

馬鹿でかい声で竜次郎は朗々と返事をした。

「何か作れと言うなら、注文どおりの料理を作ってご覧に入れる。目隠しで味の見分け勝負ならそれでも結構じゃ。何でもそちらのお望みどおりの勝負をしてみせようぞ」

「ふむ」

男は竜次郎の顔を眺め回した。

「何でも望み通りか。では例《たと》えば、魚をさばいて見せろと言ったらさばいて見せる訳じゃの」

「そうとも！」

それはひと通り、宗左衛門に教えてもらっていた。骨に引っかかったりすることもなく刃をふるう自信はある。

「そうか、よしよし。だが、何も路傍で魚をさばいて見せずともいい方法がある。お前さんの技量を知るには、包丁を見せてもらえば事足りるじゃろう。天下一とやら、愛用の包丁を見せてもらえるかな?」

「あっ」

竜次郎は愕然として目を大きく見開いた。たちまち、カッと赤面し、額から滝のように汗が流れ落ちた。

——包丁!

相手の言うことはすぐに呑み込めた。剣術の腕前を知りたかったら差料《さしりょう》を見ればいい。帯びている刀は持ち主の腕をそのまま語る。料理人なら包丁がそれに当たるだろう。

「ううう……」

「どうした? 何を驚いている。……まさか、自分の包丁を持っておらぬのかな」

「あうう……」

男が頰を引き締めた。

「武者修業で立ち合いを挑むのに、相手に刀を借りようとする者はあるまい? 味の勝負をするのに、自前の包丁を持たぬとは不心得じゃな」

「まっ!」

竜次郎は腹の底から叫んだ。

「参りましたっ!」

叫ぶと同時に、ぴょんと座り直して地面に手をつき、額を地面にすりつけた。そしてまた、ぴょこんと起き直ると、大急ぎで旗の布を棹《さお》からむしり取り、くるくると丸めるや、疾風《しっぷう》の如くその場から走り去った。

男は興味深げに竜次郎の走り去った方向を眺めていた。

「あれは、何でございましょうか。気の触れた者でもございますか」

その時になって近寄ってきた家来たちが、男に尋ねた。

「天下は広いのう。街道とは面白きところなり。清新の気脈は街道にあり、じゃな」

男は呟くと、家来たちに囲まれて悠然と去っていった。

しばらくすると、天秤棒を担いだ善兵衛がその場に現れた。

いると思った竜次郎の姿はなく、ただ棹竹が一本、路上に落ちていた。

「何があったんだね」

棹を片手に善兵衛は、かたわらの小店で茶を点《た》てているおやじに訊いた。

「さてね、立派な身なりのお殿さまのような人と何か問答していたと思ったら、急に『参りました』と怒鳴って、旗を巻いてどこかに走っていってしまったようじゃが」

「ふうむ。そうかね。……初めのひと勝負は負けがついたということかな」

善兵衛はくすりと笑った。

――まあ、またいつか巡り合えそうな気がする。

世間は広いようで狭いところだから、またいつか会えることもあるだろう。

——それにしてもあのしじみ汁はうまかった。

次に会う時は立派な料理人になっているかな？　と思いながら、善兵衛は小屋に向かって歩いていった。

第二章　街道の水較べ

一

——ここが、それか。

小さな薄汚い小屋の前に、竜次郎は立っていた。

見かけはおよそぱっとしないが、盛んに仕事をしているらしい様子は、外からでもうかがえる。鋼《はがね》を打つ威勢のよい槌《つち》の音がし、鉄《かね》の焼ける独特な臭いがしていた。

作刀で名高い美濃《みの》の関《せき》から南に下がった、坂倉《さかくら》という集落に来ていた。

ここに、腕のいい市兵衛《いちべえ》という男がいるという。

街道で旗を巻いてから、竜次郎は取りあえず、関にやってきた。

しかし、その頃諸国に名高くなり、武将たちからも作刀の依頼がひっきりなしに来る関の里では、竜次郎のようなどこの馬の骨ともしれぬ者の、しかも刀に負けぬ包丁をこしらえてほしいという願いを叶えてくれるような刀工は、一人としていなかった。

あるところでは完全に無視され、あるところではもう少しで摑み合いの喧嘩になるところだった。

とにかく刀工たちの言い分は、

「包丁誂《あつら》えたかったら、いくらでもそこいらの村鍛冶《かじ》に頼んだらええじゃろが！」

ということなのだった。

そうこうするうちに、ある刀工のもとで下働きをしていた老人が、竜次郎を気の毒に思ったか、

「この里だけでのうて、ここら居回り数里には、腕のいい鍛冶が散らばって住んでおるで、そこに行ってみんさったらええのと違うかの」

と教えてくれた。その時に、「坂倉の市兵衛」の名が出たのだった。

竜次郎は思いきり大きな声で、

「御免！」

と訪《おとの》うた。しかし返事はなかった。

しばらく待ったが何の反応もないので、竜次郎は再び、もっと大声で、

「ごめぇん！」

と叫んだ。

それでも返事がないので、今度は、半分開いていた戸口から中に入ってみた。

入ったところは狭い土間で、そこから奥に向かって細い通路があった。その先に作業場があるらしく、

「何しとるんじゃ、どたわけ！」

と、おそらく弟子を一喝しているらしい人の怒鳴り声が、その方向からとどろいてきた。

仕方なく竜次郎は通路にまで踏み込んでいき、そこから、

「こちらは坂倉の市兵衛さんの鍛冶場よな」

と喚《わめ》いた。

その瞬間、

「やかましい！」

という叱咤《しった》の声が返ってきた。

「さっきからやかましいわ。こっちは仕事しとる最中じゃ、それくらい分からんかい」

続いて、

「あっ、親方ごめんなさいっ！」

という悲鳴のような弟子の声が響いてきた。

竜次郎は、師匠が弟子を殴り飛ばしでもしたのかと思って、思わず奥に突き進んでしまった。

が、そういう訳でもなかったらしい。

きれいに踏み固められた土の作業場で、炉の火が燃え盛っていた。

その前で、渦まくほどの髭《ひげ》もじゃの男が、水桶《みずおけ》に片手を突っ込み、弟子のまだ若いのが心配そうに覗《のぞ》き込んでいた。何か粗相をして、被害が師匠の方に出たらしい。

大男が顔を上げて竜次郎をにらみ、

「お前か、さっきからたわけ声張り上げとるのは」

と詰問し、

「こいつまだ日が浅いで、気ぃ散らすとあかんのじゃ」

と弟子の方を顎で指した。

「ああ、すまんかった。あんたが坂倉の市兵衛さんじゃな」

「いま手一杯じゃで仕事なら受けん」

一足飛びに市兵衛は断言した。

「まあそう言わんで。わしは、竜崎竜次郎いう者じゃけんど、市兵衛さんに聞いてもらいたい頼みごとがあって参上したんじゃ。今手が離せんならいっくらでも待っとるで、手が空いたら話を聞いてもらえんかの」

「仕事は受けんちゅうとるじゃろ」

にべもなく言い放つと、市兵衛は竜次郎に背を向けてしまった。

仕方がないので竜次郎は、いったん退散することにした。

「そうか。邪魔して悪かったな。後でまた顔出さしてもらうで」

「来んでいいわ」

ぶっきらぼうに怒鳴られてむっとはしたが、竜次郎は何も言わずに踵《きびす》を返した。ぶつぶつ怒ってはいても、何くれとなく弟子の世話を焼いていた様子を見ると、市兵衛は悪い奴ではなさそうに思えた。

二

竜次郎はその日、寺の門前の小さな市で、市兵衛の噂を聞いた。誰も皆、市兵衛の腕をほめた。

その日は戻らずに翌日まで待ち、朝方に市兵衛の小屋に行ってみると、鍛冶《かじ》仕事のとぎれ目らしく、市兵衛は外に出て、弟子に手伝わせながら薪《まき》を割っていた。

――しめた！

「あのな、市兵衛さん」

「しつこい！」

「まあそう言わんと聞いてくれ。わしな、あんたに包丁、作ってほしいんじゃ」

「包丁⁉」

　不快そうに顔をしかめた市兵衛に、竜次郎はたたみかけた。

「わし、ここに来る前に関の六左衛門とこ行って、包丁頼もうとしたんじゃ。じゃけんど六左衛門のみならず、誰も相手にしてくれんのじゃ」

「当たり前じゃ！」

　怒鳴られた。怒鳴ると同時に市兵衛が力任せに斧《おの》を振り下ろしたので、木の破片がビュッと飛んできた。竜次郎は身軽く飛びのいてそれをかわしつつ、

「何でみんなそんなに包丁を軽く見るんじゃ！」

　と力を込めて叫んだ。

「武者の魂が刀なら、料理人の魂は包丁じゃ。わしは天下一の包丁がほしいで名のとおった鍛冶に頼むがそんなにおかしいか。人を斬るのが御刀《おんかたな》、魚を切るのが御包丁じゃ。市兵衛さんは腕がええんじゃてな。だからこそわしは、天下一の包丁、おまはんに頼みたいんじゃ。おかしいか」

　斧の手を止めて、市兵衛がじろりと横目に竜次郎を見た。

「お前さん、剣術使いのなれの果てか」

「なれの果て!?」

「そうやって二刀を帯びたもんが包丁、包丁と鳴くからは、おおかた、ものにもならんと剣を捨てる気なんじゃろ。そもそもが刀を使いこなせもせんで、何が天下一の包丁じゃ。そういう中途半端な輩《やから》はわしは嫌いじゃ」

「何じゃと」

「わしに包丁打ってほしけりゃ、まずは刀の腕前見せてみい！」

叫ぶなり市兵衛は、薪を摑んでぶん投げた。

反射的に竜次郎は首をすくめたが、市兵衛の狙いは竜次郎の頭ではなく、その頭上の軒に下がった蜂《はち》の巣だった。

かなり大きな六角形の巣が、薪にはたき落とされ、竜次郎の足もとに転がった。と同時に、中からわらわらと煙のように大きな細長い蜂どもが湧き出てきた。

弟子がわっと叫んで小屋の中に逃げ戻り、戸口からそうっと覗き見た。

竜次郎もまた、びっくりして、

「うわっ」

と叫んだが、無論、逃げはしなかった。

竜次郎はすらりと腰の脇差を抜き放つなり、真っ向襲ってきた先頭の蜂を、すぱっと二つにしてのけた。

続いて群がりくる蜂どもを、小気味よくパシパシと白刃の平《ひら》で叩き落とした。

戸の陰から覗いている弟子の小僧の目が丸くなり、ぽかんと口が開いた。

市兵衛は斧の柄に手を置いて、まじろぎもせずに竜次郎の一挙手一投足を見守った。

蜂の飛来する軌道を、竜次郎は鷲の目の鋭さで読みきっていた。敵の武者の刀尖を見切るのと等しく、相手の遅速に合わせて刃《やいば》を動かす。

普通の人がするような、手を大きく振り回す無駄な動きは、一度たりともなかった。ほとんど同時に飛んできた二匹を、電光の閃く迅《はや》さで右に左に払い、前後をなして襲いかかる数匹を、的確な最小限の動きで確実に打ち、落とした。

竜次郎の腰の据わり、体幹のしなやかさ、剛腕の目にも止まらぬ動きを、市兵衛は感嘆と共に見た。

やがて竜次郎の足もとに、蜂の山ができた。

「ざっと、こんなもんじゃ」

と額に軽く汗を浮かべながら、それでも呼吸は乱さずに、竜次郎は言った。

「うーむ」

市兵衛の指が、髭《ひげ》もじゃを掻き回した。

「お前さんは」

と市兵衛は言葉の調子を変えて言いながら竜次郎をじろじろと見た。

「その腕がありながら道を変えるのか」

「うん。それには仔細があるんじゃ。それは、人の悪口になるでちっと言われんけど、とにもかくにもわしは天下一の料理人になると決めたで、それにふさわしい包丁を、なあ、市兵衛さん、作っておくれなさい」

しばらく黙って、市兵衛は地面の上の蜂の山と、からになった蜂の巣を見ていた。

それから急に、ぐいと顔を上げると、

「分かった。作ろう」

と力強く言った。

「あっ、やっておくれか。有り難い！」

実際にした訳ではないが、市兵衛を拝みそうな勢いになって竜次郎は喜んだ。

「お前さん、関の六左衛門に頼んで断られたと言うたな」

「見事に門前払いをくった」

それを聞くと市兵衛の眼に強い光が生まれた。

「よしよし。六左衛門が断ったものなら、坂倉の市兵衛が作り上げてやるわの」

竜次郎は感激して、言葉に詰まった。すると市兵衛がまた髭面を引っかきながら、

「ただ、今かかっておる仕事があるで、そうすぐには始められんぞ」

と砕けた調子で言った。

「それは仕方がない。作ってもらえるまで待つさ」

ふん、とまた市兵衛の鼻が鳴り、ふと、

「お前さんそれまでの間、泊まるところがあるんかい」

と訊いてきた。

――おお、親切なやつじゃな。

と思いながら竜次郎は、

「実を言うと、まぁだ決めとらん」

と正直に答えた。

「ほんならわしが世話してやろうか」

「あんた親切もんじゃな」

「わしのような偏屈に、包丁一式頼むようなやつなんぞ、突拍子もなさすぎて、大方後先のこともなんも考えてなかろと思うたまでよ」

それは大当たりだったから、竜次郎は思わず噴いた。

「ほんで、どんなとこなんじゃ。あんまり立派なうちだったらわし礼がでけんけど」

この時代にまだ旅籠《はたご》などはない。旅をするには誰かに紹介状などを書いてもらうか、または口伝えに「誰それさんの知り合いで……」と頼んで泊めてもらうのが普通のことである。それもなければ路傍の寺社の軒下や縁の下を借りる、ということになる。

「わしにそんな立派な知り合いのおる訳があるまい」

弟子に持ってこさせた箒《ほうき》で地面の蜂を掃きながら、市兵衛が答えた。

「いつも世話になっとる西雲寺《さいうんじ》という寺の和尚さんがおる。あすこは広いし、和尚さんは世話好きじゃで、旅人の一人くらい何とかしてくれると思うんじゃ」

「それはちっと、図々しいんと違うかや」

「大事なかろ。それにあすこの庫裡《くり》はなかなかのもんじゃで、お前さん、料理人になる気なら、覗かせてもらうのもええかもしれん」

——寺のだいどこかぁ。

寺などは、無性に好かない場所だと少年の頃には思っていたが、もう子供ではないから了見を改めてもいいかもしれない。

「ほんじゃまあ、頼もうかの」

と竜次郎は人懐《ひとなつ》こく言ってぺこりと頭を下げた。

三

市兵衛に連れられて竜次郎は西雲寺に赴《おもむ》き、愛想は良くないが人の世話は嫌いでないらしい和尚に、

「人の邪魔さえせんかったら、庫裡でも何でも好きなように覗いたらよかろ。離れに空き間もあるから、そこで寝たらええ。何ももてなしはせんがの」

とあっさり許された。淡玄《たんげん》という名の和尚は、その名のとおり淡々としていた。

――ええ感じの和尚さまや。

何にもこだわりのなさそうなのが、名僧めいて思われた。

「決して邪魔は致しません」

と両手をついて竜次郎は挨拶した。

荷物もないし他にすることもなく、早速庫裡に行ってみると、そこは塵《ちり》一つなく清潔で、しんとした中にゴリゴリという音だけが響いていた。

――誰かなんかすっとる。

音の感じで、胡麻《ごま》かな、と思いながらそっと入り込んでいくと、案《あん》の定《じょう》一人の坊さんが大きな鉢《はち》で胡麻をすっていた。

――ああ、見事じゃなあ！

竜次郎はその坊さんの姿に見とれた。板敷に布を折って敷き、その上に見たこともないほど大きなすり鉢を据えて、少し膝を開き加減に鉢を軽く押さえるように座っていた。二尺ほどはありそうなすりこぎの上端をしっかりと左手で握り、真ん中より少し下にある右手は、そう力が入ってないように見える。

つま先を立てた跪座《きざ》で、背筋は伸びていた。その身体とすりこぎとで三角形が安定し、強く膝で押さえなくともすり鉢が暴れることもなく、いい音を立てながら胡麻がすられているのだった。

――大した腕前じゃ。

竜次郎は邪魔をしないように少し退《さ》がって、飽くことなく胡麻すりを眺めた。すばらしくいい香りがしてくる。初めは粒の潰れるプチプチとした音が聞こえたが、そのうちに、もう粒はなくなったのが分かった。なおも聞くうちに、音は微妙に湿り気を帯びてきた。

――胡麻から油が出てきた！

後ろに竜次郎のいることを知らない筈はないと思われたが、坊さんは一心に胡麻をすっていて、手を休めもしなければ、こちらを振り向いて見ることもしなかった。するとそこへ、まだ若い、なりたてくらいに見える別の坊さんが入ってきた。その坊さんは竜次郎を見て驚き、立ちすくんだ。

「あっ、すまん、驚かした」

と竜次郎は声をかけた。

「わしは竜崎竜次郎いうもんじゃ。しばらく和尚さんの世話になる旅のもんじゃで、怪しいもんじゃありゃせん。わしが料理のことをいろいろ知りたがっておるもんで、邪魔さえせんかったら庫裡を覗いてもええと和尚さんが言っておくれじゃったんじゃ」

胡麻の坊さんにも聞こえるように竜次郎は言った。

「左様ですか」

と後から来た若い僧は言い、土間のところに立てかけてあった、泥だらけの木の根を束ねたようなものを取って、外に出ていった。

興味を持った竜次郎はその若い僧について外に出てみた。迷惑そうでもなかったので、

「あんた名は」

と訊くと、僧は素直に、

「晋海《しんかい》と申します」

と返事をした。

晋海は束ねた根のようなものを後生大事に抱えて、裏門から外に出ていった。するとほんの二十歩ばかりのところに、小さな流れが見えた。

懐から紐《ひも》を出して素早くたすきをかけると、晋海はそこにしゃがんで、根っこを洗い始めた。泥があらかた落ちると、根っこではなくてゴボウであることが分かった。

——ああ、ゴボウか。

と竜次郎はうなずいたが、晋海が素手《すで》で泥をていねいにこすり落としているのを見て驚いた。

普通、ゴボウや大根のような土だらけのものを洗う時は、束ねた縄などを使う。

「あんたそんなことをしちゃ、手が大変じゃろが。縄かなんかありゃせんのかい」

「縄なんぞ用いては、ゴボウの肌が傷んでしまうので、これが最もよい方法です」

「そうか。……わし、手伝うてやろ」

晋海はまた驚いた顔をしたが、よせとは言わなかった。竜次郎は一本取り上げると、晋海のまねをしてゴボウの泥を落とし始めた。

「さっき胡麻をするのを見せてもろとったんじゃが、あの坊さんは見事な技の持ち主のようじゃなあ」

「亮海《りょうかい》さんは、大層優れた料理人でいらっしゃいます」

「そうじゃろ。腕のいい剣客のようじゃったもんな」

ゴボウの肌は粗々《あらあら》として、てのひらでこすると少し痛かった。晋海の洗ったゴボウは、舐めても大丈夫だと思われるほどきれいだった。同じようにしなくては晋海が迷惑してしまうと思い、竜次郎も手を抜かずに洗った。そうしながらつくづく、

——料理の始まりは洗うことからじゃなあ。

と思った。米とぎでも何でも、力任せにしては話にならない。しかしやわやわと扱

っていてはきれいにならない。洗うことの力加減は難しく、野菜の側の皮と身の具合にもよる。

――野菜に土はつきもんじゃからの。

土を汚いと思ったことはないが、土の名残りさえないまでに磨き上げられた野菜は、宝玉のように美しいものである。

「あんたこの皮剝きするのかの」

「はい、致します」

「そしたらわしにやらせてくれんかな。ちっと手本みせてくれたら、おんなじ厚さにちゃんと剝くで」

「分かりました」

庫裡に戻ると、さっきまで胡麻をすっていた亮海は、今度は布袋をぎゅうぎゅうと絞っていた。香りで、さっきの胡麻を絞っているのだと分かった。

竜次郎は近づいて、もう一度名乗り、挨拶をした。

「邪魔せんように気をつけるけんど、もしなんか粗相があったら、遠慮のう言うて下されや」

と言うと、亮海はこれといって感情を込めずに、

「分かりました」

と返事をした。

——わし、だいどこに紛れ込んだねずみほども構われておらんな。

坊さんというのは浮世離れのしたものだと思い、

——当たり前じゃろが。浮世を捨てた人が坊さんなんじゃ。

と自分に言った。

四

晋海が一本のゴボウを剝いてみせ、菜刀を渡してくれたので、竜次郎はするすると手本に倣《なら》って皮を剝いた。我ながらきれいに剝けたと思った。それから、

「この皮はどこに捨てるのかの」

と訊くと、またも晋海は驚いて目を丸くしつつ、

「す、捨てません！」

とこれまでにない大声で言った。

「捨てない？」

「はい、捨てません。皮は皮で調理致します」

「皮も」

「ここでは少しの無駄も慎みます」

その精神は大したものだと感心したが、それ以上に皮をどう料理するかの方に竜次郎の関心は向いた。

「皮はどう使うか教えてくれんかの」

「刻んで油で煎《い》ってから煮ます」

この頃はまだ、「きんぴら」という名はなかった。だから晋海は事もなげにそう答えた。言いながら、大ぶりの鉢の中にぽっちりの酢を大事そうに入れ、水を注ぎ、次いで細かく刻んだゴボウの皮をその中に放した。

亮海の方は、胡麻を揉みだす作業を終え、葛《くず》を溶きだしていた。何度も漉《こ》して大きな粒を避《よ》ける手つきは滑らかで、美しいと言ってもよかった。

二人が忙しそうになってきたので、竜次郎は壁際に退いて、ただの見物に徹することにした。真剣にものを作っている時、話しかけられることを喜ぶ者はない。刀の柄《つか》に手をかけている時、「あのぅ」と一言言われれば気合は殺《そ》がれる。刀がすりこぎでも菜刀でも同じことだった。

二人の調理する姿を見ているくらい面白いことはなかった。

――坊さんちゅうのは、えらい。

今まであまりそう思っていなかった、と思って、竜次郎は反省した。髪の毛一本もない青々と剃った頭に手拭《てぬぐ》いを被《かぶ》って、万一にも何か落ちたりしないようにしている。棚に置かれた鍋釜は磨き抜かれてきらきらしているし、ものの置き場は全てきっちりと決められていると見えて、そこは仏さまの鎮座する本堂と変わらぬくらい厳《おごそ》かなのだった。

――修業、てええよなあ。

そして竜次郎は、その「修業」が一瞬にして覆《くつがえ》った苦《にが》い思いに、びしっと蓋《ふた》をした。師匠がつまらないやつだったことで、自分の修業の価値は下がらないと分かっているのだが、精魂込めて作ったものを地面にぶちまけられたような気のしたことは、なかなか忘れられるものではない。

――わし、それを何とも思わなくなるための道を探しとるんかな。……和尚に話してみよかな。

と軽く思った。

そして今、目の前の膳に、亮海の力作の胡麻豆腐が載っていた。

竜次郎は皿を手に取って、その美しい灰色の胡麻豆腐を飽かず眺めた。縦横高さの三本の線に一厘の歪みもなく、鋭い三つの線の合わさった角はきりっと尖《とが》って鋼鉄の勁《つよ》さに見える。それなのに竜次郎の手の動きにつれて、それはふるふると柔らかく震えるのだった。

——凄いわ。

「食べておみやれ」

淡玄和尚が言ってくれたので、竜次郎は遠慮なく箸《はし》をとって、

——崩すのが惜しいな。

と思いながらその一角を箸で切り、口に入れた。

馥郁《ふくいく》と胡麻を香り立たせながら、まったりと柔らかく溶けて、口中に濃い味の広がる感じは、何とも言いようのないものだった。

「柔らかいものの角をきりっと立たせるのは、なかなか難しいが」

と和尚が言った。

「そりゃ、葛を多めにすれば角はできやすくなるが、肝腎の本体が堅くなってしまうわの。それをして線を際立たせてもつまらない。胡麻を丹念に練って絞って、葛粉も練って練って、その加減で、触れれば手の切れそうな線の出る、しっかりとしたものができる。ほじゃけんど、口にいれたら柔らかくなければ不可《いか》んのじゃ」

目で見た鋭い厳しさを、ひと口の食感がやわやわと裏切るところに、竜次郎はいたく感動した。

——奥が、深いわ。

「修業」にまつわる恨みの話など、今さらもうするまでもないと思った。言葉にはできないが、ここに一つの答えがあって、それがふるふる震えている。

飯は麦飯で、米の割合は二割くらいだったが、ぼそぼそとしない炊《た》き加減がこれも見事だった。

「麦飯をこんなにうまく炊くには、水がたんと要るでしょう」

と竜次郎は訊いた。

「ここは水の豊富なところでの。そればっかりは困らん」

膳の上にはゴボウの煮物があったが、皮の方は出てこなかった。

「和尚さんあの」

と竜次郎は汗をかきつつ、

「ゴボウの皮で作った煎り煮の味見がしてみたいんじゃけども」

と頼んだ。

和尚はちらっと竜次郎を見た。

「あれは内々《うちうち》のもので、よそ様には出さぬものにござるよ」

「そこを何とか……」

やれやれ、と小さく呟きながら、和尚は手もとの鈴をちりちりと鳴らし、走るように急いでやってきた晋海に、

「このお人が、ゴボウの皮の煎り煮を試してみたいそうじゃから、わしの分を持ってきておくれ」

と言いつけた。

「あっ、和尚さんの分を横取りか……。申し訳ない」

謝《あやま》りはしたものの、辞退はせずに竜次郎は待った。

やがて小さな鉢がもたらされた。

目の前のゴボウの煮物は、当然ながら皮を剝いたものを調理してある。見比べると、鉢の中の皮の煮物の方が色が濃く、艶《つや》があった。

――油で煎ってるから当然だわの。

竜次郎は先に、膳の上の方に箸をつけた。昆布の出汁《だし》の香りがほのかにして、上品な煮物だった。あっさりしているが、ゴボウの味は出ている。

ついで、皮の煮物に箸をつけた。

やはり皮は皮で、しゃっきりと歯ごたえがあった。身と同じくらい柔らかく煮る秘法があるのかと思ったがそうではなかった。あくまで、皮は皮の持ち味だった。しかし筋っぽくはなかった。細く刻んでよく油煎りしてあるからだと思った。

そして皮には、何とも言えない滋味のようなものがあった。

「うまいですね」

と竜次郎は感心した。

「人の食わない皮や芯にこそ、滋養が詰まっておるでの。あくも強いが、食えるように手をかければかえってうまいこともある。お客人には出せぬが、裏には裏の味わいがござるわの」

——客には出さない裏の味わいかあ。

誰かがうまいものを独り占めするのではない、というところが竜次郎は気に入った。

感心してゴボウの皮を味わっている竜次郎に和尚が訊いた。

「この世で一番うまいものをご存じかの」

「あ、それは存じております。死にそうに腹が減った時の栃餅……と申すのはわしの味わったもんですけども、とにかく、これを食わねば命がつながらん、という時の、目の前にある食いもんが一番えらい」

えらい、という竜次郎の言葉に、和尚はふふ、と笑った。しかし、

「それが分かっていれば大事ない」

とうなずきながら言ってくれた。

「人は命をつなぐためにものを食うのじゃで、寝ても覚めてもうまいのまずいのと言っているようでは本末転倒。わしらの作るものも、修行と思ってすることで、うまくするという作為のためではありゃせんのでな」

「修行の成果がうまい味ですか」

「手を抜かず、心を込め、仏道の修行と思って一心に作ったら、結果、味わうに足るものができる」

和尚の言葉に聞き入って、よく確かめもしないままひと鉢を手にし、中のものを口にした。

柿のなますだった。

酸味と甘みがふわりときた。

「うまぁい」

柿の料理は初めて食べたと思った。木になっている柿をもいでかぶりつくのは無論、とてつもなくうまい。しかしひと鉢の料理になっている柿のひときれには、竜次郎の知らなかった味の深みがあった。

——わし、ここで修業したいくらいじゃ。

でもそれこそ本末転倒なのだ。仏道に志す訳ではないのだし、第一、ここにいたら魚の扱いに上達することは一生できない。

「わしよう分からんけど、こうして丁寧に作られたもんを戴《いただ》いたら、自然と頭が下がります」

また和尚は、うんうんとうなずき、

「そこが分かったら、わしの分の煎り煮を御馳走した甲斐があるというもんじゃの」

と戯《たわむ》れた。

五

竜次郎が再び街道に姿を現した時、秋は深まり、風が冷たくなっていた。

それでも、市兵衛の打ってくれた包丁を背負って歩く竜次郎は意気軒昂として風の寒さを感じなかった。

包丁は、刃渡り一尺を超える細身のもので、白木の柄《え》をすげ、刀同様に鞘《さや》がついていた。その、ぴったりと沿った木の鞘は、市兵衛が木地師に頼んでくれたものだと言っていた。

「木地師の姿は誰も見たもんおらんのじゃ」

と、寺にそれを届けてくれた際に市兵衛は、ちょっと不思議なことを話す調子で声を低めた。

「寸法をそのまま紙に写しとっての、銭と一緒に切り株の上に置いておくと、いつの間にか作ってくれて物がおいてあるんじゃ。そらあできのええ鞘よ」

そして生魚を料《りょう》るその長めの包丁の他に、菜刀と、もっと小ぶりの、細工物などに向いたものの二つをも、市兵衛は作ってくれていた。その二本を、竜次郎は躊躇《ちゅうちょ》なく懐に入れた。

「刃だらけじゃの」

と市兵衛は笑ったが、ふと表情を改めると、

「偉うなってな」

と餞《はなむけ》の言葉をくれた。

「いつかわしに、殿さまの召し上がり物と同じものをこしらえて振舞っておくりゃれ」

「おう、振舞うとも。待っとって。その間にいい刀をたんと打ちゃ」

満足な別れだった。

そして今、竜次郎は再び「天下一味勝負」の旗を立てた。場所は以前と同じところにした。その辺りは人通りが多いので、茶店などもあったからである。ざっと見回したが、善兵衛の姿はなかった。

「おや、お前さま、帰ってきなすったかね」

一日中粗末な茶筅《ちゃせん》で茶を点《た》てている茶店のおやじが、竜次郎の顔を覚えていて声をかけてきた。

「おう、まあな」

「どこぞで修業を積んでおいでかね」

「おう、積んできた」

大真面目に竜次郎は答えた。言葉にはできないが、胡麻豆腐ひと箸の味わいが竜次郎に何かを教えてくれたし、ゴボウの皮の煮物がまた何かを教えてくれていた。

やる気に満ちて人の行き来を眺めたが、その日は誰も声をかけてくる者がなかった。

日が暮れると竜次郎は立ち上がり、旗を片手に、かつて善兵衛が住んでいた小屋に行ってみた。しばらく人けのなかったらしい埃《ほこり》の積もった有様だったが荒れてはおらず、雨露をしのぐにはここで十分と思われた。

翌日も朝早くから竜次郎は街道に出た。

すると昼過ぎ、近づいてきた人があった。

渋い色目の頭巾《ずきん》を被った、五十がらみの、ひと目で茶人と分かる風体の男だった。どこもかしこも丸々として福々しく、それにふさわしい穏やかな笑みが口もとに浮かんでいるのに、やけに目が鋭かった。にこやかなくせに鋭い目は、曲者《くせもの》の感じを漂わせていた。

竜次郎は、

――きた！　勝負。

と腹の中で思った。

「あんたは舌に自信がおありかの」

問いかける声もふんわり柔らかい。しかし吟味するように見つめてくる眼は、相変わらず厳しい光だった。

「いささか！」

と竜次郎は朗々と答えた。

「左様か。……料理人かな？」

「左様にござる」

もし、包丁を見せろと言われたら、胸を張って見せられる、と思ったが相手はそれは求めずに、

「わしは下京《しもぎょう》の商人《あきんど》で武原観応《たけはらかんのう》という者やが、ちょうど今、水を幾つか汲んできたところでしての」

観応と名乗った男は、これがそれだというように振り返った。そこには、かなり大きなかめを二つずつ背負った男たちが五人ほどおり、その他に供の者と思われる男たちが三人いた。

「いろいろなところで、いろいろな水を汲んできましてな。あんたこれを、味わい分けることができるかな」

「やってみましょう。どんなやりようなりと」

竜次郎は堂々と答えた。

観応は後ろの茶店のおやじに話しかけた。おやじも初めから興味津々《しんしん》で眺めていたので話は早かった。

かめが路上に下ろされ、茶店から借りた茶碗に、水が注《つ》がれた。かめごとに別の柄《ひ》杓《しゃく》を使わせているのを見て、

――なかなか、念の入ったことじゃな。

と竜次郎は思い、身の引き締まるような気がした。

おやじが奥から縁台を持ち出し、竜次郎の前に据えた。

やがて目の前に、八つの碗が並んだ。どのかめから何杯汲《く》んだかは、竜次郎には分からないように隠されていた。

「同じ水が幾つあるか、ないか、それは教えられない」

観応が言った。

「何をどう当てたらええんじゃろ」

「ひと碗ずつ味わうて、思ったことを言うておくれや。それでよろしかろ」

「なるほど」

竜次郎はまず一つ、碗を手にした。中の水は澄んで清らかだった。ひと口、含んでみた。

――うまい。

竜次郎は自然と目を閉じた。舌の上の清水を味わった。

同じようにして、次々と口にしてみた。

周りに少しずつ、足を止めて見入る見物人の輪ができ始めていた。

「何しよるんじゃろ」

「水の味見らしいで」

「水の味見!?　水に味なんかあるんかい」

見物人はがやがやと言いあったが、それは竜次郎の気にはならなかった。

表情を変えずに六つまで試し終わり、七つめのところで初めて、

――ん!?

という顔をした。竜次郎は小首をかしげた。そして碗を鼻に近づけると、そっと水の匂いを確かめた。

それでまた見物人が、

「犬のような人じゃな」

「水を嗅《か》いで何が分かるんじゃろか」

とささやきあった。

七つめの碗の水を、竜次郎は地面に吐いた。そして初めの碗を取り上げると、その

中の水で軽く口をすすいで、それも吐いた。

それから八つめの碗の水を、これは落ち着いてひと口、また味わった。

「どうかな？」

観応が訊いた。

六

竜次郎は、初めの碗と、二番めの碗と、最後の八つめのとを縦に並べた。それから、三番めのと五番めのを縦に置き、四番めのと六番目のをまた別の列に縦に置いた。

「一、二、八が同じもの、三と五、四と六が同じものと存じますで」

「ふむ？」

「よう分からんけど、多分、四と六は、井戸の水と思う。一、二、八は湧き水かの。三と五は、あんまり自信がありゃせんのじゃけんど、流れの水の気がしますんじゃ」

観応が、すっ、と笑いを引っ込めた。

「そう思いなされた訳は？」

「四と六は、微《かす》かに苔《こけ》の香りがします。それに何やら、落ち着いた味がしよるゆえ、これは井戸の水。ほんで、一、二、八は、どこぞの名のある清水かの。こっちは周りに生えとる草の葉を伝った滴《しずく》が入った気がするけんど、おおかた、いい匂いのある葉っぱなんじゃな。水の味を損なっておらんで。これはすばらしくうまい水じゃで、どこぞの名水。そう思います」

「流れの水は？」

「その辺はもう、わしの気分なんじゃけんど、水の味が若いというか、元気のある味がしよるんじゃ。動きの速い水の味。でもそれは、あんまり自信持てんけど」

観応が唸《うな》った。それから、

「七つめの水は？」

と訊いた。

「ああ、それは不可ん。その七つめのやつが入っとったかめ、よく洗うてなかったんと違うかの。かび臭いわ」

観応の表情が一変した。だっと前に出、七番めの碗を手に取り、ひと口すすった。と、たちまち地面に激しくそれを吐き出した。

「お前さまの言うとおりや。恥ずかしいことをしてしもうた」

そして観応は、

「大三郎《だいざぶろう》！」

と鋭い声で呼んだ。

呼ばれたのは、三人いた供のうちの一人だった。名のとおり、見上げるような大男で、険しい顔をしていた。

「飲んでみよ」

観応は問題の碗を大三郎に突きつけた。

大三郎はふくれっ面でひと口含み、首をかしげ、平気でそれを飲み下した。

「味が分からぬか？」

観応が詰め寄った。さすがに、分かりませんとは言い返さず、大三郎は顔を曇らせてうつむいた。

「鈍い！　そんなことやから道具の支度の監督さえろくに務まらぬのや。この人の言われたとおり、この水はかび臭い。お客様にお出ししたら大変なことになるところやった」

大三郎がつと顔を上げて、竜次郎を見た。激しい憎悪の籠《こも》った視線を竜次郎は浴びたが、どうしようもなかった。自分は感じたことを言っただけで仕方がない。

「これはうまい水やったに、勿体ないが、この味ではどうしようもない。こんなものは庭木の水にさえ、ならぬわ。こんな臭い水、木や草でも心あるものはまずいと言うて嫌がるやろ」

突然観応は、一つのかめに走り寄るや、蓋をとり、力任せに中の水を道にぶちまけた。見物人が声をあげて飛びのき、ぶつぶつ言ったが観応は知らん顔だった。

水を地面に吐いた時の激しさが、一層強くなった感じだった。髪を掻きむしりたいような顔で、観応は地面に沁《し》み込む水を見ていた。

――真剣じゃな。

竜次郎は感心して観応を眺めた。茶道執心の強さをひしひしと感じた。

やがて、気を取り直して観応がこちらに戻ってきた。

「あんたは、えらい舌の持ち主ですなあ」

観応が竜次郎をほめた。

「少しは当たりましたか」

観応は深々とうなずいた。

「一、二、八は蛇穴《じゃあな》の洞《ほら》というところの湧き水。四と六は、私の知り合いの屋敷にいい井戸を掘りあてた人があって、そこのもの。三と五は川浦川《かわうらがわ》いう川の水。あんたよう味わい分けましたな。あんたほどの舌と鼻の持ち主は、天下広しといえども、なかなかもって珍しい」

茶店のおやじがそろそろと出てきて、自分も味見をしたいと申し出た。さすがに、茶を点てて売っているだけあって、興味を持ったらしい。

「さあどうぞ、茶碗もお貸し戴いたし、いくらでも味を見て下され」

観応はにこやかさを取り戻して言った。

おやじはひと碗ずつ取り上げて順に飲んでみた。見物人たちが期待に満ちた目でおやじを見つめた。ややあって、

「さっぱり、分からん」

とおやじは首をひねり、見物人たちは好意的にどっと笑った。

すると、自分の転がしたかめの始末をする大三郎を眺めていた観応が、

「もう一勝負、しようかの」

と言いだした。

「どうかな、天下一のお人」

「どうぞ、いくらでも」

竜次郎は胸を張った。

観応が、

「大三郎！」

と呼び、茶店のおやじに小声で何か相談をもちかけた。

「湯はいつでも沸いておりますで」

とおやじが答えるのが聞こえた。

「ほんじゃけんど、ろくな茶の粉がございませんが。わしが挽《ひ》くので粗うて、とても

お前さまがたの味の勝負に使えるようなものとは……」

「いや何、それはよろしい」

大三郎がのっそりと近づいてきて、またきつい視線を竜次郎に向けた。

——親の仇、ちゅな目つきをしよるな。

嫌味《いやみ》なのを承知で、竜次郎はにっこりと微笑《ほほえ》みかけてやった。相手はぷいっと顔をそむけて店の中に入っていった。

「そのまま、背中を向けていておくれや」

と観応が竜次郎に言ったので、

「承知しました」

と竜次郎は答えて、不動のまま道の向こうを見つめた。見物人はむしろ増えていて、次に何が起こるのかと待ち構えている。

どうやら、茶を点てるらしい様子が背後にうかがわれた。

やがて三つの茶碗が出てきた。三つとも同じ、粗末な茶碗である。

七

おやじはうやうやしく、三つの茶碗を目の前に置いた。

竜次郎は、

「わし、目をつぶっておるゆえ、その間におやじさん、茶碗をあれこれ入れ替えてくれんか」

と言った。

「はい？」

「お前さん、茶碗を置く時、二番目のやつだけえーらい丁重に置いたじゃろ。そんなことをすると、それがお茶人さんの点てたやつと分かってまうで」

まわりがざわめいた。観応が横からじっと竜次郎を見た。

「それを参考にしたら、味の勝負にならんでの。けど入れ替える時、どれがどれだか分からんようにすなよ」

見物人がどっと沸いた。

竜次郎は腕組みをして、ぎゅっと大げさに目をつぶった。その間におやじが、手ずまのように茶碗をあちこち入れ替えた。

「もうええかや」

「はい、どうぞ」

竜次郎は三つの茶碗を見た。どれも同じほどの量に茶が点ててある。じっと見比べると、ほんの心持ち、真ん中の一つがかすかに残りの二つより色が薄く見えた。竜次郎は左の端から順に茶碗を取り上げ、三つとも、飲まずにただ香りだけを嗅いだ。

それから、まず真ん中の一つを取り上げ、ひと口含んで飲み下した。

「うまいな」

言いながら、

「ちっと、おやじさん、湯をひと碗おくれや」

と竜次郎はおやじに頼んだ。

「ちっとな、前の味が残るとさすがに分かりにくいで」

おやじが出してくれた湯で竜次郎は口をすすいだ。それから右端の一つを取り上げて同じように口に含んだ。

「うーーん」

指で飲み口をぬぐい、その指は膝で拭いた。また、湯を含んで、出した。

そして左端の碗を取り上げた。

慈《いつく》しむように両手で茶碗を包み、竜次郎は目を閉じて、茶の香りを思いきり吸い込んだ。それからひと口含み、うんうんとうなずきながらもうひと口吸った。一度茶碗を下ろしたが手は離さず、湯のぬくもりを楽しむようにてのひらで茶碗の肌を味わっていた。無論それは、路傍の茶店の粗末な数ものの茶碗ではあったが。

竜次郎はまた茶碗を口もとに持っていくと、ゆっくりとひと口含み、じっくりと味

わった。そしてまた指先で飲み口を拭くと、茶碗を下に置き、

「あぁ……」

と嘆息を漏らした。

「おんなじ茶で、おんなじ湯で、こんなに味が違うんじゃなあ。さっきの水の方が難しかったわ」

竜次郎は観応を顧みた。

「武原さんとおいいやったか。さぞかし名の知れたお茶人であらっしゃるのじゃろ」

観応はもう、心のうちのうかがえない笑顔になっていた。その少し後ろで、不満という名の彫像のようになって、大三郎がこちらをにらみつけていた。

竜次郎は軽く咳《せき》払いをした。

「真ん中の茶碗がこの店のおやじさんの点てたもの。手慣れていて、決してまずくない。商売人の味じゃな。毎日何人もの人に振舞っているのじゃから、修業は十分、自然とええ味になっておるんじゃろ。ちっとだけ薄いめなんも、街道の客はのどが渇いて店に寄るんじゃから、あんまり濃く練られた茶は不可《いか》んわの。多分、そこが分からんように三つとも、茶も湯も量は揃えたと思うけんどな。長年の手にしみついたことじゃろ」

見物人がどよめいた。

「そんで」

竜次郎はもう一度咳払いをした。ちらりと横目に大三郎を見つつ、

「味のことじゃで、はっきり言うわな。お弟子さん、気を悪くしなや。あんたわしのこと嫌って怒っておるじゃろ。怒ってるもんにはカラシを練らせよと言うけんど、茶を点てるには怒気はようないわ。右端のがあんたの点てたやつよな。うまくない」

「うまくない、だとっ」

だっ、と大三郎が走り寄ってきて左手を突き出し、竜次郎の胸ぐらを摑もうとした。竜次郎はさっと斜めに身をかわし、大三郎の左手首をがっちりと摑んだ。

「別の方の勝負、するか？　わしはそれでもええけんど」

「大三郎、控えなはれ！」

観応が声で制した。言葉つきは柔らかかったが、声は鋭く、たじろいだように大三郎の身体がぐらついた。

「天下一はん、続きが聞きたい。その者に構わんと、お説を述べておくれや」

大三郎が身体の力を抜いたので、竜次郎は手を放した。

「いやもう、申すことはありゃしませんのじゃ。あんたがお点てやった左のは、すぐに分かりました。香り立ちも違えば、味も違う。茶が甘いです。どうやって点てたらあんなふうに、人を包み込むような甘いかぐわしい茶が点てられるんか、わし知りた

いですわ」

観応はにこにこした。

「あんたが本当にそれを知りたかったら、わしと一緒に来てみたらどうやろ」

「えっ!?　それは……それはわし、願ったり叶ったりじゃけんど」

茶の湯の世界の深いところは、これまでほとんど見ていなかった。

この頃、世の中にはまだ煎茶《せんちゃ》というものはなく、客に茶を出すとすればそれは全て抹茶《まっちゃ》である。茶店のおやじも、家に客人が来た時も、皆抹茶を点てて出す。だから竜次郎も、曾祖父に連れられて人のうちに赴いた際には出された茶をすることもあったし、子供の頃台所で、石臼《いしうす》で茶を挽かされたこともあった。その程度の知識しか、ない。

「とてつもなく、奥が深そうだと思いますで、覗いて見られたら楽しいじゃろと思いますわ」

「楽しい……か。あんたはええことを言う。そしたら一緒においでなさい」

観応はあっさりとそう言い、荷駄に近づいていった。

観応の後ろ姿を感心して眺めながら、

――先が楽しみになってきた。

と竜次郎はニンマリした。

観応の後ろに突っ立っている、機嫌の悪い仁王のような大三郎のことは多少気になったが。

八

竜次郎の旗を立てたところから京まではさしたる距離ではなかったが、途中知人の居宅に寄って遊ぶ、と観応が寄り道をしたので、すぐにたどり着くという訳にはいかなかった。

観応の茶人仲間の屋敷では、竜次郎も茶席の端に加えてもらい、幾度か茶を喫した。観応の供の者たちと一緒になって、物の出し入れをしたりもした。

観応が連れていた大三郎の他の弟子は、観清《かんせい》という三十がらみの品のいい小柄な人物と、滋明《じみょう》という、五十も過ぎた温厚な古参だった。

竜次郎は相変わらず大三郎ににらみつけられていた。観清は極力関わりないという顔をしていたが、滋明が何となく間に入って、大三郎と竜次郎が角突《つのつ》きあうことのないよう気をつけてくれた。それだけでなく、慣れない竜次郎に何かと教えてもくれたので、竜次郎はすぐ滋明になじんだ。

明日は京に向かうという夜、荷物の点検をしている滋明を手伝いながら竜次郎は、疑問に思っていたことを尋ねてみた。

「あのな、わし思うんじゃけど、先生はどうして茶の味見をなさったんじゃろ。わしの鼻、舌のことなら、水の味わい分けで分かったと思うんじゃ。あの茶の一件は、何か別のことを確かめなさったのじゃろか」

滋明は幾つもある細々した包みをほどいて確認しては、それをまたきれいに結び直していた。

「そっちのを」

と言われて、竜次郎は少し大きな包みを両手で持って滋明に渡した。

「そういう時は底に少し指をかけて」

と滋明が言った。

「どんな時も道具は危ういことがないように」

「おっと、合点じゃ」

竜次郎は素直にうなずいた。滋明は軽く笑いながら、

「茶の味見は、いわばあんたの心のありようを確かめようとされたのでしょうな」

と答えた。

「心の」

「大三郎さんのまずい茶のことを、あんたが包まず言いなさるかをな」

「わしはもともと、なんも包んでは言われやせん気性じゃで」

滋明はますますにこにこした。

「あんたが臆せず、また妙ないたわりもなく、味のことに徹して答えるかどうかを見ようとなされたのでしょう。普通なら、見ず知らずの相手やし、かび臭い水の一件もあったしで、ちと遠慮をすることもあろうけれど、こと味のことに関しては、そうした思いやりなどは無用のこと。ただ一心にまっすぐにものを言うに限る、と師匠ならお思いの筈やから」

「はあ、なるほど。ほじゃけんどそれは、世渡りには損かしれんなあ」

「世渡りの損得を数えると、生きざまがぬるうなりましょう」

そう言う時、滋明の口もとは引き締まった。

「なるほど。でも先生は商人じゃで、損得のこともしっかり弁《わきま》えておわすじゃろ」

「師匠は奥の深いお方ですから」

「わし……」

話が深くなると頭がかゆくなったような気がして、竜次郎は髪を引っ掻き回した。

「損得はさて置き、大三郎さんに憎まれてまったわ。まあ気にはせんけど」

「大三郎さんは気難しいお人やから」

「あの人は、左利きじゃろ」

ん!?　という顔で滋明は竜次郎を見た。

「わしの胸ぐら摑む時に、怒っていたもんで生来の左が出たんじゃわ。茶の道を究めるのに左利きではならんで、無理にも直しているじゃろ。いちんちじゅう、左が出んように気を張ってたら、そりゃ気難しゅうもなるわな」

「ほう……あんたという人は、のんびりしているようで目が鋭い。さすがは師匠がこれと見込んだお人ですな」

「そんなことはないけどな。……人三郎さんは、先生の身内の人かの」

滋明は顔を曇らせ、はっきり答えなかった。竜次郎は軽く片手を振り、

「それはどうでもええけんど。ああそうじゃ、あの時の七つめの茶碗の水……かび臭かったあれは、どこの水やったんかな」

と話を変えた。

「あれも、あるところの名水で。汲むのにえらい手間のかかった水やったから、あれを損じたのは、師匠もまことにがっかりなさいましたのですよ」

「そうか。あれが臭くなっておらんかったら、見分けの難しいところじゃったか」

「いや、一、二、八の水とはまた風味が違うので、あんたならきっと味わい分けなさったでしょう」

「それにしても、いい水を求めて、あんな大けなかめを負わせてまで汲みに行くのじ

ゃで、茶の湯の道も大変じゃな」

「茶の葉と水は、それぞれ相性があります。葉の選びよう、挽きよう、水の種類、湯の熱さの度合い。そういうものの兼ね合いで、味は変わりますのでね」

「いろいろ、学ぶことがありそうじゃなあ」

「学ぶことが楽しそうですね」

大小様々な大きさの包みをきっちりと並べたてながら、滋明は竜次郎を顧みた。

「それはもう、楽しみですわ。わし、料理の道についちゃ、知らんことばかりじゃで、何でも教えてもらいたい」

「師匠のお作りになるものは、それはもう筆舌に尽くし難い味わいでございますよ」

茶の催しには料理が出る。後に懐石料理と呼ばれるそれは、この頃まださしたる呼び名もなかったが、客へのもてなしとして主人自らが包丁をとるのが本来である。

――あの道端の茶店の茶を、あんなにうまく点てる腕前の人の作る料理。

考えただけで唾《つば》湧くわ、と竜次郎は思った。

第三章　大根づくしの膳

一

茶室の中に、竜次郎と大三郎が並んで座っていた。

二人の前には、武原観応のこしらえた料理を載せた折敷《おしき》が出ていた。

膳《ぜん》には足があるが、折敷には足がない。

両手を膝に置いて、竜次郎は折敷の上のものの「姿」をとっくりと眺めた。

左手に飯椀《めしわん》、右手に汁椀《しるわん》。その向こうには高さのある坪椀《つぼわん》と平たい平椀《ひらわん》という配置である。後世のそれとは少し違う。

霜月《しもつき》の茶室は、寒気の中に炉の温《ぬく》みがじわりと伝わって静かな空気だった。

竜次郎は箸をとり、ほんのひと口ほど盛ってある飯を口にした。畏《おそ》れ多くも白米である。米の粒が艶《つや》やかに光っていた。

――しみじみ、うまいなぁ。

米ばかりの飯は滅多に口にできないが、こうして出されると改めてうまいと思った。とにかく甘い。混ぜもののある飯にはそれぞれの趣《おもむ》きがあり、ぼそぼそしたりざらざらするのも味のうちと竜次郎は思うが、柔らかく粒が揃って白い飯は、飽くまで純粋でしとやかだった。会ったこともない深窓の姫君のようだった。

汁は豆腐で、真ん中にぽとっと落とされた辛子《からし》が効いていた。こちらもほんのひと口である。

――これもまた、見事にうまい。

それもその筈で、この味噌《みそ》汁は具を別に煮、汁は何度も濾《こ》してなめらかな仕上がりに作ってある。椀に具を密《ひそ》やかに置き、そこに温めた汁をそっと張る。姫君のような白米に釣り合う、貴公子のようなあえかな味噌汁なのだ。

飯と汁とを食べ終わると、観応が酒を注《つ》いでくれる。

――はぁぁ。

なだらかな香りのうちにきりりと冴えたところもあって、ふうわりと薄雪の覆《おお》った丘の景色を見るようだった。

これを待って坪椀と平椀の中身を食べ始める。二つの料理は酒の肴《さかな》だから、味つけも取り合わせも、飯の菜《さい》とは風情が違う。

坪椀には大根の煮物が入っていた。取り上げた時既《すで》に、

──ん……。

と思った。大根だけ入った椀に、魚の匂いがした。箸をつけ、口に運ぶと、まろやかに煮えた大根に、魚の味がしみこんでいた。出汁《だし》の匂いではなく、別の魚である。

──大根に風味だけを滲《し》ませて、魚は取り出したんじゃ。

なんとまあ贅沢《ぜいたく》なことを、と半ば呆れながら大根の滋味を味わった。ほんのりと苦みを帯び、土の恵みをいっぱいに取り込んだ味がする。

平椀の方は指身《さしみ》で、鮒《ふな》だった。

桃色を帯びた肌に、煎り酒がかけられてしっとりと、これも風情は優しい。

ひと箸とって口にした。

川魚の料理を粗雑にすると、泥臭さというやつが立ちはだかるが、当然ながらそんなものは微塵《みじん》も感じられなかった。

竜次郎は美濃の生まれで、川魚は得意である。鮒や鯉《こい》、夏には鮎《あゆ》という至宝が急流を泳ぐ。

──この鮒は、池かな。

京の地も海には遠く、川魚の扱いは手慣れたものだろうが。

鮒は見た目の優しさとはうらはらに、身の締まった歯ごたえのある肉質をしていた。

余計なことは考えずに、その弾力を楽しんだ。

しかし、噛んでいるうちに心もち竜次郎の表情は変わった。

――なんかちっと、気ぃの抜けたようなとこがあるな。

調理のしかたは見事だが、鮒そのものは、最高というには少し違う感じがする。

――ふむ……。

そこへ観応が、平皿に焼き物を盛ってきた。これは客が皿を順送りにしながら、自身の分を手もとの椀の蓋《ふた》に取る。

正客の位置に竜次郎が座っていたので、先に添えられた箸を取った。皿には形よく鴨《かも》の焼き物が盛られ、脇に取り合わせの葱《ねぎ》があった。

竜次郎はまず鴨を取り、続いて葱を取った。そうして皿を大三郎に送った。別に何も意識はしていなかったが、大三郎があまりにも身を固くして嫌悪感をにじませているので、竜次郎ものびのびとはできなかった。ただ極力、知らん顔で所作をした。

鴨と葱は当たり前すぎる取り合わせだが、最も合いものだからうまいに決まっている。竜次郎はじんわり焼けた鴨をひと口噛んだ。汁気があって、旨味《うまみ》がじゅうっと口中に広がるのが分かる。脂ののった冬場の鴨は、隣の仏頂面も気にならないくらいにうまかった。

そこに二献めの酒が出た。

竜次郎はひと片の鴨を心ゆくまで楽しんだ。

酒を楽しむために鴨肉があるのか、鴨肉をより味わうために酒があるのか分かりかねた。茶事で酔うなどは見苦しいから、ただ料理と酒と渾然《こんぜん》一体としてほんの一瞬を楽しむためにあるのだろう。

そのあと、湯桶《ゆおけ》が出て湯漬けにした飯を食べた。

そうして、菓子が出された。この頃の菓子とは、甘味《かんみ》ではないことの方が多い。目の前に置かれたのも、焼き栗《ぐり》と榧《かや》の実だった。

榧の実はあくが強く、それを抜くには数日かかる。あくはきれいに抜けていて、しかも微《かす》かに苦《にが》みの影があった。それは竜次郎に栃餅《とちもち》を思い出させた。

油っけのない栗と、油分に富んだ榧の実の取り合わせは心憎かった。

こうして二人の弟子は観応の手料理を味わいつくした。

二人はいったん、座を立った。このあと観応の手で濃茶が出されることになる。

竜次郎はいわば、「客分」の扱いで、観応と師弟の契りを結んだ訳ではなかったが、先達の作ったものをあれこれ批評はできないから、ただ、

「結構なおもてなしでござりました」

と述べただけだった。が、心からそう思っていたから、その言葉は感嘆を込めた嘆

息めいたものになった。

「気に入らはったら何より」

観応は茶碗を差し出しながら言った。そのあと、幾つかの点について竜次郎は質問した。たとえば、豆腐を作る手順のうちで特に気をつけることや、鮒の泥臭さについてなどを訊くと、観応は丁寧に答えてくれた。榧の実のあく抜きのことも、

「灰汁《あく》につけると、面白いように赤くなりますな。茶人は準備をしながら、そういう景色も楽しみます。気ばかり焦って、あくせくと作るのでは風情に欠けます」

と笑って言った。

「はあ。でも、今日は二人じゃったけど、普通はお客さんがもっと入りなさるで、人数分の支度しよったら、忙しいし、どうしても焦るんと違いますかの」

「向こう鉢巻きで、汗水垂らしてばたばたとしたら、それは浅い。心をつくし、できる限りの魂を込めて、けど気持ちはあくまで平《たい》らかに、楽しまなあきまへん」

「慌てた心地で作ったら、客人に伝わりますか」

それには観応は、微笑だけで応えた。

大三郎はずっと、黙っていた。観応に、

「どないやった」

と声をかけられてもなお、しゃちこばって一礼しただけだった。

茶を喫し終わって、竜次郎はちょっと緊張した。この饗応《きょうおう》がただ御馳走で終わる筈もなく、そこで観応が何を言いだすのかに対して構えた。

――楽に楽に。

と自分に言い聞かせたが、にわか仕立ての呪文には何の効力もなかった。すると観応が、

「あんたらにやってもらいたいのは、と言うより、やってもらってそれを楽しみにしたい、と言う方が正しいかしれんけれども」

と微笑した。

「はい」

と竜次郎だけが声に出して返事をした。

「今日私が使った材料と同じものを使って、あんたらなりの工夫に富んだ品々を作ってみてもらいたいのやけど」

「同じもの。ええと、豆腐に大根に、隠し味の魚も入りますか」

ふふふ、と観応は声を漏らして笑った。

「解釈は好きなように。何かを足したかったらそれも構わぬし、全部の材料を使わんでもよろしい。ただ今日私のこしらえたものを元に、また別の色香の花を咲かせてみてもらいたいですな」

竜次郎はごくりと唾《つば》を呑んだ。どれだけ変え、あっと言わせるかだが、まるきり違うものにしてはまた良くないのだと思った。

「面白いですね」

「四、五日かけて案を練らはったらよろしい。献立ができたら、要るものを告げなはれ。魚でも鳥獣の肉でも、手を回して揃えましょう」

「贅沢なことで」

「そのくらいのことは……」

観応は語尾を呑み込み、

「竜崎さん、後か先か、どっちにします」

と訊いた。

「わしは別に、どっちでも」

「左様か。大三郎は」

「先にします」

鋭い声で、大三郎は切るように言った。

「そうか。ほんなら、大三郎が先、竜崎さんを後にしましょうか」

「わしはそれで結構です」

言いながら、

——ようし、見とれよ。

と竜次郎はひそかに意気込んだ。

二

作るものは汁に、煮物となますか指身、引き物（取り回すもの）として焼き物かあえもの、それに菓子である。

——汁じゃな、まず。そこが定まったらあとは、煮物さえ押さえたら何とかなるじゃろ。

ひと品ごとの腕の冴えも無論大事だが、茶事の膳ではとりわけ、全体の調和が問われる。無論、調和しきっているのは退屈だから、そこに破調のひと筆を必要とするだろう。その流れの要《かなめ》になるのは何と言っても煮物だと思った。

ところが、煮物を中心に考えをまとめようとしても、どうもうまくいかなかった。

——何でわしの頭はとっ散らかっとるんじゃろ。

しかめ面で首をひねって、やがて思いついた。

——わし、茶事のこと自体がろくすっぽ分かっとらんのやもん。それで凝《こ》ったことなんか、できる訳あるかい。

それでも、一人前の料理人になったら、「よく知りません」では済むまい。知ったかぶりはせぬまでも、何とか受けて立たなければ、「天下一」は名乗れない。

――わしちっと、あたま冷やしたがええわ。

竜次郎は外に飛び出した。

竜次郎の今いる屋敷は、観応の幾つかある住居の一つで、薬種屋をしているという店は別のところにある。この屋敷は下京でも南のはてに近い、本願寺《ほんがんじ》と東寺《とうじ》の間ほどのところにあり、近くに芹根水《せりねのみず》という名水のあるところから主に観応が茶人仲間を招くために造った別邸だった。

あたりは町屋も少なく、冬ざれの景色である。

やたらに歩いていくと、枯草の野なかに池があった。見たところ何の変哲もない小さな池である。

――こんなとこに池がある。

子供らが数人、釣り糸を垂れていた。少年たちはみな、冬にもかかわらずつぎはぎだらけの麻の着物で寒そうだったが、それでも元気よく騒いでいた。

竜次郎は近寄っていった。

「何が釣れるんじゃ」

訊くまでもなかった。子供らのかたわらに半ば水につけてある網袋があって、中にはかなり大きな鮒が何匹も、折り重なるように動いていた。

「おっ、立派な鮒じゃな。ここはこんな立派な鮒が釣れるんか」

「当たり前やろ。ここは鮒池やし」

「鮒池言うんか」

水は澄んでいた。竜次郎は近づいて、水をひとすくいし、飲んでみた。

「うまいな。これはええ水じゃ」

「そうやろ。そやさかい、鮒もうまい」

「お前、大人びたことを言う子じゃな」

返答をした、十二くらいの少年に言った。賢《かしこ》そうな目をくりっとさせた少年は、

「この池は湧き水なんやって、そやからいつも濁らんと、きれいなんやって。兄ちゃんが言うてはった」

と楽しそうに言った。竜次郎はしゃがみ込んで、網の中の鮒をじっくり眺めた。濡れ濡れとした鮒の瞳はぱっちりと黒く澄んで、薄墨の背も白い腹も輝いていた。

「ちっと一匹、分けてくれんか。無論お代は払う」

そんなもんええよ、と少年は気前よく言ったが、

「あかんて。人が出す言うたらもろとくもんじゃ」

と竜次郎は銭を渡し、懐《ふところ》から手拭いを出して濡らし、勢いよく暴れる中型の鮒を

くるんだ。

飛ぶように帰って台所にとび込んだ。

普通、川魚は臭いをとるため、生《い》け簀《す》などにしばらく泳がせる。だがそれをせずに竜次郎はまな板の上に鮒を置いた。そいつは竜次郎をにらみつけ、大きく口をぱくぱくさせた。

自慢の包丁の出番だった。

目の後ろを切って魚をおとなしくさせ、エラの後ろと尾のところを切って、血を抜いた。うろこを取り、きれいに洗い、さばいた。

川魚は皮に臭いがある。内臓にもある。内臓をちょっとでも傷つけて、その臭みが肉に移ったらそれはもう使いものにならない。

今は料理を作るつもりではなく、ただこの鮒の味を知りたかったので、おろした魚の一片《ひら》を皮から離すようにそぎ切り、口に入れた。

——ああ、これじゃ。この鮒じゃ。これこそ本物の味じゃ。

清水の池に棲む鮒は、少しも泥臭くなく、しかも本来の豊かな味わいを持っていた。

——これなら泥抜きいらん。

生け簀に飼うと魚は痩せる。魚にとっては囚われて狭いところで泳がされるのだから嫌な思いだろう。嫌な思いをした魚は、水から揚げた新鮮な魚とはきっと味が違う、と竜次郎は常々思っていた。観応の鮒もそれだったと思う。

——あそこの池から釣ってきた鮒を使ったら、遠路運ばれたり、泥抜きをされたりしたやつよりうまい。

観応は材料を揃えてくれると言ったが、

——不可《いか》ん。人任せにして本当にうまいもんは作れやせん。

と改めて思った。

手早く後始末をすると、竜次郎は再び外にとび出した。

——大根！　大根を探すんじゃ。

竜次郎は突っ走った。

三

二人が茶室で観応の料理を味わってから七日ほどして、大三郎によるもてなしの日になった。

正客の座に観応が座り、隣に竜次郎が並んだ。

折敷の上は前回同様、飯椀に汁椀、その向こうに坪椀と平椀が並んでいる。

まずは飯椀を手にした。

大三郎があまりに蒼い顔をしているので、竜次郎は内心、

――大丈夫かい。

と心配した。同時に、不安ではち切れそうになっている人間の作ったものはどうにもうまいとは思いにくい、とも思った。

実際は、飯はうまく炊《た》けており、観応のそれにも劣らぬくらいなのに、大三郎のひきつった顔を見ると、

――中に小石でも混じってるんと違うか。わしの歯でも欠けさせたろと思てやせんじゃろな。

と邪推したくなる。

汁は味噌焼き汁だった。細く切った大根を味噌で煎り、それに豆腐を合わせて別仕立ての味噌汁を張ってある。

――大三郎さん、回してきたな。

と竜次郎は思った。観応が煮物に使った大根を汁に持ってきたのだが、それはもっとも分かりやすい変化のつけ方であり、さらに味噌焼きにすることで一層のひねりを加えたのだろう。

――これやったら豆腐入れんと、なんか別のもので取り合わせた方がええんと違うかの。

しかし、味つけは巧《うま》かった。濃すぎることもなくほんのりと煎った味噌の香ばしさが出ている。

——さすがはお弟子じゃな。うまいこと作っとる。

竜次郎はかなり感心したが、隣の観応は無表情だった。

——ほめてやったらええのに。

と、竜次郎は余計なことを思った。

一献めの酒を注いでくれる時、大三郎の手は震えた。観応に対してはさほどでもなかったが、竜次郎の盃に、酒器のふちが当たるほどだった。

「ぶっ、不調法を」

と大三郎は詫びた。

坪椀の中身は鮒のこごりだった。

——冬のもんじゃな。

と、季節を感じさせる選択に、竜次郎は感じ入った。

溶いた味噌を袋に入れて濾した「垂れ味噌」にたまりを少し加え、骨が柔らかくなるほどまでに鮒を煮る。そうしてそれを寒いところに置けば、ぷるぷるとした煮凝《にこご》りができ上がる。こごりは夏にも天草《てんぐさ》を加えて作るが、自然に固まるのは冬場だから、やはりそちらが旬《しゅん》になる。

——こう使えば、泥抜きの鮒でも構わんわの。

さてそうなると、平椀は何にしたのだろう。鮒を煮物に使って……と考えながら平椀の蓋を取ると、そこには酒びてにした鴨が入っていた。

酒びてとは、魚鳥を酒に浸しておいてから調理するやり方である。夏場に新鮮さを保ち難い時に使う手法だが、その他の時節にも用いられる。大三郎の椀は、鴨肉をいったん塩漬けにし、それから酒につけて塩抜きしたように思われた。複雑な味わいがあった。

——えらい手間かかっとるなあ。

大三郎には確かに、よい感覚というものがあるように思える。

——さあこうなると、引き物は何じゃろ。

何だか楽しみになってきて、竜次郎は改めて大三郎の手腕を思った。

平皿がきた。

——おおっ。

焼き物は椎茸《しいたけ》だった。

——意外じゃな。ほじゃけんど、理に適《かな》っとる。

坪椀と平椀に、鮒と鴨を使ったら、更にここで魚鳥を重ねるのはくどい。大三郎は立派な肉厚の椎茸をさっと焼いて、軽く塩を振っていた。

そうして、二献めの酒と湯漬けのあと出された菓子は、フノヤキという、もっとも一般的なものだった。小麦から麩《ふ》をとったあとの粉を水に溶いて薄く延べて焼き、味噌で味をつけてある。

——酒びてを山の頂《いただき》にして、焼き物から菓子へなだらかに引いていく作りじゃ。

これは、自分もよほど考えないとだめだと思った。

この流れには観応も納得したようで、濃茶の席になった時、観応の表情はおだやかであり、いつになく大三郎に対する声音も温かみを帯びていた。

「なかなか、ようこしらえたな」

と言われて大三郎も表情を緩めたが、しかしそれは、ほどなく一変した。

観応が、

「お前さんも、やっと鳥を扱えるようになったかな」

と言った瞬間、大三郎がぎくりと身体を固くしたのである。

「どうした？」

大三郎のこわばった顔がすうっと蒼くなった。

「どうした大三郎」

「と、鳥は」

錆《さ》びついた道具でも回すようなぎしぎしした声を、大三郎は漏らした。

「鳥は……て、手伝い、て……」

「滋明たちに作らせたのか」

一陣の烈風のように、観応の言葉が大三郎の横っ面を張った。

「いやその、手伝い、手伝いを」

大三郎は畳に手をつき、うつむいて声を絞り出した。

「お前さんはいまだに、鳥が触れないのだな?」

「申し訳、ござりませぬ」

大三郎がわなわな身を震わせながら突っ伏した。

観応は眉を寄せた。

「もしどうしても触ることができぬなら、なぜ思いきって鴨を外さない。私は材料を、足してても引いてもよいと言った筈や。自身で鴨を扱えぬならば、いっそ潔《いさぎよ》く、用いねばよかろう。他人に作ってもらって、しゃあしゃあと自分のもののような顔をして出すとは……」

観応の言葉はそれきりで途絶えたが、大三郎はとうといたたまれなくなったらしい。よろよろと立ち上がるや、襖《ふすま》を開けて出ていってしまった。

——鳥に、触れんのか……。

誰にでも不得意なものはある。たとえば竜次郎は、ムカデのように足がたくさんついたものは苦手《にがて》である。さいわい、ムカデを処理する必要はないから助かっているようなものだが、料理も作らねばならない茶人としては、鳥に触れないのは痛手であろう。ことに正月ともなれば、鶴の吸い物など作ることは必至である。

――そのたんび、誰かを頼みにせにゃならんのじゃな。

竜次郎が思っていると、観応が細く溜息をついた。竜次郎も言葉に窮《きゅう》した。

「触れるようになる稽古をする訳でもなし。それならそれで、使わぬ覚悟もできず。他人に作らせて、それを言いもせぬ」

――先生も、厳しいのう。

大三郎が鴨をどう扱うか、観応は注意して見ていたのだろう。しかし大三郎にしてみれば、せっかくの鴨を外すことは献立上あまりに惜しかったろうし、別段人に作ってもらったことを隠すつもりでもなく、ただ言いだす「機」に恵まれなかったとも言えるのではなかろうか。

いずれにせよ大三郎にとっては気の毒な結果になってしまった。

「でも先生、大三郎さんはなかなかええ線いっとるのと違いますか。わし結構、感心しとったんじゃけんど」

観応がちょっと歪んだ笑みを見せた。

「確かに、あれを上回るとなると、竜次郎さんもだいぶ考えななりまへんでしょうな」

と観応は言った。

四

竜次郎はそれから二日後に期を定めた。

いよいよ料理を出すと決めた日の早暁、まだ暗いうちに台所に入った竜次郎は、白い息を吐きながら、布袋に入ったフスマを出してきた。

小麦の粒を石臼《いしうす》で挽くと、麦粉がとれるが、それをふるいにかけて残ったものがフスマである。主に皮と胚芽などの混じったものだが、これに水を加え、塩を合わせて力強く練る。しばらくこねた後、それを袋に入れてねかせた。

その間に、昨日から水につけておいた大豆を持ち出し、水を加えながら少しずつ石臼で挽いた。すると臼から、ほんのりと乳色をした柔らかいものが出てくる。「呉《ご》」と呼ばれるそれを、水を加減しながら釜にかけて炊くのだが、これは激しく泡立つうえにすぐに焦げつくので、とてもではないが気の疲れる作業だった。

後ろに静かな足音がして、明かりを持った滋明がやってきた。難しい顔をして釜の中をかき混ぜている竜次郎に、

「何か手伝うことがあったら遠慮なく言って下さいよ」

と滋明は言った。

「ああ、どうも」

竜次郎にはそれしか返せなかった。返す余裕がなかった。釜を取り上げ、鉢に載せたざるにこし布を置いたものの上に、釜からしゃくった呉を置いていった。

滋明は微笑して、足音を忍ばせながら離れていった。竜次郎は気づいていなかった。

湯気の立つ煮えた呉を、絞らねばならない。冷めてからではうまくいかないので、熱いうちに絞らねばならなかった。さすがに素手で摑んでは大火傷《おおやけど》をするから、袋状に絞った布を杓子《しゃくし》で押すが、まだるくて堪《たま》らなかった。結局、まだ熱さの残るうちに、

「あつっ！　あっつっぅ！」

と叫びながら手で絞り始めた。

――ええ匂いじゃ。

大豆の匂いはむっとするのだが、そこにいのちの籠《こも》ったような独特の感じがあった。

竜次郎は呉を絞りきると、桶に溜まった汁を鍋に移して火にかけた。

この火加減こそが全体の要《かなめ》で、沸き立たせたらおしまいである。

煮立たせないようにしながら、しかも低温ではまずいので様子を見い見い加熱し、よいと思ったところで火から下ろし、にがりを加えた。そうしておいて、平たい木製

のへらで液を混ぜた。

——南無三宝！　うまく固まれ！

ぬるすぎればうまく固まらない。高温すぎたり、かき回しすぎると固くなり、その失敗はここで既に何度かやらかしていた。

竜次郎の生来の気短かさは、料理を作るうえではなかなかの大きな欠点である。

——待てばうまくいく！

と自分に何度も言うが、つい手を出してみたくなり、開けてはならぬ蓋《ふた》をとり、触ってはならぬ中身に触れてみる、といった調子で失敗をやらかすのだった。

——待てっ！

今日はもう、失敗している場合ではない。鍋の外側に触れてさめ具合を確かめ、ややあってこわごわ蓋を取ると、中身はふわふわとしたいい感じになっていた。

——しめたっ。

用意してある箱には、布が敷いてある。そこへこの微妙な固まりかけを移し、重しを載せ、水を抜くのだった。

全ては「機」の問題であり、ぼうっとしているひまはなかった。そうして当然ながら、焦るのも禁物だった。

あとは水が切れたところで型から抜けば、あっぱれ、一丁の豆腐のでき上がりである。

ひと息、ほうっと息をついただけで、竜次郎は先ほど寝かせておいたフスマの袋をとりだしてきた。今度はその中身を、桶の水の中でひたすら揉む。足で踏んでもよいらしいが、竜次郎は怪力だから手でも十分揉み込めた。

すると不思議なことに、塊《かたまり》の全てが水に溶けだしてしまわず、白く濁った水の中に、何かぐにゅぐにゅと弾力のある、別のものが手もとに残るのだった。

白い水はそのままそっとしておけば、粉が底に沈殿する。それが大三郎の作ったフノヤキのもとになるのだが、竜次郎が一生懸命揉み出しているのは弾力のあるものの方で、それこそが、煮たり揚げたりして使うための「麩《ふ》」なのだった。

この麩には麦の皮がついているから、それを丁寧に取らなければならない。桶に水を入れ、籾通《もみどお》しというものを入れてそこで少し荒っぽく洗うとまずは皮がとれるが、それで満足してはいけないのだった。麩は引っぱればぐいぐいと伸ばせるが、そうしておいて皮をみつけては取り、最後につやつやと生まれ変わったような薄灰色のものを水の入った鉢に収めてとりあえず麩の原形ができ上がる。

これを使うにはまた、小麦粉や米粉などと適宜合わせてこねる必要がある。竜次郎はさらにそれを油で揚げて、大ぶりに切った大根と共に炊こうと思っていた。

――それにしても、料理ちゅうのは力の要るもんじゃ。

無事になにがしかの麩がとれたので、竜次郎は安堵の吐息をついた。

東の方が少し明るくなってきた。

そのあと少し休む間があったが、竜次郎は興奮していてまるきり寝るどころではなかった。仕方がないので台所の隅で少しうずくまっていた。

すっかり明るくなったころ、人の声がした。勝手口から出ていくと、そこにはだらりと首を垂れた鴨を提《さ》げた猟師が立っていた。

「ああどうも、お手数でした」

撃ってとっただけの、何の処理もしていない鴨を、受け取った。

台所に戻って鴨の首を落とした。両の羽をつけねから折り取り、大きな布袋に収めた。片手に鴨、片手に袋を持って裏庭に出た。

そこには石囲いが組んであって、火をおこすことができ、鍋もかけられる。

庭の隅でしばらく、切った首を下にして立っていた。血を抜くためである。そんなに量は多くなかった。滴《したた》らせた場所に砂をかけて埋めた。それから竜次郎は、さっき羽を収めた袋の中に、鴨の毛をむしっては入れ始めた。すっかりむしり取ると、火をおこし、その火で、残った毛や、つんつん突き出ている短かい羽の軸のようなものを焼いた。首と足を持ってまるまるとした鴨の胴体をあぶっているのは、我ながら何だかおかしげな様子だった。

台所に入って、見事な水かきのついた肢《あし》と、羽をもぎったあとの前肢とを切り落とした。

鴨に使う包丁は、ここの備品で、竜次郎自慢の包丁ではない。どんなに綺麗に洗っても、鳥獣肉の臭いは刃につくから、それでなまものとして出す鮒を切りたくはなかった。幸いここには、見事なまでに手入れされた様々な大きさの包丁がある。

竜次郎はまるまるとした鴨の胸に刃を入れ、ざっと解体していった。

五

数日前に散々歩き回って、鳥羽《とば》あたりまで行き、見つけた大根が届いた。ずっしりとよく太って、葉もみずみずと勢いのいい大根である。

野菜の王様と言ってもいい風情だった。

これであとは、昼前に鮒が届く筈だった。それで材料は揃い、調理にかかれる。

もっとも、それまでにやっておくべきことはいくらもあった。

――よしっ。

覚悟を決めて出汁を引く支度を始めた。

出汁は後世、東は鰹《かつお》、西は昆布《こぶ》という倣《なら》いができ上がり、後には合わせ出汁などという工夫も生まれたが、この時代にはむしろ鰹が主流である。ただし、下々の家ではそもそも出汁を引くなどという贅沢なことはしていない。庶民は手に入ったものを食い、いのちをつなぐ。天与のままでも十分うまいものを、更にうまくしようというのは、

——何という贅沢なことじゃろ。

と竜次郎は感心していた。

もっとも、贅沢さを知るのも修業のうちに違いない。天下一になって、殿さまの召し上がりものを調理するなら、それは知っておくべきことであろう。

竜次郎は小刀を構えた。

鰹節を削る道具などができるのは二、三百年もあとのことだから、当然小刀で削るのだが、この頃の鰹節はそうカチカチに堅い木のようなものではなく、薄く削るのはかえって難しかった。そこを手先の技で薄く削《そ》いでいく。

削ぎあがったものを布袋に入れて煮る。

——うう、腹が減るわ。

鰹の匂いは竜次郎の腹の虫を鳴かせた。

やがて「黄金の」ともいうべき出汁が引けたので、それを置いて竜次郎は米をとぎ

始めた。

そもそもが観応の屋敷に備えられた米はごみもほとんど混じらず、粒の揃った良い米だったが、前日に竜次郎はざるにあけ、一粒ずつ吟味して、少しでも欠けたものは全て別にした。無論、欠けようが虫食いだろうが、自分たちが裏で麦と混ぜて食べる分には差し支えなどないから、別にしたものも後生大事にとってある。白米というだけで金銀の粒くらいの大事さである。

せっかくより分けたものを、とぐ時に壊しては元も子もないが、かといってじゃらじゃらと臆病にといでいては米はぬか臭くなってしまう。

——気合！

と思いながら指先は鋭敏に、力を加減した。

といだ米をざるに上げたところで、竜次郎はふと、鮒のことが気になった。

鮒池の鮒を、例の少年によく頼んでおいた。少年はいとも気軽にうなずき、

「なあに、この池で魚が釣れんかったことは一度もないゆえ、心配はいらん」

とニコニコしたのだが、今になって竜次郎は不意に心配になってきた。

——様子を、見に行くか。

行くなら今だと思った。汁を作り始めてしまったらもう出ることはできない。

——ちっと、ひとっ走り行ってくれれば済むことじゃ。

頭の中でここまでの手順を反芻《はんすう》し、この先のことも思い浮かべてみて、

――よしっ！

と思った時にはもう土間に下り、外に走り出していた。

まっしぐらに駆けていくと、ほどなく向こうから魚籠《びく》を背負った少年が走ってくるのが見えた。

竜次郎は走りながら大きく手を振った。

「おおーい、どうじゃあ」

向こうから少年の澄んだ声が、

「ええ鮒、ええ鮒！」

と返ってきた。

「おお！」

喜び勇んで駆け寄り、魚籠を覗《のぞ》くと、確かにすばらしく形のよい鮒が二、三匹口を開け閉めしていた。

「ありがとう。また、後でな」

魚籠をひっ提げて走り戻り、開けっ放しにしてしまった勝手口から、見えた。

土間に何か白いぐちゃぐちゃしたものがある。その脇に、散々踏みにじられたらしい泥だらけのものがある。そして上がり口に、大三郎が妙に蒼い顔をして立ちはだか

っていた。

——しまった！

腹の中がさあっと冷たくなり、竜次郎の顔も大三郎に劣らず蒼くなった。

次の瞬間、

「おのれえ、何をしたんじゃ！」

竜次郎は絶叫しながら走り寄った。

間違いなく、土間に潰れているものは苦心の作の豆腐だった。草履のあとも生々しく、泥にまみれて平たくなっているのは麩だった。

「わしの、知ったことか」

言葉がなめらかに出にくい大三郎は、詰まりながらそう言った。

「たわけが、ふざけるな！」

竜次郎は大三郎の左腕をガッと摑んで持ち上げた。

六

かぎ爪のように指を曲げた大三郎の手を、竜次郎は自分の鼻に持っていった。

ひと嗅ぎで確信し、

「おんしの手が証拠じゃ！　そんな豆腐くさい手ェして、どんな言い訳が立つんじゃ！」

と怒鳴りつけた。

驚いたように目を見開いたが、大三郎はなお傲然《ごうぜん》と、

「そんなもん、知らん」

とうそぶいた。

もう我慢できなかった。

竜次郎は

「おのりゃあ！」

と絶叫しながら大三郎に摑みかかり、突き倒した。

大三郎は後ろざまにぶっ倒れ、その巨体が棚にどーんと当たってあらゆる道具がガラガラと落ち散った。

上に乗って力任せに殴りつけると、驚いたことに大三郎は渾身の力で竜次郎をはね返し、逆に乗りかかってぐいぐいと竜次郎の首もとを絞めつけてきた。

――くっそぉ！

自由になった片手で、何だか分からないがそこに落ちていたものを摑み、大三郎の脳天を殴りつけた。

それで竜次郎は起き上がれたが、なお相手は暗い憤怒を込めた馬鹿力で、竜次郎に摑みかかってきた。

二人の男は、二匹の熊のように取っ組み合った。

駆けつけてきた滋明や観清も手が出せず、

「やめや、やめ」

と叫びながらおろおろしているだけだった。

すると急に大三郎が手を離して立ち上がった。そして竜次郎が同じく立ち上がった時、大三郎は一本の包丁を左手に、こちらに向き直った。

――そう来るか。

それは竜次郎を、すっ、と冷静にした。

と、不意に、

「何をしておるのか」

という、氷の刃《やいば》のような観応の声がした。

大三郎の手にした包丁のそれよりも鋭く、名刀の冴えにも似たその声は、さして大きくもなかったが、瞬時に皆を凍りつかせた。

何でもないようにすたすたと観応は大三郎に近づいてきた。

「茶人が包丁持つんは、料理作る時だけで十分や」

平静に言いながら、観応は震える大三郎の手からすいと包丁を取り上げた。

幸いなことに、大三郎は無抵抗だった。滋明と観清がその背に手をあて、促した。

大三郎は魂の抜けた人のようにふらふらしながら、連れ出されていった。その両眼から涙が流れ落ちているのを見て、何となく竜次郎はどぎまぎした。

「用意はよろしいか」

観応が平然と竜次郎に言った。

竜次郎の目は自然と、土間の上の豆腐と麩の残骸に向いた。

しかし観応はそちらを見ようともせず、包丁を所定の位置に戻しながら、

「いついかなる時にも、包丁をそこいらに放っておいたらあかんということの見本ですな」

と呟《つぶや》いた。

竜次郎の背中にざっと汗が流れた。あとで念入りに洗うつもりで、鴨肉の脇に包丁を放り出していたのは自分である。

「料理人たるもの、材料を放ったまま台所を無人にしたらあきまへん。猫も出る、鼠《ねずみ》も出ます。虫もたかろうし、もっと大きな何かが出ることもありますわな。一人で何もかもせんでも、ちょっとの番役くらい、人に頼んだらよろしい」

また汗が流れた。材料を大事にする気持ちが薄かったと思った。

竜次郎が下を向いて口ごもっていると、観応は、

「たとえどんな予期せぬことが起ころうとも、自分都合でお客人を待たせたらあきまへん」

と言った。

これがとどめだった。手も足も出ぬほど打ちのめされて、竜次郎はかぼそい声で、

「はい」

と言った。

「あればあるように、なければないように、何事も表に知られぬように、やり遂げねばなりまへん」

——あるもので早急に工夫せよということじゃ。

豆腐も麩も、これから新たに作ることはできない。だから、いまあるもので献立を立て直さねばならなかった。しかも、材料に不足が出たことを客に感じさせないようにせねばならない。

これ以上大三郎に腹を立てているひまなどなかった。

「刻限どおりに席に入りますさかいにな」

そう言い残して、観応は何事もなかったように台所を出ていった。

その後ろ姿を目で追って、

――斬りかかっても仆《たお》せんな。

と竜次郎は思った。

大きな犬のように、ぶるっと一つ頭を振った。

幸い、といだ米はぶちまけられていなかったし、出汁も無事だった。多分、竜次郎の戻るのがもう少し遅かったら、それらも無事ではなかっただろうと思った。

――土間をかたづけなならん。いや、そうじゃけんど、献立……。

どうしようどうしようと思いながら、竜次郎の目が、ふと台の上の立派な大根にとまった。

――大根、かあ……。

しろじろと太った身の部分だけでなく、ふさふさ茂った葉の緑もつややかで、生き生きしている。ただもう無心に、うまそうだった。充実を絵に描いたようななりかたちだった。竜次郎は他のことを忘れて、そのずっしりとした大根を手に持ち、しげしげと眺めた。

――大根。

上から下まで、捨てるところは一つもない。白くすべらかにみずみずしい肌に、竜次郎はそっと触れてみた。

「だいこん、だいこん」

声に出して言った。

「……おお、大根じゃ」

――よしっ。

と思った。

七

「お待たせを致しました」

茶室の襖を開けて、竜次郎は手をつき、礼をした。

観応が無言で礼を返した。当然とも言えたが、大三郎の姿はなかった。

竜次郎は折敷を取り上げ、立って入り、畳に折敷を置いて襖を閉めた。それから改めて折敷を捧げ持ち、そろそろと歩いて観応の前にそれを据えた。本来ならそこで出ていくのだが、

「そのまま、そこに」

と言われたので竜次郎はとどまった。

観応が両手で、飯椀と汁椀の蓋をとった。

飯はまずまずのできだった。

「……ほう、なるほど」

汁椀を手に取った観応が呟いた。良しあしは分からない呟きに聞こえた。

観応の箸が、青々とした小さな「菜」を摘《つま》み上げた。大根の葉である。柔らかいところを選り、下茹《ゆ》でして使ってあった。ついで観応の箸は、うす白い唐草様のものを捉えた。それは大根葉の茎に、削りかけを作るように切りこみを入れたもので、これを水に放すと切りこみが開き、唐草のようになる。飾りとして使うのが普通で、汁の実には珍しい。しかし手際を見せていた。しゃっきりしていたが生ではなかった。

——塩で下茹で、かの。

大根の葉には特有の臭気と苦みがある。全て消してしまっては使った意味がないから加減のものだが、竜次郎の鼻と舌はその点が特に優れていた。

葉の下には豆腐を取り合わせれば完璧だったろうが、それがないから竜次郎は薄く切った大根本体を重ねて高さを出し、葉の台にしていた。薄く切ってあるから火は十分にとおり、それを重ねたことで見た目の体裁を整えている。

——出汁は見事。

味噌はやや濃いめで、これは具が大根の葉だからそうなるだろう。葉の強さに合わせてあった。

——これは、面白くなりそうやな。

と観応は思った。足りない材料の中で、竜次郎が何をどう作り上げてくるのか、楽しみになった。

竜次郎が酒を出したので、観応は、

「形だけ」

と軽く受け、平椀と坪椀の蓋をとった。

坪椀の煮物は、鴨のみぞれ煮だった。みぞれ煮は魚でも獣肉でも、先に煮るなり焼くなり火をとおし、それに大根や蕪《かぶ》のおろしを添えて煮る。

「時宜《じぎ》に適うてますすな」

おろしをみぞれ雪に見立て、あえものにせずに煮物に作ったのは腹を冷やさぬ心づくしと見てとれる。冬の煮物は汁もたっぷりと豊かな気分になるように仕立てるが、そこはちゃんと押さえられていた。

やや大ぶりの鴨はさっと焼いてあり、出汁にはたまりが加えられてこくを出している。おろしは無論絞って加えてあるが、それでも水分がたっぷりだから、竜次郎は味がねぼけないように気を使っていた。

「あんたの料理は、男らしいな。いや、よろしい」

おろしにも軽く火はとおって、大根の甘みが出ている。おろしが煮汁に溶けてはそれこそ泥雪の道のようで情けない姿になるから、この煮物は機を計ることが必要であり、だらしない姿に見せない盛りつけも見どころの一つとなる。竜次郎の気性ゆえか、おろしに見え隠れする焼き色のついた鴨とそれを覆ったおろしとは、いずれも凛《りん》としてみぞれ雪の清さを感じさせた。

「この大根はどこで」

「鳥羽の方です。駆けずり回って探しとったら、ある畑にこう、葉をのうのうと、まるで土をしとねに気持ちよう昼寝しとるような見事な大根を見て……」

「ええ土ですな」

「そうなんです！」

竜次郎は思わずひと膝乗り出した。

「こう、ふかふかとして、あれなら大根も気持ちよう太れるじゃろと思いましたで。ほんでこう、葉を開き加減にほうっとしとるのを見たら、『さあ抜いてや』と大根がこっちに声かけとるようで」

観応はうなずいた。

大根づくしで攻めてくるであろうことは、初めの汁でそれと知れた。茶事で大根の汁はあまり用いない。それを敢《あ》えて使ってきたのは大根づくしの宣言のつもりだったろうと観応は思っていた。

鴨を煮物にしてきたのは意外性があった。観応が大根を主にした煮物で、竜次郎は張り合わずにおろしにして脇に添え、鴨を引き立たせた。

——さすが剣客で、駆け引きは心得ておるかな。

続いて平椀を手にした。中は鮒の指身である。

白髪《しらが》大根を敷きづまにし、鮒は糸造りと言われる細切りで、煎り酒がかけてある。

「ふーむ」

黙って観応が食べた。

竜次郎には観応の反応が計りかねた。

「ええ鮒やな」

ややあって観応がやっとそう言った。

これは鮒をそのまま味わってもらいたさに、余計な工夫はしてなかった。もっとも大根の敷きづまがありふれたものになるのは後世のことで、ここでも大根を使いたかったから竜次郎としては知恵を絞った部類である。

「この鮒はどこで」

「それが、ここからちっと行ったところに『鮒池』ちゅう池がござるのを、ご存じですか」

「鮒池？　ああ、あの瓢簞《ひょうたん》なりのいびつな池。あそこの鮒ですか」

「湧き水が清うて、ええ鮒で」

「灯台もと何とやらどすな」

——あえてひねりを加えぬというひとひねりか。

同じ鮒の指身で勝負してきたのは、素材の良さを見出した目を評価してほしいというところだろう。なかなかやる、と観応は思った。

——さて、焼き物やが。

鴨と鮒はもう使ってしまった訳だが、観応自身の献立にはなかった何かを加えてくるのだろうか。それとも、限られた材料だから、あえて鴨か鮒をもう一度、別の調理法で工夫してくるか？

退出していた竜次郎が、引き物の皿を持って戻ってきた。澄ました顔をしていたが、何か期するものがあるように目が輝いていた。

皿が観応の前に置かれた。

「ほう」

観応の目が、ほんの僅《わず》かに笑いめいたものを含んで、畏《かしこ》まっている竜次郎を見た。

皿の上に盛られたのは丸く平らな何かだった。たっぷりの、薄く削った鰹節で覆われ、一見したところは筍《たけのこ》の焼き物のように見えた。

この時季に筍はないし、竜次郎のここまでの作戦は読めていたから正体はすぐに分かったが、

──なかなか、知恵がある。

と観応は思った。

五分《ごぶ》ほどの厚さに切った大根の表面に軽く切れ目を入れ、両面を油で煎り焼きにしてあった。それに花鰹をたっぷりとまぶし、味噌で味をつけている。

「よろしいな」

観応はほめた。大根づくしの趣向のうちに、普通なら魚鳥を持ってくる筈の焼き物で、大根を副《そえ》に使わずそのまま主にしてきた。大三郎の椎茸の工夫と似ているが、もの が大根だけにただ焼けばいいというものでもなく、調理にひとひねりがあった。

──ええ大根は焼いてもいけますな。

と観応は素直に味わった。淡白に思われる大根だが、油に負けずに個性が出、噛むと野菜の甘みが十分にあふれてくる。

大胆で、若々しい味に思えた。竜次郎のやる気がいい形で出た焼き物だった。

手順どおり進んで、あとは菓子まで来た。

竜次郎が出したものは、何か小ぶりにひし形に切ったものである。

──餅か？

こんがりときつね色をして、所々に緑が散っている。

観応が楊枝でひとつ摘んだ。

「おお、なるほど。大根餅やな」

おろした大根と小麦粉を混ぜ、さらに細かく切った葱《ねぎ》を混ぜて胡麻《ごま》の油で焼いてあった。ひし形にしたのはその前の焼き物の大根との流れで、丸いものが続かないようにしたものだった。味つけもほんの少し煎り酒を振っただけで、さっきの焼き大根との違いを出してある。葱が刻み入れてあるので、味わいはかなり違って感じられた。油で焼いたものが続くところは稚拙で工夫が足りないが、経験の浅い竜次郎の、若い男らしい旺盛な食欲の表れだと、観応は微笑《ほほえ》ましく思った。未熟さもあるが、面白くもある。

竜次郎が膳を引き、観応がいったん席を離れた。

八

竜次郎は慣れない手つきで茶を点て、観応に供した。そして批評を待ち受けた。

観応は、うまくないに決まっている竜次郎の茶を優雅に喫した。それから、

「今日の献立の主眼は何ですかな」

と訊いた。

「わし……」

竜次郎はちょっと口ごもったが、材料にまつわる愚痴はもはや言うまいと決めていたからそれは言わず、

「わしの手に入れた大根があんまり立派で、うまそうやったから、葉っぱの先からしっぽの末まで、これで御馳走作ったらええと思ったんですに」

と言った。それも本当のことである。

「大根づくしやったけれども、指身の鮒は？」

「大根づくしで意地にならんでもええと思いましたんじゃ。せっかくうまい鮒が手に入ったんやから、それを十分に召し上がって戴きたかったもんで」

しばらく無言になった観応に竜次郎は、

「わしの料理、どんなもんやったかの」

と愚直に尋ねた。

「若くて、力にあふれていますな。鮒のほかはまずまずええでき」

「鮒……はいけませんでしたか」

「いけなくはない、うまい鮒だったけれども。……自分でも分かっていなさるだろうけれども、あんたに一番足りないものは？」

「ええと、経験の数じゃろうか」

「その通り。鼻と舌は持って生まれて抜きんでている。それは余人にはないもんやか

ら、大事にしはったらよろしい。経験は、これから月日を重ねていったら身につきます」

「経験ないのが鮒に出ていましたか？」

「魚を料理した経験が少ないから、手さばきが慎重になってしまいますな。そしたら刃づかいの速さが落ちますやろ。あんたの今の包丁づかいは、どっちかいうたら剣術の修業の応用になってますな。そのせいかどうか知らんけども、あえて比べると鴨の切れ味の方がシュッとしてますなあ」

竜次郎は思わず首をすくめた。獣肉の手応えは覚えのあるそれで、魚の方は見よう見まねのおっかなびっくりでさばいたものである。そこが味に出ていたらしい。

「こわごわ切ったら切れ口の鮮やかさが落ちますわな。あんたの剣くらい包丁が使えるようになったら、ええ鮒の持ち味がもっと生きますやろ」

――そりゃ、そうじゃわな。経験の数ばっかりは、やすやすと手には入れられん。

「ほとんどの人には気づかれぬと思いますけど、あんたの目指してるのはそこやないと思いますのでな」

観応が茶碗を返した。その茶はまずかった筈である。それと同じように、鮒の糸造りも洗練された味にはできていなかったということになる。

「ところで」

と観応は、茶碗を取り込んですすぐ竜次郎を眺めた。

「最初に考えていた献立は、どんなものでしたかの」

「それはですね」

ぎこちなく振舞いながら竜次郎は言った。

「つまらん考えしか浮かばんで。鴨を汁にして、豆腐を田楽に……とか、すごいと思うような工夫はなんものうて……」

「煮物は?」

「大根と油麩、と思ったんじゃけんど……」

言いながら顔がうす赤くなった。

「左様か。困ったはめになればこそ、工夫ができましたな」

観応がさらりと言った。

「ほんに、ほんに」

竜次郎は強くうなずいた。こんなことがなければ、大根を焼き物にしようとも思わなかったろうし、菓子に大根餅を出そうとも思わなかっただろう。

――わし、これがなかったら平凡なものばっかり並べて、なんも工夫がないと言われとったじゃろな。

だからといって大三郎を気持ちよく許す気にはならなかったが。

と、その腹を読んだように観応から、

「あとであんたと大三郎に茶を振舞いたいのやけど、並んで座るのは嫌かな」

と訊かれた。

そのくらいならなんとかできる、と竜次郎は思った。

「正直、わしはええけんど、向こうさんがあかんのと違いますかの」

「あれも、決して、悪い人間ではないのやが」

「まあ、わしは別に、遺恨にゃ思っとりゃせんですよ」

「大三郎は長いこと伸び悩んでおりましてな。実はあんたを招いたのも、一つにはあれにとってええ刺激にならぬかと思てな。けれどもそれは、なかなか難しいことやった」

「あの人は、茶の湯は長いんですか」

観応はうなずいた。

「ちょっとこみいった事情があって、子供の頃によそから引き取ってな。茶の湯は強《し》いはせなんだのやけど、本人は何とかそれで私に気に入られたいと思うてましてな。意気込みだけは人一倍あるので、なんとか一人前の茶人に育てたいと思うのやけれども……」

竜次郎はどんな顔をしていいか分からなかった。観応の言葉からすると、竜次郎の

存在に大三郎が発奮するのを望んでいたように思えるが、

——そうは感じんのと違うかの。

どこの馬の骨とも分からない竜次郎を拾ってきて、こんなふうに特別扱いをしているのを見せられると、大三郎は余計鬱屈してしまうように思えた。しかしそれを言うすべもないので竜次郎は黙っていた。

「では夜に、改めてな」

気持ちを切り替えるように観応が言い、

「畏《かしこ》まりました」

と、半ば上の空で竜次郎は言った。頭の中では、

——それよりわし、鮒でも鯉でも山ほど釣って、さばく練習せなあかんわ。

と先のことを考えていた。

九

庭の向こうに、観応が建てたもう一つの茶室がある。

僅か畳二枚を並べた、極小の茶室である。観応は大三郎と竜次郎に、そこで茶を振舞うと言った。

――うー……。

肩の触れ合うような一畳の上に、大の男が二人。しかも、竜次郎も大三郎も筋骨逞しい巨漢の部類である。

――わし、はっきり言って狭いのん苦手じゃなあ。

箱に詰められたような気分になるのは目に見えていた。

数年前に山崎《やまざき》の陣で、千利休《せんのりきゅう》が初めてしつらえたと言われる二畳の茶室である。随所に工夫があり、壁のま中に切った窓など、狭さを狭苦しさに見せないようになっている。それと同様のものを観応も造ってあった。

刻限になったので、渋々竜次郎は躙口《にじりぐち》から中に入った。

――利休ちゅう人は……。

王侯貴族といえども、この狭い口で頭を下げ、身を丸め、もぞもぞと中に入るのだ。そしてほんの畳一畳に、三人まで客を入れよと言ったとか言わないとか。

――凄《すさ》まじいな。

相手が武将、大名でも、茶の湯の道の前には自身の決めた規矩《きく》こそが絶対だという利休のゆるぎなさを、大したもんじゃなあ、と感じ入りつつ、しかし竜次郎は居心地が悪かった。自分の身体の大きさをぶざまに感じ、到底くつろいだ心境にはなりようがなかった。

本当は、見るべきものに満ちた充実の場なのであろう。柱の一本、わざとざんぐりあばら屋めいた風情の壁、それら全てが計算された無造作であり、美の極みなのだろうが、竜次郎にそれを見分ける目はなく、

——部屋は食えんもんな。壁でも舐めてみるか？

と自分に冗談を言ってみても、息苦しくつらいのに変わりはなかった。

——利休さんの一人勝ちじゃな。

この中で、思うがままに振舞えるのは、多分亭主を務める利休翁ただ一人《いちにん》に違いない。

と、そこへ大三郎が入ってきた。大きな身体をねじ込むようにしてにじり入ってくる。

視界の中に竜次郎を入れまいとし、大三郎はほとんど歯を食いしばっていた。大きな土人形が何かの妖術でやっと動くようにぎくしゃくし、その姿は思わず手を出したくなるほどぎこちなかった。

どさりと大三郎が座った。肩が触れそうになった。

空気が動いて、男の臭いがツンときた。竜次郎は息が詰まった。

別に悪臭ではなく、尋常なその年頃の男の臭いである。が竜次郎にとっては、ガツンと一発どやされたほどに強く響いた。

──近すぎるんじゃ。む、無理じゃて。

茶道口が開いて、観応が入ってきた。当然ながらその臭いもまた竜次郎を急襲した。どちらもただ、人のぬくもり、とでも言ったらいいようなものだったが、竜次郎にはそういかなかった。

──うっ。

観応が茶を点て始めた。茶の香りが混じり、しかしそれは籠った人臭さを覆えずに、ただ混じったただけだった。そこに炭火の臭いが重なった。

──あううう。

目がくらみ、汗が噴き出た。

竜次郎の歯がガチガチ鳴りだした。天井を突き破りたくなった。足をつん出してバタバタと暴れたくなった。臭いそのものよりも、それをこうまざまざと感じさせられる場の狭苦しさが耐え難かった。これまでに入った茶室では、人臭さをそれほど気持ち悪く感じたことはなかったが、二畳の狭さは箱詰めに監禁されたような恐怖感を竜次郎に与え、そのために臭いがこんなにも威圧的に感じられたらしい。

竜次郎は短かく喘《あえ》いだ。本当に息が詰まって死にそうな感じがしてきた。背中を汗が流れ下り、目がチカチカして膝に置いた手が震えた。

「どうかしなはったか」

観応の声がじぃんという耳鳴りの向こうに微かに聞こえ、

——あかぁん！　苦しい！

わし、息できん！　と思うと同時に、竜次郎は席を蹴立てんばかりに立ち上がっていた。

「申し訳ないっ。わ、わしここ、ここは……。すまん、許してな」

叫ぶなり、躙口を引き開け、頭から出る勢いがつきすぎて、竜次郎は庭に転がり落ちた。そのまま、まな板の上の鮒のように大きくぱくぱくと喘ぎながら逃げ出した。

背後で、何事か怒号する大三郎の叫びが聞こえたが、悪いことをしたと思いつつ、竜次郎の足はどんどん茶室から遠ざかった。

そのまま、自室まで駆け戻ると、自分の刃物をさっと身につけ、竜次郎は廊下にとび出した。

滋明が現れて、

「どうしました」

と声をかけてくれたが、竜次郎は、

「すまん、わし。茶室が怖うござる。どうか皆さんに謝って下され」

と怒鳴り返して、廊下を走った。

勝手口から逃げようと思い、どたどた走っていってとび出した。すると後ろから大

三郎が迫ってきて、

「待てえっ！」

と叫んだ。しかし土間にとび下りては来なかった。憤怒する仁王のように、そこに立って、大三郎は竜次郎をにらみつけた。

「すまん！　わしあんたと仲直りしたくない訳じゃありゃせんのじゃ。すまん、わしあの茶室があかんのじゃ。わしとあんたは食い合わせのようない、餅と冷や水みたいなもんじゃけんど、わしは茶の湯とも相性ようないんじゃ。なんかぶっとい無器用な手で、ひな人形の調度作っとるような気イしたんじゃ」

ぺこぺこ頭を下げながら竜次郎は一気に言った。言っていることの後半は、自分でもはっきりとは分かっていなかったことが、あの狭い茶室に詰め込まれたがためにふいに明確になったように、竜次郎の口からあふれてきた。

とまどいの色が大三郎の顔を、ぼうっとした雲のように覆った。

「わし散々お世話になって逃げるのも何じゃけど、またいずれお礼はするで」

その時になって、ふっと目が覚めたように大三郎が土間にはだしでとび下り、竜次郎に摑みかかってきた。

竜次郎は大三郎の襟を摑むや、斜めに投げ飛ばした。

「あんたもわしとおんなじで、茶の湯には相性ようないんじゃが。それだけの腕力あったら、いっそ左手利きの体術でも編み出したらどうじゃ」

——人のこと世話焼いとる場合かい！

顔を歪めて大三郎が立ち上がり、またもかかってくるのを相手にせず、

「真っ平御免下され！」

と絶叫しながら、竜次郎は走って逃げた。

第四章　蜂蜜と塩梅

一

——全く、わしどうしてこうなるんじゃろ。

全速力で脛《すね》を回しながら竜次郎は思った。後ろからは、手に手に棍棒を振りかざした馬子《まご》どもが押し寄せてくる。

武原観応の屋敷から逃げ出してしまい、訳も分からず道を走って、何となく南の方に進んだのだが、気持ちが落ち着かないうちに、些細なことで行きずりの馬子の一群と馬鹿馬鹿しい喧嘩になってしまった。

もっとも、向こうは最初から難癖をつけるつもりで、道の真ん中をふさぐように馬を横向きにしており、そこを無理やり押し通ろうと突き進んだ自分が馬鹿だったとも言える。

――別にわし、こっちの方向に進まんでも良かったのに……。

だが、癪《しゃく》に障《さわ》ったから仕方がない。

「往来の衆の邪魔じゃろ！」

と馬に似て顔の長い馬子を一つ突き飛ばしたら、あとはもう訳の分からない喧嘩が始まってしまった。

そして、あっという間に向こうは仲間を呼び寄せ、馬で囲むような具合に寄せてきた。

刀を抜きたくなかったから、竜次郎は一人を投げ飛ばし、壁になろうと立ち塞がった二人をぶっ飛ばして逃げた。闇雲に走って逃げたが、道はだんだん細く山道になり、そして後ろからはしつこく馬子どもが追いかけてくるのだ。

追いついてきた一人の手から棍棒を奪い、そいつの横っ面を思いきりぶん殴った。そいつはふっ飛んだが、別の一人が怒号と共に突っかけてきた。それもまた殴り飛ばしたが、きりがなかった。

――あかん、これじゃ百人がけじゃ。

道場の鍛錬で、一人に数人で入れ代わり立ち代わり攻めたてる手法がある。道場ならぶっ倒れれば終わりになるが、ここでぶっ倒れたら命がない。

行く手は道がなかった。

——馬子どもにひっ捕まってずたずたにされるくらいなら、イチかバチか運任せ！

と竜次郎は、崖から、飛んだ。


ぱっと、目を開けた。

上から覗《のぞ》き込んでいる優しい顔——まるで知らぬ若い女の顔にびっくりして、竜次郎は跳ね起きざまに二尺ばかり後ろに跳んだ。

小さな、荒れた小屋の中だった。決して暖かくはないものの、囲炉裏《いろり》に火が入っていた。

「ああよかった」

女は小さな声でそれだけ言った。

「何やわし、どうしたんじゃ」

「観音山《かんのんやま》の崖の下に、倒れておられました」

「んー……」

どこか打ちどころが悪かったたか、何も覚えていなかった。落ちたのかとび降りたのか、その前後のことも思い出せなかった。頭がふらふらし、少し目も回った。

「あんたがここまで運んでくれたんかい」

「ちょうど杣《そま》の人が通りかかって」

と女は言葉少なに答えた。

「そうか。命の恩人じゃな。わしは……」

名乗ろうとしたら詰まった。

「……あかん。わしどうしてしまったんじゃろ」

「無理せんと、お休みなさいまし」

「そうじゃ、わし、魚をさばかな。このへんに川か池か、あるじゃろか」

何をいきなり、と自分でも驚いたが、女はもっと驚いたろう。それでも、

「川も池もございますよ」

と返事をしてくれた。

――こんな山の中にこんな優しげな娘さんが……。狐《きつね》か狸《たぬき》と違うやろな、と馬鹿なことを半ば真面目に思いつつ、

「ちっとわし、なんか頭打ったらしいで、なんも思い出せんし、とんだ迷惑かけて申し訳ないけんど、少し休ませてもろてええじゃろか」

と頼んだ。

「ここは今、わたし一人なので、いっくらでもいて下さいまし」

「こんな山の中で、一人暮らしかい」

「父さんがいたのだけれど、少し前に何か用事で出ていきなさったきり、戻ってみえ

ません。博打《ばくち》をして、すっかり損をして、戻れないのかもしれません」

　何でもないことのように女は言うのだった。

「ふうん。ほいであんたは、どうやって暮らしをたてていなさるんじゃ」

「暮らし……」

　女はぱちぱち瞬《またた》いた。きれいな泉の水のように澄んだ眼をしていた。

「春は食べられる草やら何やらをとって、秋は茸《きのこ》やら木の実やらをとって、そして里に持っていって、粟《あわ》やら稗《ひえ》やらと替えてもらいます。柿もあるし栗もあるし……」

「ふうん。何だか小鳥みたいな暮らしじゃな。それはそうと、あんた、名は何とお言いじゃ」

「おやいと申します」

「お八重《やえ》か」

　すると女は真面目な顔でかぶりを振り、

「いいえ、おやえでのうて、おやいです。こんまい頃からいつも、父さんに『やい！』とばかり怒鳴られていたから」

　と笑いもせずに言うのだった。

「ほうか、まあそんなら、おやいさん、わしどうも、あっちこっち打ち身がひどいで、すまんけどもな、しばらく置いてやっておくんなさい。わし、自分の名ぁも出てこんのやけど、太郎でも次郎でも好きなように呼んでやって」

「そんなら、竜さんと呼びましょうか」

「ほ!?　そりゃいい名じゃけんど、また、どうして」

おやいは初めてにっこり笑った。

「懐《ふところ》に、竜の絵のついたお守り袋がありましたから。きっと竜のつくお名と思って」

聞いた途端に何かちらりと頭をかすめるものがあったが、それ以上出てこなかった。

「そうか。じゃあきっと、竜のつく名なのかもしれんわな」

と竜次郎は呟《つぶや》くように言った。

二

竜次郎は左足を骨折していた。おやいに木切れを持ってきてもらって足に縛りつけ、しばらくは動かさないようにした。この時代の通常のやりようである。

その他にもあちこち打っていて、痣《あざ》が恐ろしいまでに広がっていた。あばらの骨も一、二本折れたかひびが入ったと思われ、咳込《せきこ》む度《たび》に痛みが走った。それは取りあえず放っておくしかないので、竜次郎はただ黙って耐えた。

頭のふらつきは次第に治まったものの、依然として自分がどこの誰だか思い出せなかった。

ただ、両刀の他に見事な包丁と、菜刀と小刀がおやいの手で枕もとに丁寧に並べてあったから、

——わし多分、料理人じゃな。

とは見当がついた。

そしてどういう訳か、とにかく魚をとってそれをさばかねばならない、ということが頭の真ん中に大岩の如くに居座っていた。

——くそっ。早く動けるようにならんと。

骨がつくまでは辛抱だと思った。早すぎると取り返しのつかぬことになると、何となく心得ていたから、我慢の一字だった。

街道から外れたこの山なかは、まるで隠れ里のようにひっそりとして、時折通りかかる杣人の他は、人の気配もない。

何だかよく分からないことになってしまった竜次郎が身を休めるには、ちょうどいいとも言えた。

——わし、なんか、お尋ね者とかじゃああありゃせんじゃろな。

それは違うような気がする。とにかく、魚を釣ってさばいてみれば、何か思い出せるかもしれないと思った。

近くの沼は、いったん山道に分け入っていって、途中から道を下っていったところにひっそりとあった。

何とか歩けるようになると、おやいの父親の蓑《みの》と笠《かさ》を借りて、雪の日も竜次郎はこの沼に釣りに行った。この沼は、下京の鮒《ふな》池とは異なり、水が濁っていたが、そのせいか凍ることもなく、倒木を沈めてひっそりとしていた。

竜次郎は身体が凍えきる手前までは我慢して、糸を投げた。針の先にはふやかした大豆や、小さくちぎった干し柿をつけた。その餌では鮒はほとんど釣れなかったが、時折、鯉《こい》がかかった。

寒さにこわばる身体でぎくしゃくと小屋に戻ると、とにかく魚をさばいた。

せっかく指身《さしみ》に作っても、おやいはなまものを恐ろしがって一切食べなかった。もっともこの頃の庶民は、そもそも魚鳥を口にしない者も少なくない。殺生《せっしょう》は嫌われ、わざわざそれらを獲って食べることも一部の者の贅沢《ぜいたく》の部類だから、鮮度がいのちのなまものなどは食べたことがなくても不思議はなかった。

なぜそれをするのか分からないまま竜次郎は毎日魚をさばき、

――冷たい！　歯に沁《し》みる！

と思いながら、作った指身を自分だけは食べてみた。釣ってすぐの固い新鮮な身よりも、一日くらい置いた方がむしろ旨みが出ることも知った。

三枚におろした片身は、木の枝を削った串に刺して囲炉裏で焼いてやることもあった。それならおやいも、ひと口ふた口くらいは食べたからである。

多くは、結局雑炊《ぞうすい》の中に放り込んで、ありがたく腹に収めてしまったが。

竜次郎は囲炉裏の上に、さばきにくい小さい鯉を吊り下げた。外に干せないからそうしたのだが、煙にいぶされてからからになった鯉には、不思議なあとを引く濃い味があった。

「ここは雪がたんと降るのかや」

「降ります。でも今年は少ない」

「そりゃ幸いじゃな。こんなとこで雪に降り込められたら難儀じゃわなあ」

「今年は竜さんのおかげで、食べるものに困りません」

おやいは秋のうちから冬ごもりの支度をし、僅《わず》かながら柿や栗、豆などを干して貯《たくわ》えていた。そうは言っても極貧の暮らしで、細々と食いつないでいる感じだったから、竜次郎はおやいの分をなるべく奪うまいとし、魚ばかり食べていた。

魚をさばく方は、次第に滑らかに、どこにどう包丁を当て、どう身を引くかも自然と呑み込めてきた。鮒や鯉は小骨が多いが、それをすく方法も分かった。そのうちに竜次郎は、両眼を閉じたまま魚の身に刃を入れてみた。

見ていてもいなくても、腕は動きを完全に覚え、ここぞという点を外すことはなくなった。

三

どうにかこうにか冬を越し、歩くことも普通にできるようになったものの、依然として竜次郎はこの山なかにとどまっていた。どこかに行こうにも、自分がどこの誰で、何を目指して生きているのかが分からなくては、飛びたって行きようがなかった。

春になると、おやいは竜次郎を連れて山の中を案内した。小さなリスのように軽やかに藪《やぶ》の中を走るおやいに引っぱられて、竜次郎は山の中に関する学びを重ねた。

文字も書けないおやいは、草木の名もまた、ほとんど知らなかった。ただ、一つ一つの特性には詳しく、どれが食べられるのか、どれが毒なのかをよく知っていた。

「ね、これ」

と可憐な白い花が二輪咲いているのをおやいは見せる。

「これの若葉は食べられます」

「ほう、そうか。可愛らしい花じゃな」

「ですけれど、秋に紫の花をつける大層毒の強い草に見た目が似ています」

「あ、それはわしでも知っとるわ。あれじゃろ、トリカブトじゃろ」

「鳥のかぶと？」

とおやいは目をみはって竜次郎を見、ころころと無邪気に笑った。

「だから間違えないように、このふたあつの蕾《つぼみ》を見てから摘むのです」

「こいつはいつも二つで咲くのかえ」

おやいはうなずいた。

「寂しくないからええ花でしょう？」

おやいがそう言って笑うと、花より可憐に見えてまぶしいと竜次郎は思った。

「よし、ほんならこれは間違いなく食えるやつやで、少し摘んでいこ」

竜次郎はおやいに教わって草を摘んだ。どんなものでも採り尽くしてはいけないと、おやいは言うのだった。

――そりゃそうだわな。採り尽くせばそれっきりじゃでな。

竜次郎はおやいに、ゼンマイやワラビ、フキノトウなどの名を教えた。それは記憶の中から消えていなかった。

――わし、名は知っとっても、どんなとこに生えてるかはあんまり知らんかったわ。

摘んだ草はどれもみな、雑炊の具になった。薄い塩味の雑炊の具になった山の幸は、それぞれ個性の強い味と香りを持っていた。

「わしはこの、ウドが好きじゃな」

採りたてのウドは生でも食べられる。そのむせかえるほど清冽な香気を竜次郎はいっぱいに吸った。

「ウドの大木、て知っとるか。わしみたいなもんのことを言うんじゃや。なりばっかり大きくなっても役に立たんやつのことじゃな」

「竜さんは、役に立っても立たなくても、どちらでも構いません。ええ人ですもの」

おやいの物言いはいつも天真爛漫だった。竜次郎は思わず照れて顔が赤くなった。

ある日おやいが、

「そうそう、これ」

と言って小さな壺を取り出してきた。竜次郎が蓋《ふた》をとって覗くと、なにか薄黄色い軟膏のようなものが固まっているのが見えた。

鼻を近づけてみると、少し焦げ臭いような甘い匂いがした。

「何じゃ、これ」

おやいが少し箸の先でこそげたものをくれた。

竜次郎はそれを舌先に載せた。

たちまち溶けて広がった強烈な甘みに、竜次郎は目を丸くした。

「これ、何じゃ？」

大層癖のある甘さで、味わったことのないものだった。どっちみち昔のことは思い出せないが、竜次郎の舌は初めてだと言っていた。

竜次郎自身は思い出せずにいる武原観応のところでは、世間には出回っていない、貴重な黒砂糖の小さな粒やら、米もやしから作る飴やらを体験している。それ以外の甘みといえば干し柿の表面の白い粉をこそげたものか、蔦《つた》の樹液を煮つめたあまづらだが、そもそも甘みはどれも手に入りにくく、いま口中に広がる強烈な甘さは衝撃だった。

「蜂《はち》の蜜《みつ》です」

「は？　蜂の蜜？」

そろそろ初夏にかかろうかという頃のことだった。

おやいに連れられて、竜次郎は山の奥に入った。

とある倒木の手前で立ち止まると、おやいは木を指さした。

何かの巣のように、太い幹の真ん中は穴が開いていた。そこから、小ぶりな丸みをおびた蜂がぶうんと出てくる。

「あの中に」

と、蜂に聞こえては困るとでも言うように、おやいは声をひそめて言い、指さした。

「蜂が巣を作っておりますよ。そこに蜜があります。蜂は働き者です。花の蜜をせっせと貯めます」

竜次郎は木をしげしげと眺めた。ざらっとした表皮は湿った感じで、いかにも朽木らしかった。

「これ剝がしたら中に、蜂の巣いうもんがあるんかや」

おやいがそうですと言うより前に、竜次郎は朽木の皮に手をかけていた。

「危ない。蜜をとる時は木の枝をいぶして……」

とおやいが言いかけるうちに、竜次郎の手がめりりと木を裂いた。

きれいな六角形を並べて板状になった薄黄色い巣が、幾つか整然と層になっているのが見えた。

蜂は奥の方で塊《かたまり》になってうごめいているらしかったが、たちまち数匹が舞い上がって飛んできた。

竜次郎は何も考えずに脇差を抜いてそれを払い落とした。

その瞬間、

──あ、市兵衛！

と髭《ひげ》もじゃな大男の姿が思い浮かび、その名を思い出した。

と同時に、竜次郎はおやいに強く引っぱられた。

「全部叩いたらいけません」

おやいは竜次郎を引っぱって木から離れた。竜次郎は思わずされるままになって木から遠ざかった。

「せっかく巣を作っているのに、いけません」

語気が恐ろしく真剣だった。

「ああ、すまんことしたな」

と言った瞬間、

「あ痛っ！」

と竜次郎は跳びあがった。おやいに気をとられて、一匹の蜂が自分の手についていたのに気づかなかった。決死の蜂のひと刺しは強烈だった。

するとおやいが、竜次郎の手をさっと取り、刺された指に唇を近づけて指を強く吸った。

——ああ、あかんて！

竜次郎は目がくらんだ。蜂蜜に似て、それよりも澄んだ甘い香りがおやいから仄《ほの》かに伝わってきた。

おやいは吸った毒をぱっと横に吐いた。

竜次郎はおやいの肩を熱いてのひらで包んで、その、虫っぽい味のする唇を吸った。

一時的にかすめた市兵衛の記憶から、ずるずると前後をたどる、という訳にはいかなかった。しかしまた、自分の何かが、記憶が戻ることを強く拒んでいるというのでもないようで、断片的に人の顔や名前がふいと表層に浮かび上がってくることもあった。それは不思議な感じだった。

竜次郎の記憶には、何だか不快な気分と共に蘇《よみがえ》る一つの女の顔があって、その泣き顔が思い浮かぶと嫌な感じになるのだが、どこの誰だか依然としてよく分からなかった。

その顔から目を背《そむ》けると、そこには優しくおっとりしたおやいの姿があって、竜次郎は束の間、安らいだ気分に浸った。同時に、

——わし、こんなことしててええんやろか。

このまま山中で、おやいと共に年を重ねるばかりでいいのだろうか、という気がした。

おやいは一人の時と変わらず、たまに里に下りていって、山菜や木の実と引き換えに、雑穀や、ごくわずかの塩やら味噌やらを手に入れてきた。

「これでも、父さんのいる時よりはずっとましです。父さんがいると、大抵はお酒に替えてしまうから」

「一向《いっこう》に、戻ってみえんな。いつもこんなに長いことおらんのか」

おやいはかぶりを振った。

「これほど長いのは初めてです」

そう言って、いくらか不安そうに首を傾《かし》げるおやいの表情には、素直な寂しさがにじんでいた。

「そのうち戻ってみえるじゃろ」

――わしみたいなもんがくっついているのを見たら、きっと腹立てんさるじゃろな。

その時には、行くあてがなくとも出ていかねばならないだろうと竜次郎は思う。

しかし父という人は戻らぬまま、秋が過ぎ、竜次郎が助けられてから一年が回って、再び冬になった。

四

その日は妙な天気の日だった。晴れるかと思うとさっと曇り、ばらばらとみぞれさえ降るが、また、ぱっと陽が射すといった繰り返しの、落ち着かぬ空模様だった。

「今日はおやめなさったら」

と珍しくおやいが止めたが、

「いや、ざわつく日の方が大物が釣れるかしれん」

と軽く言って出てきた。

すると、沼端に着いていくらも経たぬうちに、竜次郎は濁った水の中に、信じられないほど大きな魚影を見た。

――ほうら、勘が当たった。

と思ったが、それにしても魚の姿は信じられぬほど悠然と大きかった。

――池の主《ぬし》か！

と思ったがひるまず、竜次郎はとっさに、手にしていた短刀を投げた。

藪の枝を払ったり、からまった糸を切ったりするためのなまくらな刃だったが、風をきって飛んで、水面近くにゆらめいていた魚の背中に立った。

尾びれがびしっと水を一打ち。

背に白刃を突き立てたまま、魚は身を翻《ひるがえ》して池の中央にくねっていった。ざざざと波が立つほどの勢いだった。

次の瞬間、何も考えずに竜次郎はとび込んだ。逃してなるかとばかり、ぬめる魚体に摑みかかった。

相手はものすごく力が強かった。竜次郎をしがみつかせたまま、なお深みに向かって泳いでいた。

竜次郎は短刀を手に取り直そうと思ったが、そんなことは到底できなかった。

——くそっ。魚に負けて堪《たま》るか！

こうなったら力勝負、と必死に締めた。

銀鱗を閃《ひらめ》かせて、怪魚は激しく暴れた。

「あふっ」

泥が掻き立てられたか、視界は悪く、どす黒くよどんで見え、竜次郎は何か得体の知れない妖怪めいたものを相手にしているような気がしてきた。

——絶対に、放、さ、ないっ。

渾身の力で、手ばかりか下肢までまつわりつかせ、魚を締め上げた。相手がのたくり、狡猾《こうかつ》にも沈んだ倒木の間をすり抜けて逃げようとした。

——もうひと息じゃ。

遮二無二《しゃにむに》魚を抱え上げようとした時。

竜次郎は自分の髪が、倒木の枝にがっちりと絡まって、ちょっとやそっとではとれないことに気づいた。

まるで、枝に悪意があって、魚を助けるためにその細い指で髪を引っ摑んでしまったようだった。

——まずい。死ぬるわ。

無理やり引っぱれば頭皮がべりべり剝がれると思った。こんな山中の濁った池で、髪を倒木に引っかけて誰にも知られずにお陀仏になったら、どんなに間抜けなことだろう。

竜次郎の顔が苦痛に歪み、口からぶくぶく泡が出た。肺の臓が焼けつくように痛み、目がくらんだ。この苦境から自分を救うには、魚を抱えた手を放すしかない。

――あぁ。くそぅ。

両手を放し、苦痛をこらえながら指先で頭を探った。消えてゆく魚影を目の隅に見ながら、枝を折り、焦りに焦って強引に引っ張り、やっとのことで水面から口鼻が少し出た。

――くううっ。

何とか顔が水から出た。息をつぎ、口からとび出しそうな心の臓を鎮めながら竜次郎は、必死で自分を落ち着かせ、また水中に頭を戻し、指先を使って髪を全て木からはずし始めた。

すると、さっきまで晴れていたのがまたも変わって、痛いような大粒の雨が落ちてきた。

竜次郎がやっと倒木から自由になって、池の真ん中で立ち泳ぎの状態になった時、雨はすさまじい勢いで叩きつけてきた。

——なんじゃ、ほんまに池の主か。龍神さまか。

ふと、ぞっとした。竜次郎は急いで岸に向かって泳ぎ始めた。思いのほか体力を消耗していて、我ながら手足に力がなかった。

——同じ水やのに。

竜次郎を責めるように雨粒が打ちつける。水面の波は耐えられるのに、雨滴の激しさに息が切れた。

へとへとになりながら岸になんとかたどり着いて、まだ足が水中にあるままぐったり土に身を伏せた時。

パリン、と言うかパシッ、と言うか。短かく嫌な音がして世界が閃光に満ちた。

——うわっ。

伏せていて幸いだったかもしれない。

ほんの少し離れた向こうの木に、雷が落ちていた。

——うわあ。あかん、わし主を傷つけて、バチがあたってまう。

「天地神明に誓って、わしはふざけ半分にしたことと違いますっ。わしは竜崎竜次郎といって、天下一の料理人になろうと志を立てた者なれば、天地の神様、何とぞお許し！」

両手を合わせて天に叫び、しばらくの間、自分が自分のことをすらすらと説明したのに気づいていなかった。それからはっとした。

――ああ、思い出した……。

何から何まで一気によみがえってきた。

神様がお詫びを受け入れてくれたのだと思った。

五

お帰りなさいと言いかけて、おやいは目をみはった。

急な土砂降りだったから濡れて戻るのに不思議はないものの、竜次郎の姿は降雨に濡れただけとは到底思えないありさまだった。髪はぐしゃぐしゃ、手足から血を流し、ただならぬ顔をして震えていた。

「どうなさいました」

「池に、落ちた」

竜次郎は取りあえずそう言った。歯の根が合わず、長くはしゃべれなかった。

帰ってきても着替えなど持たなかったが、おやいはもう手早く、いつも被って寝る夜着を出してきた。竜次郎に近寄ると、背伸びをし、両の袖で竜次郎の頭や首筋を懸命に拭いた。

「構わんで。独りでできる」

言いながら竜次郎はさっさと帯を解いた。これ以上濡れたものを着ていたらこの場で凍えてしまいそうな気がした。

「そうですか。ほんなら」

と素直に言って、おやいは炉にかけた鍋の方に戻り、蓋をとって中を軽くかき混ぜた。

着替えていた竜次郎の手がはたと止まった。

「何じゃ、すっぱらしくええ匂いするな」

鍋から香気が立ち昇り、ふわふわと流れてきたのだった。その途端竜次郎は、途々《みちみち》考えてきた、自分が記憶を取り戻したことを説明する文言を一切忘れてしまった。

「どないしたんじゃ、それ」

おやいがちょっと恥ずかしそうな顔をした。

「お塩が……お塩がもうひと摘みもなくなってしまって。それで、床下に、昔おばあさまが漬けなされた梅があったと思って」

すすけたかめをおやいは示した。

夜着にくるまり、炉のきわでやっと暖をとりながら、竜次郎はかめの中を覗いてみた。

何年どころか、何十年も前に漬けたものでもあろうか。水分は全くなくなり、かさかさに縮んだ梅らしきものと、大きな真四角のきれいな塩の結晶が混じっていた。

「これか」

大きな結晶は純粋な塩の味だったが、梅のまわりに粉っぽく散っている方は、ほのかに梅の香りを内に含んで、何とも言えない味わいになっていた。

竜次郎は急いで鍋の中の粥《かゆ》を椀によそってもらった。

「あー、ええ香りじゃ。遠くの花盛りの梅林を眺めながら飯食うてるような気ィするわ」

角々《かどかど》しさのない、まろやかな塩の味に、竜次郎は陶然とした。

「これ、おやいさん、このかめは宝物じゃわ」

水気はかめの肌から少しずつ外にしみ出て、替わりに外から入ってくるものは何もなく、ゆっくりと乾燥しながら熟成していったのだろう。

ひんやりとした床下で陽の光を受けることもなく、一度は一つになった梅と塩とが再び分かれて、もしおやいが蓋を取らなければ、そのままずっと時を過ごしていったと思われる。

竜次郎の言葉に、おやいは嬉しそうな顔をした。

「これまだ、幾つかあるのかえ」

「たんと。おばあさまが毎年漬けなさって、でも父さんは、梅干は好かないと言って、口にしませんので減りません。博打の障りになるとかで」

「そんなことは聞いたことがないな。……そうか、でもおばあさんは毎年漬けておられたんじゃな。梅は保《も》つで、いつか役に立つと思っとられたんじゃろ。こうして役に立ったなあ」

竜次郎は汁のひと滴《しずく》までしみじみと味わった。そうしながら、自分の実家でも、母や祖母が梅を漬けていたと思った。汚れが入れば梅が漬かるより前に駄目になってしまうので、女たちは手をごしごしと洗い清め、皆、桃の花のようにきれいな手先になって総出で梅を漬け込んだ。

いつもは竜次郎を甘やかしてくれた母も、その日ばかりは汚れを持ち込ませぬように、手拭いを被った頭を横に振って、

「こちらへ来てはなりませぬよ」

と言うのだった。

それをすらすらと思い出せたことが、改めて竜次郎に強い感情を与えた。

椀を置いた竜次郎は、座り直し、

「あのな、おやいさん」

と改まった声をかけた。

「はい、何でしょう」

「わし今日、あの沼の中で、自分のこと全部思い出したんじゃ」

「まあ！　それはようございましたこと」

「わしな、竜崎竜次郎いうんじゃ」

「ああ、やっぱり竜さんでしたねえ」

そう言ってにっこりしたおやいは可愛らしかった。

それから竜次郎は自分のことをおやいに説明した。おやいは熱心に耳を傾け、竜次郎が崖からとび降りたところでは、小さな両拳を握りしめてきゅっと目をつぶった。

「それでな、おやいさん。わしはこれから修業を重ねて、天下一の料理人になるんじゃけんど」

きらきらした眼でおやいは竜次郎を見守っている。

――ああ。可愛い。

竜次郎は赤面した。またもぞもぞと座り直し、腹に力を入れ、

「あんたわしについてくるか」

と訊いた。

「修業中のくせに女連れて、と笑われるか知らんが、そんなことはわしどうでもええんじゃ。あんた一人くらい背負えんで何が天下一じゃと思うんじゃ。ほじゃから、あ

んたさえよかったら、ここを出て一緒に行こう」

おやいが軽く首を傾げた。竜次郎の言葉が分からなかったのではなく、一生懸命に考えてみている、という顔だった。

竜次郎は意外な気がした。純でまっすぐな気性の女だと思っていたから、きっと一も二もなくうなずいて、「一緒に行きます」ととびついてきてくれると思ったのが外れた。

今度は竜次郎の方がおやいを注視した。

おやいはそれにまっすぐ目を合わせた。それからふっと目をそらすと、

「わたしここで、竜さんの宝物を守っています」

と床板の向こうを透視するように見て呟いた。

「こんな小屋でも、人がいなければ誰が入り込んでくるか分かりません」

「入り込んでも、干からびた梅漬けのかめを持って逃げるやつはおらんじゃろ」

つい何も考えずに言い返したのがおかしかったか、おやいは小さな鈴の鳴るようにころころと笑った。そうしてふっと手を伸ばすと竜次郎の手をとった。

「父さんも、いつ帰ってくるか分からないし、わたしはここの者だから、歳をとっておばあさまのようになるまでここに、根を生やしています」

「あんたわしのこと……」

好きじゃないんか、と馬鹿なことを訊こうとして竜次郎はおやいの両目からあふれ下る涙を見てしまった。おやいが、竜次郎の天下一の野望を文字通りに受け止めて、素早く考えを巡らし、一つの選択をしたことを知った。

——ああ、何ちゅう女じゃ。

矢も楯も堪らず、絡んだ小さなおやいの手をぐいと引いた。おやいがすっぽり胸の中におさまった。

「そんな聞き分けのええこと言いなや。わし寂しいじゃろが。もう、この」

強く抱き締めると、おやいの顔が小さく歪んで、おやいはぽろぽろと涙をふりこぼし、子供のように声を放って泣き出した。

「ほんとうはいったらいや」

と小さく小さく、呪文のようにおやいは繰り返し言った。

六

道を東にとると、伊勢《いせ》の国に出る。

薄汚れた大きなかめを背中に縛りつけて、大股に進む男を、街道を上下する人々は驚嘆して眺めた。両刀を腰に帯び、背中にかめを背負ったので竜次郎は包丁も左腰に差していた。

　この時代にはいろいろと変わった風体の武者がおり、中には刀を何本も腰に差したり、戦さに行く訳でもないのにどこに行くにも大槍を手放さない者などもいたので、竜次郎の三刀もそこまで異様には思われなかったものの、蓬髪《ほうはつ》、弊衣《へいい》、背負ったかめに加えて三刀となれば、やはり人目を引いた。

「あやつ、何やろ」

「妙なやつやな」

「あのかめには何が入っとるんかな。財宝か？」

「おまえそんなに気になるなら声をかけてみい」

　道行く男たちが言い合っているのをしり目に、竜次郎はずんずんと進んだ。

　頭の中は、別れてきたおやいのことでいっぱいだった。

　いよいよ小屋を離れる時、

「わし、偉くなったら絶対にあんたを迎えにくるんじゃからな。その時は四の五のごねんと連れていかれるんじゃど。わしの嫁さん、あんたしかおらんのやから」

と竜次郎が強く言うと、おやいはこくんとうなずいた。そうして蚊《か》の鳴くような声で、

「待っています」

と答えながら、蜂蜜の小さな壺を竜次郎に手渡した。

「これはわたしよりも、竜さんのお手もとに」

懐中しても蓋が外れないように、とおやいはそれをきつく紐《ひも》で括《くく》った。そうしてさっと自分の着物の片袖を裂くと、それでくるんでくれたのだった。

その他に梅の塩のかめを一つだけ貰って、竜次郎はそれを背負い、おやいのもとを旅立った。

足を緩《ゆる》めたら後ろ髪を引かれてしまう、とでもいうように、竜次郎は前だけを見て進んでいた。

歩き続け、やがて、海辺に出た。

竜次郎は美濃の生まれで、海を見るのはこれが初めてである。

——向こうが、見えん。

とまず思った。次にきたのは湿っぽい潮の匂いで、海藻と岩と、鮮度の良くない魚の混じったような匂いなのに、不快ではなかった。

——これが、海の匂いか。

打ち寄せる波の音も珍しかった。

かめを背負った姿のまま、水際に寄っていってひとすくいし、口に含んでみた。

——ほおお、ほんまにえらく塩っ辛いんじゃ。

塩気は相当きつく、かなりの苦みもある。

竜次郎は海に夢中になった。そこいらを這う小さなカニやら、ぴんぴん跳ねている変な虫やらに見入り、かつ右往左往した。

その様子が不審だったのか、後ろから、

「おい、そこの者！」

と声がかけられたが、竜次郎は自分のことと気づかずに、浜に打ちあがった大きな藻を拾ってしげしげと眺め、軽くかじってみたりなどしていた。

相手は故意に無視されたと思ったらしい。

「呼んでおるのが分からんか！」

という荒い声と共に、竜次郎は肘《ひじ》のあたりをぐいと引かれてとっさに振り払った。

「何じゃ」

振り払ったのは考えなしにしたことだったが、相手は抵抗したと取ったらしい。

「この狼藉者《ろうぜきもの》！」

と叫び、後ろを向いて、

「おおい、来てくれえ」

と呼ばわった。

その時初めて竜次郎は振り向き、どうも相手が、ここいらの何かの番をする番卒らしいことに気づいた。長い棒を片手にしている。同時に向こうから、同じような棒を持った仲間が五人ばかり走ってくるのが見えた。

「おのれは何者じゃ。そんな大きなかめを背負って浜をうろうろと、怪しいやつ」

「わしは別に怪しいもんじゃありゃせんわ。竜崎竜次郎ちゅう料理人じゃ」

ばらばらと仲間が走り寄って竜次郎を取り囲んだ。

「料理人？　料理人が何でこんなところで、そんな大きなかめを背負ってうろうろしておるのじゃ」

「それには何が入っておる。怪しくないと申すならここで蓋をとって中を見せてみよ」

「こんなとこで？」

――たわけ言うな。

と竜次郎は腹の中で言った。こんなところで蓋をとったら、かめの中の塩がたちまち湿気《しけ》てしまうだろうと思ったのだった。が、そういうことを順序だてて説明するには竜次郎は気が短かすぎた。だから、言下に、

「断る。こんなとこでは開けられんわい」

と怒鳴ってしまった。

これで、怪しいやつだと確定してしまい、

「おのれ、番所まで来い」

と言われた。

「何でじゃ。わしちゃんと名乗りもしたし、怪しくもなんもありゃせんじゃろが。海を見たいから見ておったまでじゃ。何を文句があるんじゃ」

「申し開きは番所で聞く。いいから来い」

一人が摑みかかろうとしたので竜次郎はひょいと避《よ》け、相手が上体を泳がせたところで足を軽く蹴った。

番卒が派手に転んだ。仲間は一気に緊張し、棒を構え始めた。

――あかん、あれでかめを割られたら困るわ。

竜次郎は身構えた。

その時。

「竜崎さんじゃありませんか」

と朗《ほが》らかな声と共に、身なりのいい商人ていの男がずかずかと割って入ってきた。

――ん!?

「あっ、おまはんは」

七

「お久しぶりで。善兵衛でございますよ」

声をかけてきたのは、竜次郎が天下一の旗を初めて立てた時、世話になった善兵衛という爺《じい》さんだった。が、その時は粗末な恰好の物売り爺さんだった筈が、今は供《とも》の若い者を二人ほど従えて、立派な商人の姿をしていた。

――お前ら、わしよりこの人の方がよっぽど怪しいで。

無論そんなことは口には出さずに、竜次郎は腹の中でニタリとした。善兵衛は落ち着き払って平気な顔で、番卒に向かい、

「この人は、わたくしも存じております、本当に料理人で、竜崎竜次郎とおっしゃるお方なので、決して怪しい者ではございません」

とにこやかに話した。

「その方は確か、北園《きたぞの》さまのお屋敷に出入りの者じゃな」

「はい左様で。塗り物の御用を承っております丸高屋《まるたかや》善兵衛と申します。いつもこちらの御番所には大層お世話になっております」

「それでこやつは、確かに怪しい者ではないのか」

「はい、わたくしのよく知った人で、腕のいい料理人なんでございます」

善兵衛の手が目にも止まらぬ速さで動いて、それこそ袖の下を番卒の袂《たもと》に滑り込ませた。

「久しぶりに会えましたので、いろいろと積もる話を致しとう存じますので」

あくまでにこやかに善兵衛が言い、番卒はわざとらしく咳《せき》払いを一つすると、そっぽを向いて、

「ああ左様か」

とだけ答え、あとは見て見ぬふりをした。

竜次郎は善兵衛に促《うなが》されてその場を離れた。離れながら振り返ってみると、番卒は仲間と共に、袂から出した銭の数を一生懸命数えていた。

「すまんな、また世話になった」

「いやいや、お気になさらず」

「それにしても、しばらく見ないうちにおまはん、えろう羽振りが良うなったの」

にやつきながら竜次郎が言うと、善兵衛はちょっと眉をひそめて、

「まあそのへんは、あとの話に」

と声を小さくし、

「それよりも、そのかめはうちの者に大事に持たせますから、とにかく下ろしなすっ

ちゃいかがです」

　と竜次郎の背中を覗くようにした。

「これはわしの宝物なんじゃ」

「合点承知、大事に致しますよ」

　善兵衛が請け合ったので、竜次郎はここまでずっと背負ってきたかめを、やっと下ろした。

　善兵衛の指図で、細長い顔をした若い者がかめを背に負った。

「それにしても、一体何が入っているんです」

「これな、時が経って干からびた梅干なんじゃ」

　意外な返事に善兵衛の眉がはね上がった。

「へへえ、枯れ梅干ですか」

「そうじゃ。わしの宝物。頼むで大事にしておくれや」

　と竜次郎は大真面目な顔で、かめを背負った若者に頼み込んだ。

　そういう竜次郎を呆れ半分ににこにこと見ながら、

「これから、面白いうちにご案内しましょう」

　と善兵衛は言い、

「好きなだけ逗留することもできますよ」

とつけ加えた。

「あっ、そりゃ有り難い！　わしここまで出てきたのはええけんど、正直、どこを宿

にしてええやら困っとったんじゃ」

「そんなことだろうと思いましたよ」

と善兵衛はくつくつ笑った。

二人は途々話をしたが、竜次郎があまりに何も知らず、ここがどこかさえ弁《わきま》えていないのを知ると善兵衛は、相変わらずだ、という顔をしながら、

「ここは安濃津《あのつ》というところで、向こうの城に殿さまがおいでてでござんすよ」

と教えてくれた。

「ほおん、何とおっしゃる殿さまじゃ」

「織田津侍従《おだつのじじゅう》さまとおっしゃる殿さまですな」

「ふうん。……織田とは、総見院《そうけんいん》さま（信長《のぶなが》）の織田かい」

さすがに美濃の出身だから、故・織田信長の院号くらいは知っていた。が、伊勢の要衝、安濃津の城を持つ織田が誰なのかは知らなかった。

「左様ですよ。総見院さまの弟君で、三十郎信包《さんじゅうろうのぶかね》さまとおっしゃるお方ですな。安濃津十五万石のご領主におわします」

数年前に大棟梁の信長とその長男・信忠《のぶただ》が落命してからの政権の争いに、三男・信《のぶ》

孝《たか》がまず脱落し、ついで次男の信雄《のぶかつ》も敗れて下った。その間、実権を握った羽柴秀吉《はしばひでよし》にずっと従っていたのが三十郎信包である。織田家内部の争いに一段落ついて、関白さまになった秀吉公は、信包の姿勢に報いてくれたのだった。

それは竜次郎にとっては、雲の上の話に思えた。しかし、天下一の料理人として誰かに見出されるとしたら、それもそう遠い世界の話ではなくなる。

織田さまのお血筋ならば、何となく親しみも感じられる、と竜次郎は勝手放題に思った。

――それにしても、この男は。

物売りだか塗物屋だか知らないが、物事の知識のいやに正確なところがやっぱり怪しい、と竜次郎は善兵衛を横目で眺めた。

やがて一行は、かなり立派な屋敷に着いた。大きくはあるが、武家屋敷ではない造りだった。

「ここは?」

「ここは、ここいら一帯の漁師のかしら・団五郎《だんごろう》の屋敷でございますよ」

「ほおん。立派な屋敷じゃ」

まだ後代のような網元《あみもと》組織などはない頃のことである。かしらは村の漁師たちをゆ

る く束ねていた。いわば、大百姓のようなものであり、そもそも、たいていの漁師が、農家をも兼ねていた。

善兵衛が訪《おとな》うと、奥から、

「おう、善兵衛さんが来たかい」

と塩辛声が大きく返ってきて、声と共に、赤銅色《しゃくどういろ》に日焼けした肌の、五十手前くらいのがっちりした男が玄関に現れた。

「おう、善兵衛さん、上がって上がって。ええと、そちらさんは」

鋭い目で竜次郎を見ながら団五郎が訊いた。

善兵衛が竜次郎を紹介すると、

「ほお、料理人」

と面白そうに団五郎は言い、

「どうぞどうぞ、上がんなされ」

と手招いた。

八

気持ちよく招じ入れてもらい、竜次郎と善兵衛は海の幸をいやというほど御馳走になった。

「いい季節《とき》に来なさったの。伊勢の海のものが一番うまい季節じゃ。明日は船に乗せてあげようほどに、海に出てご覧なされ」

と団五郎は鷹揚《おうよう》なことを言った。

目の前に山と積まれたカキの串焼きを、竜次郎はむさぼり食った。ずっと山の中で、細々と食っていただけだったので、カキの一つ一つがそのまま滋養となって身に沁みわたる感じがした。

皿が空になると、また向こうから何本もの串焼きを台に据えて持ってくる。

その他に、大ぶりに切った魚がざっくりと入った汁の椀もあった。

「骨に気をつけて」

と団五郎に言われながら竜次郎は汁を吸い、魚を味わった。

武原観応のところで学んだ茶席の料理とは対照的な、万事こだわらない調理だった。

――面白いな。

観応の、重箱の隅の隅まで心を行き渡らせるような、丁寧さと丹精込めた料理は美味《び》《み》であり、その逆に、細かいところはほとんど気にしない目の前の素人料理もまた、すばらしく美味だった。

汁は濁っているし、脂が浮いているが、臭みはないし、野趣に富んで活き活きしている。

「これは、鯛《たい》ですかの」

「そうですよ。冬の鯛は、深みでじっとしとるから釣るのはなかなか難しいが、卵を産んだあとで、寒うなるのに向けてようけ餌を食って、ずっしり太っておるもんで、味はうまい」

——鯛をこう、鯉こくかなんぞのようにぶつぶつと切って使っとる。

うろこは引いてあったが、とにかく細かい処理はほとんどしてなかった。

——鯛の皮て、うまいな。

これまで思ったことがなかった。もっとも、内陸の美濃に育った竜次郎は、それほどしょっちゅう鯛を口にしていた訳でもなく、こう贅沢に無造作に使われているのを賞味するのは初めてである。

翌朝が早いというので、竜次郎たちはよいほどに食事を終えたが、腹が一杯でそのまま眠くなるほどだった。

善兵衛と竜次郎は、広々とした座敷に床をとってもらって並んで寝た。

「つもる話」とは言ったが、善兵衛はほとんど何も話さず、竜次郎の転々の話を興味深げに聞くばかりだった。

ただ、話の終わりに竜次郎が、

「それで、おまはんの正体は一体どうなっとるんじゃ」

　と半ば冗談のように訊いた時、善兵衛は、

「まあそれは……」

　と笑ってはぐらかしながら、

「まあそのう、人の道に反するようなことはしちゃいませんから」

　とだけ答えた。

「ああ、ほんならええんじゃ。わし何も詮索《せんさく》するつもりはありゃせんかったで。ほじゃけんど、そう言うからにはおまはんは盗賊やないんじゃな」

　竜次郎があくび半分にむきつけなことを言うと、善兵衛は呆れたように額に手を当て、

「竜崎さんには敵《かな》いませんな」

　と笑った。

　それに返事はなく、ただすうすうという寝息が返ってきたので、善兵衛は声を呑んでくつくつと笑い続けた。

　朝まだ暗いうちに、団五郎は船を出して竜次郎と善兵衛を連れ出してくれた。

　海に漕ぎ出す船と、竜次郎がこれまで知っていた川に棹《さお》さす舟とは、大きさもさり

ながら、ひどく違ったものに思えた。

川には流れがあり、沿って下れば矢のように速いし、逆らえば漕ぐのも難儀である。舟というのはそのように使うものだと思っていたから、四方八方に茫洋と開けて、どちらへ進むとも分からないようなところに漂っているのは少しばかり怖く思えた。

が団五郎は、

「川とは違うて目には見えんけれども、潮にも流れはござるで。いい気で泳いでいたりすると、知らんうちに潮の流れに乗ってしもうて、沖の方まで突ん出されてえらい目に遭いますわい」

と教えてくれた。

団五郎の指図で男たちがしばらく漕いでゆくと、沖にごつごつした岩の小島があり、その周りに小舟が散っているのが見えた。

「あれは？　釣りとも見えんが」

「あれは海女《あま》とそのご亭主」

「ほう、海女さんかぁ」

なるほど、近づいていくと、どの舟にも男が乗って、皆、綱《つな》を手にしていた。波の上には桶《おけ》が浮き、やがて海中から白い影が上がってくると、ぴゅう、と口笛のようなものが聞こえた。

「なんか変わった音がしよるの」

「あれは海女の磯笛《いそぶえ》というてな。ああやって息を整えるんじゃ」

胸乳《むなち》もあらわな女たちは、桶に何か入れると、じきに身を翻して潜《もぐ》っていく。しなやかな身のこなしが見事だった。

「何が獲れるんじゃ」

「いまはイセエビと、サザエやらナマコじゃ。春先はメも刈るし、夏はアワビじゃな」

「イセエビて、あの見事なやつが、手で獲れるんか」

「腕のええ海女はな。手摑みで獲ってくるわの」

働く海女たちを見ているうちに、竜次郎はどうしても海に潜ってみたくなった。

――エビを手摑み！

と思っただけでもう、竜次郎は立ち上がりざまにくるくると着物を脱ぎ、あっという間もなく海に飛び込んだ。

「あっ、この。無茶しよってから、かなんなあ」

団五郎が叫び、善兵衛が苦笑していると、すぐに竜次郎の腰が浮き上がった。

――何じゃ一体。ケツが浮く！

竜次郎は足をばたつかせたが、どうやっても腰から浮いて、うまく潜っていけなかった。

塩水というものは全く以《もっ》て度し難いものだと思った。いくらもがいてもきれいに頭からは沈まず、石でも抱かないことには深く潜れそうにない。

仕方なく身を翻し、頭を海中から出して立ち泳ぎしたが、その一瞬にも目にした海中の景色にすっかり心を奪われていた。

水はどこまでも広く、岩の間を何か色のついた魚が通り抜けていた。藻がゆらゆらと揺れ、それは川や沼の中とはまるで違った景色だった。

「無理やから、上がんなされ！」

団五郎に怒鳴られて竜次郎は船端を摑み、体重をかけて船を大きく揺らしてしまい、

「無茶すなて言うとるじゃろ！」

とまた団五郎に、相当本気で怒鳴られた。

「まあ、ごぉわくわ。ほんまにもう、ええ歳して何じゃ」

竜次郎はやっとのことで船に這い上がった。

「すまん。つい、自分の目で見とうなって」

「呆れた人じゃ」

「いやでも、海ン中ちゅうのは、豊かなとこじゃなあ。青い水の底に、貝やらエビやらがごろごろしとるんじゃで、それを拾うだけでええんじゃ」

「そう簡単には参りますまいよ」

善兵衛が笑った。

「そりゃ、わしが潜ってもうまいこといかんじゃろ。ほじゃけんど、腕のええ海女さんなら、すらすらと水をかづいて宝を獲ってきよるんじゃわ。凄い」

「伊勢の海は、神さんに護《まも》られた特別の場所やでな」

と団五郎は真面目な顔で竜次郎に教えた。

九

団五郎の屋敷は広く、竜次郎の一人くらい遊ばせておくのに何の造作もないようだった。忙しげな善兵衛は、竜次郎を預けて帰っていったが、

「ご城下の目抜きの通りに、井坂屋《いさかや》という塗り物の店があって、私はそこに逗留していますんで、何かあったらそちらに」

と竜次郎に耳打ちした。

「ほほう、その店がお前さんらの根城ちゅう訳じゃな」

と竜次郎がふざけると、善兵衛は澄ました顔で、

「何とでもお言いなせえ」

と言ってすたすたと帰っていった。

それから数日の間、竜次郎はそこいらをうろつき回り、団五郎のつけてくれた若い者に磯のあちこちを案内してもらって、海苔《のり》やヒジキを採るところを飽かず眺めた。

台所にも入っていって、鯛をさばかせてもらい、また、古くから屋敷にいるという年老いた料理方の福造《ふくぞう》に、フグをさばく様子を見せてもらった。

「こいつは、料理人の腕一つでえらいことになりかねんで、気ぃつけなあかん」

つるりと皮を剝き、光沢のある絹のような身を見せて福造は言うのだった。

「はらわたは食えんで、ほかす（捨てる）けど、犬猫が食わんようにせんならん」

「当たるかね」

「百中じゃ。フグの種類によっては、皮や白子食っても大事ない種類もあるけんど、慣れんうちは悪いこと言わんから身だけにしとくがええど」

「ふうん。またいかにもうまそうなわたしとるけどな」

「舐めてもあかんのやど。決して試そうなんど思うなよ」

「分かった」

「水をたんと用意して、ように洗うんじゃ。包丁もな」

「分かった」

フグは汁にし、田楽《でんがく》にも、味噌煮にもするという。

「干すのもええんじゃ」

「ああ、うまくなるじゃろな。わしは干した魚は好きじゃな。なんかおてんとさんを浴びて、吸い込んで、ええ味になる感じするじゃろ」

　そんな話を際限もなくしていると、

「竜崎さん、善兵衛さんのお使いが」

　と呼ばれた。

　浜で出会った時にいた善兵衛のお供の一人が、竜次郎を迎えに来たのだった。

「ここいらの番の者らのかしらで、北園さまとおっしゃるお方がおられまして」

　はしっこい顔をした若者が要領よく説明をした。

「どうも、この前の騒ぎがお耳に入ったらしいんでございますが、『料理人なら面白い、一度呼んでみたい』と仰《おお》せになったとかで、手前どもの主《あるじ》のところに使いが来ましたんで、お知らせに参じました」

「ほう、なるほど。行くわ。その北園さまとかいうお人は、偉いんかの」

「はい、ここの港は船の出入りも多いし、行き来の盛んなところで、番所もきりきり役目を果たしておりますが、北園さまはその元締めをなさっておいでで」

「ちっと待って。団五郎さんに挨拶してくる」

　使いを待たせて竜次郎は奥に行ったが、忙しい団五郎は不在だったので、台所の福

造に伝言を頼んだ。ついでに、

「北園さまて知っとるか」

と訊くと、福造はうなずき、

「番のおかしらじゃろ。切れもんて評判のお人や」

と答えた。

料理方にもてなしの礼を繰り返し述べたあと、使いの者と一緒に、竜次郎は町に向かった。再び大きなかめを背に負っていた。


「急なことで何なんですが、お呼びがかかったもんですから」

善兵衛に連れられて、竜次郎はそのまま北園の屋敷に行くことになった。かめは背負ったままで、井坂屋に置いていってはどうかと言われると、

「料理作るかしれんのに、秘蔵の塩を置いていくやつはありゃせんわい」

と竜次郎は昂然と言った。

「なるほど、左様ですな。北園様の仰せには『手もとに立派な魚が届いておるのだが、上手にさばける者がおらぬ。当家の料理人がしらは歳をとり過ぎて、手足が痛んで包丁も上がらぬと弱音を吐きおってな。竜崎とやらが料理人ならば、ぜひ腕を披露してもらいたいがどうだ』ということなんでございますが」

「それは、望むところじゃ」

「そうおっしゃると存じておりましたよ」

善兵衛は言い、

「腕前の方は信用しておりますよ」

とつけ加えた。

「おう、信用してくれ」

と竜次郎は高らかに応えた。

北園十郎左衛門《じゅうろうざえもん》の住まいはかなり立派な武家屋敷で、周囲に小さな濠《ほり》を備えた昔風の館《やかた》だった。

正式の場所で腕をふるうのは、観応の屋敷で鮒をさばいて以来のことなので、竜次郎はわくわくしていた。

裏口に回り、訪うと、小部屋に通され、待たされた。

そのうち、案内の侍が出て、

「こちらへ」

と先に立ち、竜次郎らは立派な部屋に通された。そこに、北園十郎左衛門がいた。

まだ四十半ばくらいと見える十郎左衛門は、きびきびした感じの目の鋭い男で、そのくせ口もとには軽い笑みが浮かんでいた。

竜次郎は尋常に手をついて挨拶し、

「お台所はどちらで」

と訊いたが、十郎左衛門は首を振り、

「その方の腕前が見たい。いま、場所を用意してやるからしばし待て」

と答えた。

また先ほどの、裏の小部屋に連れていかれた。

案内の者が呼びに来た時には、いい加減待ちくたびれていた。

竜次郎と善兵衛はそれに連れられて廊下をたどった。

「こちらへ」

と招じ入れられたのはふた間続きの下《しも》の間で、板敷に敷物の布が繰り延べられ、そこに包丁式でも行えそうなほど立派な台が据えられていた。

――ここで何から何までせいっちゅうんかい。

布を敷いたのは、うろこやら何やらが飛んで床を汚さぬようにということだろう。何でも構わずうろこをまき散らしたりしないくらいの手腕は、身につけているが、

――本当に腕を見ようちゅうんじゃな。

と武者震いが起こった。

十

敷居を隔てて上の間があり、そこにはどうやら、急遽《きゅうきょ》呼び集められたらしい客が十人ほども並んでいた。

隣近所の屋敷の主だろう。十郎左衛門と同じような侍の他に、裕福な商人らしい者も二、三人いた。

──ははあん。茶の湯の仲間とでもいうところかな。

竜次郎たちが待たされている間に台所は大車輪ではりきったらしく、客には既にずらりと膳が出て、汁や焼き物などが載り、盃も出ていた。

大がかりなことにいささか驚きながら竜次郎が台の前に座ると、しばしあって台所の者と見える若い男が、たらいほどもあるざるの上に魚を載せて、捧げ持ってきた。

男は魚をうやうやしくまな板の上に置いた。

──ん!?

竜次郎は置かれた魚をじろじろと見た。

──鱸《すずき》じゃ。

三尺近くもあろうという見事な鱸だったが、

――旬じゃありゃせんに。

と竜次郎は首をひねった。

冬の鱸は産卵のため、河口などに寄ってくるので釣り易《やす》いが、味は良くない。

「どうじゃ。見事にさばいてみせよ」

はるか向こうから十郎左衛門が大きな声で言った。

「……お言葉ですが」

と膝に手を置いて竜次郎は折り目正しく言った。

「さばけとならば否《いな》やはござりませぬが、残念ながら今の時季の鱸は、お勧めをしたいような味のものではござりませぬ」

十郎左衛門が意地の悪い顔をし、

「それは、手際が良うなかった時のための前置きか」

とからかうように言った。

無論竜次郎はむっとしたが、

「いやいや、それがしの手際などは二の次の話。お客様もずらりとお並びの場にて、旬でないうまくない魚を得意げにさばくなどはむしろ恥の話。及ばずながら魚の目利きも、料理人の務めのうちと存じまする」

と極力冷静に言い返した。

善兵衛が少し驚いて横目に見てきたのが分かったが、竜次郎は澄ました顔をしていた。いざとなればこのくらいの口はきける。

——さて北園さまとやら、どう出るかの。

と竜次郎が見ていると、十郎左衛門ははたと膝を叩き、からからと笑った。

「なるほどもっともな話。いや、これは魚を間違えた」

そうして手をはたはたと叩くと、飛んできた台所の者に、魚を下げるよう言いつけた。

——間違えた？　ということは正しい魚が出るのか。

と竜次郎が思っているところへ、それが運ばれてきた。

今度の魚は鱸よりもさらに大きかった。それが、どんとばかりに台の上に置かれた。

——鰤《ぶり》か。

たちまち、武原観応の大根の煮物が思い出された。匂いが沁み込んでいるのに、魚の影も形もなかった大根の、あの炊き合わせにされていたのが鰤だったと思う。今が旬の魚である。

——鰤はええな。

うろこを飛び散らせずに削ぐことができる。

それにしても、一度は違う魚を台に載せるとは、と竜次郎は思った。あのままさばいて出したら、鱸の旬さえ知らぬのかと蔑《さげす》まれたのだろうか。

まあしかし、取りあえず正しい魚が出された以上、それに向き合わねばならない。

竜次郎は呼吸を整えた。

さすがにこの家の台所も心得ていて、清らかな新しい桶に水を汲んだものと、これも新しい白い布巾を数枚、台の脇に持ってきてくれた。台の向こう側には指身を盛るための大きな白っぽい皿も置かれた。

——贅沢なことじゃ。

十郎左衛門は裕福であるらしい。さっきから至るところに惜しげもなく金をつぎ込んでいる感じがした。

竜次郎は正面に一礼して、桶の水を軽くすくい、口に含んでみた。変な臭いでもついていたら、それは包丁を汚し、魚の身をもまずくする。

——ええ水じゃ。

この辺は海に近すぎて、井戸水は良くないだろう。少し離れたところの川水を汲んだものかな、と思った。

布巾の一枚をとって水につけ、絞り、魚の表面を拭いてぬめりを取った。尾の方から薄く包丁を入れ、うろこだけを掻き立てずに、ひと続きにすき取った。うろこを剝がれると、魚はひどく無力な感じに見える。残りを包丁の働きできれいに取り去り、左に据えた魚頭の、エラの部分に包丁をズッ、と入れて切り、返してカマ下からまた刃を入れて頭を落とした。ついで、腹をすっと引き、手を入れて内臓を取った。

これほど大きい魚は初めてだったが、基本の造りは散々練習した鯉と変わらないから、竜次郎は淡々と作業を進めた。

背の血合いを取り、新しい布巾にたっぷり水を含ませて内側を清めた。

カマの部分を切り落とし、脇によけた。

尾びれを左にし、腹から、中骨に沿って滑らかに美しく包丁を入れた。

竜次郎には、大きく荒々しい海の魚の方が、その身は素直に刃に従うと思えた。自らの呼気と刃の動きを合わせ、静かに息を吐きつつ、尾に向かって刃を走らせた。

次には魚を手前に返して背に刃をすらりと入れた。それから位置を戻し、中骨との継ぎ目に包丁を走らせ、片身を剝いだ。

もう片方の身も、気持ちよく骨から離した。

鮮やかに包丁を逆さに入れて、腹骨をすき取り、切り離して、あとはサク取りするまでになった。

ところがそのへんで、竜次郎は客たちがざわめかしく、互いに談笑にふけっていて、誰も自分の手もとなど見ていないことに気づいた。

顔を上げると、十郎左衛門だけがこちらに顔を向けていたが、脇の客に話しかけられて返事をしていた。
むっとした。
竜次郎は別段、自分の腕前を見せびらかしたいとは思っていない。本来、料理をこしらえる過程を人に逐一見てもらうものとも思っていない。そもそも料理は台所でこしらえられ、椀皿に盛られて運ばれていくものである。
が、こうして見せ物にされたからには、やっていることをそっちのけにして歓談されているのは気に入らなかった。
竜次郎は咳払いを一つすると、背筋を伸ばし、包丁を持った右手を大きく斜めにあげ、左手も逆方向に伸ばして、両翼を広げた鷲《わし》のような形を作った。そうして朗々と、
ほのぼのと　明石《あかし》の浦の浦波はぁ
と歌いだした。
客が一斉にこちらを見た。
竜次郎はまた大げさな身振りで包丁をひねくって光らせ、
浦波は　ざんざざんざ　磯の小島に打ちつけるわの
波は小島に打ちつくれども　うちつけにはえ申さぬものを　いとしやああ
と、でまかせな歌を歌いながら、真っすぐ前を見たままで手もとは一切見ずに、しかし探りは一寸も入れずにピタリと切るべきところに包丁を入れた。

顎《あご》を上げ、じっと十郎左衛門の方に視線を向けたまま、縦に置いた、二つにした片身の一方から中骨と血合いを切り取り、もう片側も同じようにした。

客は静まって、すらすらと自然に動く竜次郎の手もとをじいっと見ていた。

竜次郎はいい加減な、しかしいかにもめでたそうな歌詞を思いつくまま口にしながら、サク取りした美しい身をいよいよ切り分けていった。

一分の隙もなく、スッ、と引く刃は白銀の閃光とも見えた。

それから包丁の平を使って、ほとんど手は触れずにその身を皿に並べた。

きりっと角の立った、活きの良さそうな指身に仕上がった。

雪の降る日も釣りに行って、凍えかじかんだ手で鯉を釣り、さばいた日々が、竜次郎の手を舞の手ぶりさながらに美しく、自信に満ちて素早くしていた。

全ての片《ひら》を並べ終え、竜次郎は口をつぐんだ。そうして包丁を置くと、

「ご賞味下され」

と一礼した。

万事心得ているこの家の台所は、竜次郎の業半《わざなか》ばで若い者を後ろに控えさせていた。

その者が、

「煎り酒をかけてよろしゅうございましょうか」

と竜次郎に訊いた。

「どれ、味をみよう」

と竜次郎は煎り酒の器に薬指の先を浸して舐めてみた。

「ああ、なるほど」

竜次郎は善兵衛に、

「かめを持ってこさせて」

と頼んだ。

あの梅塩は、平凡な煎り酒の味を一変させることができる。たとえて言えば幻術の味とも言えるひと摘みである。

廊下にかめが届いた。

竜次郎は台所から新しい箸を持ってこさせ、かめの蓋を取って中の梅塩を取ると、煎り酒に加えて箸で丹念に混ぜた。

それを皿の上の指身にかけた。

そうして竜次郎は、自ら大皿を捧げ持つと、十郎左衛門の前に持っていき、

「お待たせを致しました。どうぞご賞味を」

と皿を進めた。

ものは指身だが、引き物を取り分ける時のように十郎左衛門は数片を椀の蓋に取って、皿を次客に回した。

皿が末座まで行ったところで竜次郎が引き取り、下の間に戻って控えた。

行き渡ったのを見届けて、十郎左衛門がひと片を箸で取り、口に運んだ。

すると、何か、思った以上のことが口中に起こったように、突然十郎左衛門の目が大きくなった。

次のひと片を箸が摘んだ。

今度は何か確かめるように、十郎左衛門はゆっくりと噛んで、呑んだ。

その手が箸を置き、盃をとって口に運んだ。

酒を味わい、盃を置くと、十郎左衛門の顔にゆっくりと笑みが広がった。

「うまい」

と満足げに十郎左衛門は言って、また一つを箸でとった。

客たちも一斉に、指身を口に運んだ。

ほおお、という感嘆の吐息が、上座から順にさわさわと下座に伝わっていくのを竜次郎は見た。

——どんなもんじゃ。

自分もひと片食ってみたかった、と思いながら竜次郎は畏《かしこ》まっていた。

「竜崎とやら、見事な腕前」

十郎左衛門が朗々と言い、竜次郎は平伏した。

「その方、わしに仕《つか》えぬか？」

——きたっ。

「有り難き仕合わせ、望むところにござりまする！」

と竜次郎は宣言した。

ここで終わるつもりはないが、とにかく一歩めの足がかりだ、と思っていた。

第五章　伊勢の磯焼

一

北園十郎左衛門の屋敷の台所には、数人の者が仕《つか》えていた。新参の竜次郎が下っ端から順を踏んでくるような存在ではなく、いわば彼らの上にぽんと乗ってきたので、皆、面白くないと思っているのは明白だった。

もっとも、老齢のために退いた先代というのがそもそも、内向きの調理には関わらず、十郎左衛門が茶会を開いたり、宴会で人をもてなす、という時に腕をふるう立場だったので、竜次郎はその席にすっぽりと嵌《は》まり、日常の、戦場めいた炊事場のどたばたには加わらないで済んだ。

そうして、竜次郎がその腕を披露する機会は予想外に早くきた。

ある日、お城から戻ってきた十郎左衛門に呼ばれ、

「殿さまにその方のことをお話し申したところ『ぜひうまいものが食べたい』と仰《おお》せになった。お城に赴《おもむ》いて腕前を見せるのだ、良いな」

と言われたのである。

「はっ、お任せ下さりませ。それですが……」

「何だ」

「お殿さまは、『腕前を見せろ』でなくて、『うまいものが食べたい』と仰せだったのでござりまするな」

「そうだな、そう仰せあった」

そこに何か違いがあるのか、と十郎左衛門は竜次郎をじろりと見た。

「あのですね、要するに、お殿さまがご満足下さるなら、わし……それがしは、好きなように料理の腕をふるってよいということでござりましょうか」

「おう、その方の好きなようにやってみるが良いぞ」

こいつ、何か考えがあるらしい、と思いながら十郎左衛門はけしかけるように勢いよく答えた。

――面白いから、やりたいようにやったら良かろう。

殿さまは温厚なお方で、万一竜次郎の考えた趣向が外れたとしても、せいぜい叩き出されるくらいであり、自分の首も竜次郎の首も飛ぶようなことはない、と十郎左衛門は心得ていた。総見院さまの弟御にしては、三十郎さまは穏やかなお方だった。

「分かり申した。万事、それがしにお任せ戴きたく……」

「用意にかかるものは気にせずやれ。わしの顔を潰すようなことはないと思っておるぞ」

――物分かりのええお方じゃ。

と竜次郎は平伏した。

そうとなれば、支度は早い方がいい。

すぐに屋敷をとび出して、まずは井坂屋の善兵衛に会いに行った。が、当然ながら忙しい善兵衛は不在だったので、ひまができ次第自分を訪ねてくれるよう頼んで、竜次郎はその足で団五郎の屋敷に行った。

珍しく団五郎は屋敷にいた。竜次郎は、

「お殿さまの御前《ごぜん》でうまいものを作ることになったんじゃ！」

とのっけに告げた。

「おお、そりゃええわ。いっくらでも手ぇ貸すわいの」

団五郎はすっかり乗り気で応じた。

「有り難いっ。わし、あんたに磯の様子いろいろ見せてもろて、いろんな魚貝も食べさせてもろて、どんだけ学べたかしれん。それを披露するええ機会が来よったんじゃ。

お殿さまも安濃津のご領主であられるからには、伊勢の海の味も知らんちゅうことはないと思うけんど、きっとご存じのない味がたんとあると思うんじゃ」

竜次郎が目を輝かせて言うと、団五郎も、

「面白い」

と膝を進めた。

「ほんで、どないなことを考えよるのかい」

「あのな、それはな……」

と竜次郎は、内緒話をするように身をかがめて団五郎の前に鼻を突きだした。


安濃津城の一画を占める城主の居館の中庭が、竜次郎の腕をふるう場として設けられた。

竜次郎は、十郎左衛門から存分にやれと言われたうえ、団五郎が力を貸してくれるというのでやる気に満ち満ちていた。

明日は腕を披露、という前の日、団五郎の指図で十数人の漁師たちが、荒磯の、ひと抱えほどもある石をおのおの担いで、中庭に運び込んだ。

侍たちは驚いて眺めていた。腕組みをした十郎左衛門がその場にいてくれたので、竜次郎にからんでくるような者は取りあえずいなかった。

石運びが済んだと思うと、今度は丸太やら葦簀《よしず》やら、板きれやらが運び込まれた。団五郎の指図でそれらは組み合わせられ、驚くほどの速さで中庭に海女《あま》小屋めいたものが出現した。

小屋の前に、持ち込まれた石を積んで、竜次郎は炉を作った。ごつごつした岩を積み上げ、一方に焚口《たきぐち》を開け、てっぺんに平らな石を載せた。この石こそが、種々の調達にとび回っている時にたまたま見つけた逸品だった。

日暮れまでにそれらはつつがなくでき上がり、

「じゃあ明日は、材料よろしく頼んますで」

という竜次郎の言葉に送られて、団五郎らは帰っていった。

「その方はどうするのかの」

十郎左衛門が好奇の目をみはって、小屋や炉を眺めながら訊いた。

「わしはここに泊まって、寝ずの番を致しますで」

と竜次郎は答えた。

「なるほどな。まあお殿さまのお声がかりやから、滅多なことにはなるまいと思うがの。念のため、うちの者を出そう。何人ほしい」

「ほんなら、火の番だけ一人貸して下されませ」

と竜次郎は答えた。

十郎左衛門の近侍《きんじ》の青年が、夜番のつきあいをしてくれることになった。

竜次郎は炉に火をおこし、用意の床几《しょうぎ》にかけて朝を待った。青年に頼んでおいて先に一刻半ほど眠り、そのあとは交代して起きていることにした。

用心だけしていたのだが、幸い何も起こらなかった。

明け方に十郎左衛門がふらりと現れ、

「鬼も蛇も出なかったようじゃの」

と笑った。

気にかけていてくれたのを知って、竜次郎は恐縮した。

明るくなった頃、再び団五郎と仲間がやってきた。今度は手に手に、桶《おけ》やざるを携えていた。食材が続々と届けられたのだった。

善兵衛も顔を出し、届け物を渡してくれたが、町人姿なので遠慮し、

「何かあったら使いを下さいよ。ではしっかり頑張って」

と言い残すと姿を消した。

準備に忙しい竜次郎は、

「ああ、またな」

と言っただけで支度に没頭した。

そうこうするうちに刻限がきた。

二

三十郎信包さまは、故・信長公に面差しが似ていた。細面の顎《あご》がやや尖《とが》り、目鼻立ちは小さく上品な、どちらかというと公家《くげ》顔である。

「その方、生まれは美濃じゃそうな」

平伏する竜次郎に殿さまらしく声をかけてくれた。

竜次郎は郷士なので、一応返事はためらって見せた。すると殿さまが、

「直答許《じきとう》す」

と仰せになったので、

「はっ、美濃の生まれにござりまする」

と下を向いたまま答えた。

「今日はその方に任せた。北園の推挙ならば間違いはあるまい」

「はっ、万事お任せ下されませ」

「今日はどうやら」

と十郎左衛門が脇から言葉を挟んだ。

「野趣に富んだるおもてなしを、とのことで、畏《おそ》れながら殿には、お庭までおいで下

されまするよう」

「庭に出よとか。……寒いな」

「火を焚きまするゆえ、大事ないかと存じまする」

「そうか。では出るか」

「畏《おそ》れながら、お箸《はし》をご用意下されたく……」

「何、箸を持てとか」

料理方が殿さまの箸をとりに台所へ走っていった。

段取りができて、殿さまは家来と共に中庭に出た。そこに小屋が建ち、炉が組んであるのを見ると、

「ほほう」

と殿さまの目は輝いた。

十郎左衛門に案内されて、炉の側《そば》の、風上に据えられた床几に殿さまの腰が落ち着いた。

そこへ台所から、酒の支度も届いた。

「ではこれより、料理を仕《つかまつ》ります」

と竜次郎は挨拶し、火に寄った。

そこには団五郎の家の料理方・福造が介添えとして控えていた。

「カキ」

と竜次郎が命じると、見事な大ガキを盛ったひと抱えもあるざるが登場した。

「お殿さまのご領国の海の幸は、天下広しといえどもことに格別にございまする」

言いながら竜次郎は、既《すで》によく焼けた炉のてっぺんの石の上に、カキを置いた。

この時代に、火の上に渡せる金物の網はまだない。金串もできていない。何かを焼くとしたら竹製の串を使い、囲炉裏《いろり》などで火の周囲の灰に刺すのが普通である。だからカキも、殻から外して竹串に刺す「串焼き」が普通の食べ方だった。

ちなみにカキを生で食べるものとは、誰も思っていない。

竜次郎が殻つきの焼きガキを食べたのは海辺の焚火で、一人の漁師が古い五徳を出してきたのでどうするのかと思ったら、熾火《おきび》の上に五徳を置き、そこにカキを載せて焼いた。小さなカキではできない芸当だった。

その味が忘れがたく、竜次郎の舌が記憶した。いろいろと案を考えている時、平らな石を見て、

――うまいことこれを使ったら、殻のまま焼くことができるじゃろ。

と閃きが走ったのだった。

殿さまが目をみはっている前で、カキの殻がぱちぱちと爆《は》ぜ、コトコトと揺れ、ぱっくりと開いた。

「お熱うございますからお気をつけ下されて」

と言って竜次郎は、かわらけの上に殻ごとカキを移し、殿さまの前に出てかわらけを捧げた。

殿さまのかたわらに控えた近習《きんじゅう》が、箸箱から箸をとり、うやうやしく殿さまに差し出した。

見事な塗り箸が、カキの身を摘み上げた。

殿さまは片手に懐紙を添えて、身を口もとまで持っていき、ふうふうと吹いた。

その場に侍《はべ》った武者たちは作法を心得て下を向いていたが、炉の側の福造はこっそり殿さまの様子を盗み見ていた。

「ほほ、これは……」

言葉にならない声を殿さまは漏らした。その口もとがにっこりとほころぶのを見て、福造はえへへへ、と一人笑い、鼻をすすった。

竜次郎が福造に合図をし、福造は石の上にカキをもう二つ載せた。

「いま少しおあがりになりましょうや」

「頼む」

近侍の者に酒を注《つ》がせながら、殿さまはカキを焼く竜次郎をしげしげと眺めた。

今度は二つを、竜次郎はかわらけに移した。ほっこり焼けたカキには何の味もつける必要がなかった。ほどよく塩味を含んだカキ自体のつゆに、ぷっくりとふくらんだ身は浸っている。

次々と竜次郎はカキを焼いた。殿さまが五つ六つ召し上がったところで、竜次郎は炉に向き直ると、

「伊勢海老！」

と呼ばわった。

活きのいい、まだ髭が動いている大きな伊勢海老が、ざるに載せられてきた。

竜次郎はカキを食べている殿さまの前に寄り、

「これより、この見事な海老を焼きます る」

とお目にかけた。

「これは、また、見事なものだの」

殿さまはざるの上の赤黒いいかつい海老を驚きと共に眺めた。

「わが領国の海には、これが棲んでおるのだの」

「左様にござりまする」

と竜次郎は平伏し、

「これは殿さまの御為《おんため》に、腕のよい海女が深い水に潜《もぐ》って、手取りにして参ったものにござりまする」

と披露した。

殿さまはうんうんとうなずき、

「その海女とやらに、後程ほうびを取らせよ」

と脇の者に告げた。

——ええ殿さまじゃな。

と竜次郎は思った。素直に感心し、素直に喜んでくれている。

竜次郎は海老をざっくりと縦二つに割った。

それを石の上に載せて焼き、殻が鮮やかな真っ赤な色に変わったところでまた新しいかわらけに移した。

「海老の味噌は美味《おい》しいものにござりまするで、お好みで身をつけてお召し上がり下されませ」

海の香りが高く立ち昇る海老の焼き物を、殿さまに差し出した。

殿さまの箸が、海老の頭の味噌を探った。殿さまは珍しそうにそれを見て、ややためらいながら箸先を口に含んだ。

——さすがに殿さまはお上品じゃ。

箸を舐めたりはしないのだな、と竜次郎は感心した。

味はお気に召したらしい。殿さまは海老の身を摘み上げると、味噌に浸して口にした。

「うーーん」

殿さまがうなった。

「伊勢海老とはかようにうまいものか」

これまでにも食べた経験はあったのだろう。しかしお城の奥まった部屋で、行儀よく食べやすいように調理してあったであろうそれとは、ものが違う。

お上品に箸で海老を摘む殿さまを見ているうちに、竜次郎はもどかしくなってきた。

「畏れながら」

と声をかけた。

「む？　何かな」

「もしよろしければ、お箸は置かれて、お手でお召し上がりになってはいかがにござりましょうや」

「手で！」

初めは驚きが殿さまの顔に流れたが、ふとそれをほころばすと、殿さまは箸をぽいと投げ捨てた。そうして、殻から海老の身を指で摘み上げると、それで味噌をこそげるようにし、ぽたぽた垂れるのも構わず、大きく開けた口の中に放り込んだ。

「ああ、うまいっ！」

殿さまは叫んだ。

「これ、いま一匹焼いてくれ」

「承知仕りました」

そう応えた時には次の一匹がほとんど焼き上がっていた。

「熱うございますよ」

と言いながらかわらけを差し出した。

殿さまはふうふう海老を吹き、さめる間ももどかしげに味噌に指をつけると、行儀悪くそれを舐めた。そうして楽しそうに笑いだした。

「うまいなあ」

口の周りに味噌をつけ、指をしゃぶりながら殿さまは慨嘆した。

「これは素晴らしい。どれ竜崎とやら、盃を取らそう」

殿さまは手招きして、竜次郎に盃を賜った。

竜次郎は素直に一献受けた。さすがによい酒だった。するすると滑らかに喉《のど》を下った。

三

次に竜次郎は、台の上にさまざまな魚貝を並べ、

「殿さまのお好みにて焼き物仕りまする。お好きなものを、お選び下されませ」

と見せた。

「これは、鮑《あわび》か」

「それはトコブシと申しまして、鮑は夏が美味しゅうござりまするが、トコブシは冬にも美味なものにござりまする」

「ほう、なるほど。これはカニじゃな。……この、色とりどりに美しいのは」

「それはヒオウギと申す貝にござりまする」

「この、面妖な姿の貝は」

「それはミルクイと申しまして、その太々としたところを焼きまする」

「ふうむ。これは？」

「それは、アコヤ貝にござりまする」

「アコヤ貝とは、何かで聞いたような？」

脇から十郎左衛門が、

「まれにこの貝の内より、白珠《しらたま》が採れまする。伊勢志摩の名物にござりまする」と言上《ごんじょう》した。

殿さまは感に堪えない顔で、しげしげと貝を眺めた。

「さても伊勢の海には、さまざまのものが潜んでおるものじゃ。そしてこの」と殿さまは、アコヤ貝を指さした。

「これは、うまいか」

「これは貝より外して、柱ばかり串焼きに致しまする。味の淡い、さっぱりとした貝にござりまする」

「ではその串焼きと、トコブシを調理せよ」

そう言いながら殿さまは立ち上がり、炉の方に近づいてきた。焼き上がったものをすぐにその場で立ちながら食べようと思ったらしかった。

竜次郎は手早く、アコヤ貝の殻をこじり、貝の身から柱を外して串に刺した。大ぶりのもので、火を通しすぎると固くなるから、さっと焼いて軽く塩を振り、殿さまに手渡した。

串から垂れた汁が、石の上でじゅうじゅう鳴った。殿さまは子供のように笑った。

幾つか貝をこじ開けていたら、その一つに真珠が入っていた。小さいしいびつな珠だったが、紛れもない白珠なので、竜次郎はそれをきれいに拭うと、

「白珠が入っておりました」

と殿さまに献上した。

殿さまはそれをてのひらでころころと転がした。

「まことに入っておるのじゃなあ。珍しいからこれは奥にやろう」

「それが良うござりましょう」

と十郎左衛門が言った。

殿さまがアコヤ貝の柱焼きを賞味しているうちに、竜次郎はトコブシを焼いた。貝から真珠が出てきたのは竜次郎にも意外で、面白かった。

「まるで、海辺におるようじゃの」

にこにこと殿さまは呟《つぶや》いた。まだ四十そこその殿さまだけに、歯もよく、健啖《けんたん》だった。

野趣にあふれた焼き物を、ふうふう言いながら堪能し、満足げにうなずいた。しばらくして殿さまは、

「そなたらも賞味せよ」

と近侍の若侍たちに声をかけた。

若侍たちも炉に近寄ってきた。

福造が石の上にミルクイやヒオウギ貝を載せて焼き、次々と供した。

殿さまの前なのでそう大騒ぎする者はなかったが、皆、ふうふうと焼きたての貝を吹き、頰張って、小声にうまいうまいと言い合った。

ひと区切りついたところで、竜次郎は、

「少しお寒いかと存じますので、何とぞこちらの小屋にお入り下されませ」

と勧めた。

「何、火の前でたんと食したゆえ、少しも寒いことはないが、何か新奇の趣向があるか」

「はっ、いささか」

「そうか」

「伊勢の海にては、海女が冷たい冬の海より上がりまして後、暖を取る『海女小屋』と申すものがござりますれば、殿さまには鄙《ひな》びた風情を味わって戴きとうござりまする」

「北園も相伴《しょうばん》せよ」

捧げられた手拭きで手を拭《ぬぐ》いながら、殿さまは十郎左衛門を誘った。

「はっ、お供仕ります」

と低頭して十郎左衛門が続いた。

四

小屋の中には囲炉裏《いろり》がしつらえられ、炭がいけてあった。自在鉤《じざいかぎ》がかかり、火の上に鍋がくつくつと煮えていた。

殿さまは物珍しそうに小屋の中を見回した。

「侘《わ》びた風情じゃのう」

とほめてくれた。

竜次郎は新しくきれいな折敷《おしき》を殿さまの前に据えた。

上には、簡素な塗りの坪椀と平椀が載り、同じく簡素な箸も添えてあった。

殿さまは早速、両手で二つの椀の蓋をとった。

坪椀はカミナリイカの煮物で、ふっくらと格別に身の厚いイカをざっくり煮てあった。平椀の方はホンダワラの酢の物である。いずれも量は少なく、いわば流れの切り替えといった趣きだった。

「これはカミナリイカと申して、今が旬にござりまする」

冬ながらあえて煮汁は少なめに、切りようもぶつぶつと、ただひと口大に切ってある。殿さまはしばし無言で、柔らかいイカの身を味わった。

「歯に吸いつくようじゃな」

そして殿さまは平椀を手もとに持ってきた。

ホンダワラは干したものをもどして使い、磯の香りがほんのりするところが取り柄である。しんなりと優しく、酢によく合っている。

「よい味である」

殿さまがうなずいたところに、竜次郎は二献めの酒を出した。こちらは台所の用意ではなく、十郎左衛門の肝煎りで調《ととの》えた酒で、とびきりの上物だった。

十郎左衛門にも折敷を出した。

「それがしはこの、ホンダワラが好物でして」

と、箸を取りながら十郎左衛門が殿さまに言った。

「こういううまいものを、台所はなぜ日頃出さぬかな」

「上《うえ》つ方《かた》の召しものとは思っておらぬやもしれませぬ。何せ浜にていくらも拾うことのできるものにござりますれば」

「珍しくないからといって、我らの膳に載せぬものでもあるまい。それを申さば、芋《いも》にても栗にても、わが前には出されぬ理屈となるではないか」

殿さまは楽しそうに笑った。よいほどに酒が回ったと見えた。

「なるほど、では今後はホンダワラでもヒジキでも、みなみな殿さまのお膳におつけ申すよう、料理方に言ってやりましょう」

十郎左衛門が柔らかく受けた。

この間に竜次郎は酒器を引き、大ぶりの白木の椀を用意して、囲炉裏の鍋の蓋をとった。

むわむわと湯気が上がり、出汁《だし》の香りにこれまた磯の雰囲気を持った芳香がからんで、ふんわりと流れ出した。

「お熱いのでお気をつけ下されませ」

と再び言いながら、竜次郎は中身をたっぷり椀に盛った。

「ははあ、雑炊《ぞうすい》じゃな」

殿さまは半眼になって鼻を椀に近づけ、香りを吸い込んだ。

「これはわしも分かる。これは海苔《のり》であるな」

「はい」

と竜次郎が答えた。

「海苔もまた、今がまさしく、旬にござりまする」

殿さまの箸が、雑炊の中の鯛の身を拾い上げた。

さすがに、殿さまに出すものだから竜次郎は気をつけて骨を取り去っていた。鯛の骨は硬く強いので、万が一にも口中に残りなどしては大ごとである。鯛を焼いてからほぐして使い、焼き目のついた皮はわざと少し残して混ぜた。

味つけは、鯛の頭や骨でとった出汁に、おやいの元から運んできた秘蔵の梅塩を、ほのかに効かせてある。そこに生海苔をよいほどに混ぜ入れた。

おやいの梅塩は、まるで魔法のように味に深みを出していた。野趣に富んでいながら、上品さもある味わいなのは、梅の香気がそれと知れぬほどに湯気に混じるせいだった。

殿さまは雑炊をぺろりとたいらげ、汁もあまさずすすった。

「うまい。わしが生まれてよりこの方食した雑炊のうちで、その方の作ったものが最もうまかった。何ともいえぬ味がするの」

「いま一膳、いかがにござりましょう」

「ああ、もらおう。たっぷりとよそってくれ」

殿さまは悪童のような顔で笑った。

「これからはその方の作ってくれるものを、いくらでも食することができるのか。わしは毎日この雑炊でもよいぞ。とにかくこの汁がうまい。これには何か、秘訣があるのか」

「はい、いささかございます」

竜次郎は小さな壺にとり分けて持ってきた梅塩を、隠さず殿さまの前に出した。

「これがそれがしの大秘宝にございまする」

殿さまが壺の蓋を取り、中を覗《のぞ》き込んだ。が、よく分からなかったと見えて、今度は壺を傾け、中の塩をてのひらに少し出した。匂いを嗅ぎ、ためつすがめつし、それから殿さまはおそるおそる、塩を舐めてみた。

「これは、梅の香りがする塩だ……」

「左様にございまする。何年もの間、誰からも忘れられて、じっと眠っておりました不思議の塩にございまする」

「ふうむ？」

殿さまはてのひらの塩をしげしげと見つめた。

「世に知られず眠っておったのか。仙人のような塩じゃな。それを料理に用いれば、たちまちふくよかな香りがたつのか。人に知られぬ賢人のような塩じゃな」

面白そうに殿さまは、思うところをすらすらと述べた。

――殿はことのほかご機嫌であらせられる……。

十郎左衛門は嬉しかった。これほどうきうきとものを仰せになる殿さまは、見たことがなかった。

お替わりの椀をきれいに空にした殿さまは、深々と満足の息をつき、

「竜崎とやら、見事である。楽しかったぞ」

とほめてくれた。

うまかったではなく、楽しかったと言われたが、竜次郎はそれでいいと思った。食事をして楽しかったら、それに越したことはない。

「お気に召しまして何よりと存じまする」

と竜次郎は平伏した。

「その方は、よい腕じゃなあ」

「畏れながら、本日差し上げましたるものは、みなみな、それ自体のうまさにござりますれば、それがしはほとんど何も料理してはおりませぬ。殿さまがうまいものをと仰せになりましたので、なるべく、料理をせぬ料理を致しました」

「なるほど、面白いことを申すものかな。どれ、いま一献」

と殿さまは再び竜次郎に盃をくれた。

「お流れ頂戴仕ります」

と竜次郎は受けた。

五

安濃津城の台所で、憤懣《ふんまん》やるかたないといった顔の男が、魚のうろこをそこいらじ

ゅうに飛ばしながら取っていた。下っ端が散ったうろこをかき集めて拾うのに、

「うろちょろするな！」

と怒鳴った男は、いきなり魚の頭をズドンと切り離した。

「気に入らん！」

男はこの城の料理方のかしらだった。

立腹しきっている人間が切れ物を手にしているのだから、周りも緊張ぎみだった。

彼らのかしら・与右衛門《よえもん》は日頃から難しい頑固者《がんこもの》で、料理人たちは相当に気を使わされている。

時には何を怒っているのだか判然としない時もあり、そうなると与右衛門の顔色をうかがってみな、びくびくものだった。しかし今日は、怒りの理由がはっきりしている。

与右衛門は、殿さまの前で腕前を披露した流れ者の男のことを怒っているのだった。

「あんなケレンがあるか！」

与右衛門は怒鳴りながら包丁を振り回した。

「殿さまに召し上がり物をお出しするには、それ相応の作法というものがあるだろう」

ざざっ、と包丁が魚の身を割《さ》いた。

「あんな、妙ちきりんな小屋を建てたり、下賤《げせん》な漁師どものただ焼くばかりのものを差し上げたりするなんぞ、れっきとした料理人の風上《かざかみ》にも置けぬやつ！」

勢いがつきすぎたか、包丁の先が魚の尾をざっと裂いた。

「くそっ」

与右衛門は切り損ねた魚をわし摑みにするなり、向こうにぶん投げた。

「あやつ、何やかやと巧言を弄して、この台所に入り込んでまいるのではありますまいか」

料理人の一人が煽《あお》るように言った。

「おう、あり得ることよの」

何人かがうなずきあった。その一人が、

「おかしら、あんなやつが入り込んでくるより先に、いっそ……」

と殴りつけるしぐさをした。

「我らも手を貸しますで」

「あんな奴、メタメタにしてしまえばええんじゃ」

すると一人が、

「ほじゃけんど、あやつ二本差しよの」

と首を傾《かし》げた。しかし他の一人が、

「なあに、たかの知れた郷士づれが、何ほどの腕を持っておるものか」

と鼻であしらった。

日頃、与右衛門に何かとすり寄っていた太平《たへい》という料理人が、一歩踏み出し、

「おかしら、わしの知り合いにええ助っ人がおりますんじゃが」

とやや声を潜めた。

「助っ人？」

「いかにも。実は……」

料理人たちは頭を寄せ合った。


竜次郎は十郎左衛門の屋敷から、団五郎のもとに向かおうとしていた。

あのあと、団五郎率いる漁師たちがまた現れて、小屋を畳み、炉を崩して跡形もなく持ち去っている。殿さまに不思議なひとときを味わってもらうための、いわば演出だったが、何もかも団五郎の協力なしにはできないことだった。

全てに対する礼のために、竜次郎は十郎左衛門から一日暇をもらい、団五郎の屋敷に向かっていた。

十郎左衛門からは、労をねぎらわれ、

「殿も仰せであったが、おぬしはまことに面白い男じゃなあ」

という言葉をもらった。十郎左衛門はまた、

「あの場で既に仰せだったが、改めて殿は、おぬしを手もとに置きたいと仰せになる筈だ」

と言いながら、少し屈託ありげに首を傾げた。

「そうなったら無論、否やは申せぬ。おぬしにしても身の誉れじゃが、しかしありていに言って……そんなことは言っては不可《いか》んのではあるが、惜しい」

竜次郎は答えに窮した。もし殿さまから安濃津城に来て仕えろと言われたら名誉なことであり、まさに「否やはない」が、仕えたばかりの北園十郎左衛門は懐《ふところ》も寛《ひろ》く、深みもあって、実のところ主としては最上の部類の人だと思えるのだった。

――まあでも、殿（十郎左衛門）も仰せのとおり、殿さま（信包）から来よと言われたら行かん訳にゃいかんわな。

天下一を称するからには、上れる梯子《はしご》は上っていかねばならない。

そんなことを思いながら、どこかに春の気配を含んだ冷たい風に吹かれて歩いていると、急に目の前に、三人の男がとび出してきた。

――何じゃこいつら。

三人とも下級武士らしいなりをしている。その険しい表情と、少しばかり腰の引けたような態度を見て、

——ああこいつら、台所のもんか。

と推察ができた。

——文句つけに来よったか。

竜次郎は無言で三人を眺め回した。その態度に鼻白みながら、一人が、

「我々は、安濃津城の料理方である」

とまずは正直に名乗った。

竜次郎はなおも無言で、僅《わず》かに目を細め、いささか腰の据わらない三人を順に値踏みした。その結果、

——三人とも武術は不得手。

と見てとった。

三人があまりにこわばっているので、竜次郎が先に焦《じ》れて、

「料理方がわしに何の用じゃ」

とぶっきらぼうに訊いてやった。

「我らのおかしらが、おのれに話がある。ついて参れ」

——喧嘩慣れしとらんな。

思いながら、

「案内せよ」

と単純に言うと、あまりの簡単さに男たちの眉ははね上がった。

「わしに喧嘩売りたいんじゃろ。こんな往来じゃまずいから、人目につかんとこにわしを連れていきたいんじゃろ。おおかた分かっとるから早うせぃや」

——先手一本。

と腹の中で言いながら、びくびく歩き出した三人に連れられて、街道筋から離れた山の方に向かった。

やがて、木立に囲まれた小さな野原が見えてきた。

六

竜次郎は軽く眉をひそめた。その場所の様子が、相弟子を討ったあの野づらに似ていた。

そこにはざっと、十人ばかりの、いずれも似たような男たちがいた。手にしているものはほとんどが薪《まき》ざっぽのような棒きれだったので、

——取り囲んで殴って踏んだり蹴ったり、と。

と相手の寸法を読みながら竜次郎は近づいていった。

「どいつがおかしらじゃ」

とのっけに声をかけると、それでも一応、男たちの中から少し年かさの、難しい顔をしたそれらしいのが前に出てきて、

「郷原《ごうはら》与右衛門じゃ」

と尋常に名乗った。

「話ってなんじゃと訊くより、手っ取り早く言うてやらまいか。要するにお前さん方は、わしが型破りなやりようで殿さまにうまいもんを差し上げたんが気に入らんのじゃろ。ほんでわしがのさばったら迷惑じゃから、先に鼻先くじいたろと思たんじゃろ」

竜次郎がさらさらと述べたてると、与右衛門の顔が憤激に赤くなった。図星を指されて立場がなく、困惑と羞恥を怒りに変えると、

「やかましいわっ！」

と怒鳴りつけざま、与右衛門は棒きれを振りかぶって殴りかかってきた。

竜次郎はひょいと避《よ》けた。ほんの二、三寸の見切りで、足の位置すら変えず、ただ打ち下ろされた棒の先端をかわした。

その途端、後ろから殴りかかられた。

竜次郎は右肩を後ろに引くと、空をきった相手の、棒を摑んだ腕を脇に挟んだ。軽くひねるともう、男の指が開きかける。それを奪うと同時に、右肩を振って男を前方

に投げとばした。

それで男たちの側に遅まきながら拍車がかかったらしく、皆一斉に喚《わめ》きたてながら打ちかかってきた。

竜次郎はまず一人の棒をパン！　とはね返し、踏み込みざまにそいつの横っ面を奪った棒で軽く殴った。

強く殴れば頬骨などは砕け崩れる。だから十分に手加減したが、相手は、

「わっ」

と喚いて棒を取り落とし、うずくまった。

すぐ回復してかかってこないように、竜次郎はうずくまったやつの額《ひたい》を蹴り、遠くに転がした。

男は動転したようで、地面の上でもがき、そのままぐたりとした。

その間に竜次郎は舞うように位置取りを変え、左右から入り乱れてかかってきた二人を流れるようにさばいて、一人は腕を打ち据え、もう一人はあばらを突いてふっ飛ばした。

与右衛門は呆然と立ちすくんでいたが、ふと、はっとした様子を見せ、次の瞬間、両手の指を口に突っ込んで、目を剝きながら指笛を激しく吹いた。

——ん？

助っ人に合図か？　と竜次郎が顧みた時、思いがけぬものが目に入った。指笛の合図と共に、その場になだれ込んできたのは、鼻面に皺を寄せて牙を剝き出しにし、唸《うな》り、ぎゃんぎゃん吠えたてる五匹の犬だった。

——犬⁉

離れたところに、綱《つな》を何本か持った男がいるのが見えた。犬の飼い主だか何だか、とにかくそいつが犬を放したらしい。

竜次郎は思わず怯《ひる》んだ。犬と人では勝手が違う。間合いも構わず飛びかかってくる点で、犬の方がたちが悪い。そのうえこいつらはどうやら、日頃から人を襲う訓練でも受けているようで、みな山犬かと思うほど身体が大きく、獰猛《どうもう》さを剝き出しにしていた。

武者としては不心得ながら、思わず竜次郎は、一本の立木に駆け寄り、するするとよじ登ってしまった。そうしながら、

——たわけが。木の上に追いつめられてどうするんじゃ。

と自分の軽率さを呪った。

別段、犬を苦手《にがて》にしている訳でもないし、五匹やそこいら十分にさばき得ると思いながら、なぜか腰が浮き、気づいたら樹上に逃れてしまったのだった。もしかしたら、むしろ犬は好きな方なので、斬りたくない気持ちが働いてしまったのかもしれない。

たてた。

無論犬は、揃って木の根もとに押し寄せ、うす黄色い牙を光らせながら激しく吠えたてた。

――考えろ。どうするか考えにゃ不可《いか》ん。こんなとこ、弓矢鉄砲で狙われたらそれこそええカモじゃ。

どうすると言ったって、とび降りるほかあるまい、と竜次郎は思った。木に登る時に棒は投げ捨てていたから、刀を抜かねばなるまい。

犬を斬るのは凄く嫌だと思い、

――刀も泣くじゃろ……。

と思いながら、そうするよりなかろう、と覚悟を決めた。下では料理人たちが、嘲笑まじりに指差し、罵《ののし》っていた。

生まれて初めて、竜次郎は木の上で抜刀した。

抜いた刀を持ち直し、刃《やいば》を下に柄《つか》を両手に取ると、

――！

一気に木からとび降りた。

一匹の背中を両足で踏んで立つや、柄も徹《とお》れと白刃を突き通し、引き抜くと同時に跳んで、斜めにもう一匹の頭を薙ぎ上げた。

ぎゃん！

と悲鳴に口を歪ませた犬の首が、舌をへらへらと揺らしつつ何尺か向こうに飛んで落ちた。

犬というものは、仲間が斃《たお》れようと怯まなかった。なおも吠えたてながら、飛びかかってきた。

こちらの喉もとを狙って高く跳んだ斑《まだら》の一匹の牙が、空振りしてほんの目の前でガチッ！　と鳴るのを竜次郎は聞いた。

その時、遂に大きな黒犬が竜次郎の脛《はぎ》に食らいついた。

竜次郎は身体をよじってそいつの首筋を刺したが、そいつは首から鮮血をほとばしらせつつ、なお噛み合わせた口を離そうとしなかった。

幸い、牙はそう深く刺さってはおらず、無意識に竜次郎が身をかわしたため、斜めに皮肉を噛んだようになっていた。竜次郎は再び犬の頭蓋を刃で砕かんばかりに殴った。本来の気性では、無理やり犬の口から足を引き離したかったが、そんなことをしたら肉が噛みちぎられて脛に大きな穴が開く。

やっと犬が絶命したので、竜次郎は犬の口をこじ開けて牙を外した。

その時、さっき狙いを外した斑犬が、今度こそあやまたず真っ向飛びかかってきて、竜次郎をぶっ倒した。

犬の真っ赤な口が、目の前に迫り、その牙が喉笛を噛み切ろうと斜めに下がった瞬間、竜次郎は渾身《こんしん》の力で真下から犬の顎下を貫き上げ、するりと刃を返ししつつ横に身をかわして犬のむくろの下敷きになるのを避けた。

そうして素早く跳ね起きた瞬間、絶叫と共に飛びかかってきた犬の操り主の一撃を辛うじて受け払った。

五匹の犬を全滅させられた主は、怒りの叫びと共になお撃ちかかってきた。

竜次郎は、それには落ち着いて応対した。相手の怒りと悲しみは、必ずしも太刀筋を鋭くしない。

遮二無二《しゃにむに》突っ込んでくるのを受け、突き放し、手練《しゅれん》の一撃を男の腕に加えた。

刀を握った男の腕が飛んで、折り重なる犬のむくろの上に載った。

七

その時には既に、料理人たちは雲を霞《かすみ》と逃げ散ってしまっていた。

竜次郎の脛からは血がだらだらと流れていたが、構わず歩きだした。

と、その時、原の向こうからこちらにやってくる一人の男を見て、ふと竜次郎の足が止まった。

氷室《ひむろ》の中に突然放り込まれたと思ったくらい、嫌な冷気が男から吹きつけてくる。

――うっ。死神……。

と竜次郎は思った。

そういう型の男には、今までも会ったことがある。

ひと目でそれと分かる「剣客」だった。

歳は竜次郎と変わらぬほどか、長い髪を後ろで束ねて結び、質のいい絹ものの小袖をぞろりとまとっている。どちらかと言えば優男《やさおとこ》のくせに、双眸《そうぼう》だけが異様に冷たく、紫色に煙って見える。懐手《ふところで》をして、肩を揺らしながら近づいてくる。

――ううう、まずい。

犬と散々やり合い、脛から血を流した状態で会いたい相手ではなかった。

――また別口の助っ人か。

腕に自信のない料理人たちの考えそうなことだと思った。思いつく限りの助っ人を呼び集めたに違いない。

竜次郎が身構えて立っているところへ、男は近づいてきた。

「いい腕だな」

男がやや笑いを含んだ口調で言った。

「向こうの高みでゆっくり拝見させてもらった。お前さん、菜っ葉大根を刻むよりその腰の刀の方がよほどお似合いのようだが」

竜次郎の眉が僅かにひそめられた。

――こういう軽口を叩くやつは厄介なんじゃ。

自分もその部類だからよく分かる。無駄口は、自信の表れでもあると同時に、相手をよく観察する手段でもある。うそぶきながら男はこちらを値踏みしていた。さっきから向こうで見ていたとすれば、竜次郎の動き方、太刀筋、技量のほどを十分に読んだろう。

「おんしは誰じゃ」

遠回しなところから竜次郎は始めた。

「わしか。わしは笹倉《ささくら》登之介《のぼりのすけ》という閑人《ひまじん》じゃ」

「あの料理人らの助っ人か」

「まあそんなとこじゃな。殿の御前でいい恰好をしたよそ者野郎をとっちめるというから覗きにきてやったが、いくら何でも相手を見てやったらどうだというところだったな。おぬしは相当に使えるの」

「さっきの犬遣いもお城の者か」

「お犬組という」

答えながら登之介が、懐手を解いて両手をだらりと下げた。

竜次郎の背筋がぞわりとした。

「お犬組か。珍しいのう」

強いて平静な口調で呟きつつ、竜次郎もまた相手の呼吸をはかった。

登之介は軽く笑った。

「おぬしほどの使い手の膣に穴を開けるくらいだから、やわな武者よりよほど使えるわな」

と世間話のように言いながら、登之介が口をつぐんだ時、ふっ、とある種の殺気を感じて、竜次郎の右手指がぴくりとした。

——気を飛ばしてきた……。

やらざるを得ない。向こうは面白ずくで仕掛けてきている。

「わし、今はやりたないな。こんな血だらけの足して、あんたみたいな厄介な相手とやりたないわ」

竜次郎は、ほとんどおどけていると言ってもいい口調で言ってみた。

「ほう、大したもんじゃの」

登之介が僅かに顎を上げた。

「大抵の者なら、強がりをぺらぺら述べたてる場面じゃ。やりたくないと口に出せる男はそうはおらぬで」

虚々実々の探り合いを、双方油断なくしていた。言葉が軽々しく滑稽味を帯びれば帯びるほど、互いに真剣になり、気息《きそく》は合ってきた。

もはや、気を抜いてはずすのは無理だった。今ここでそれをやったら、つけ込まれて攻撃されて首が飛ぶ。

竜次郎の立ち方が、それとは分からぬほどに変わった。どこにも偏《かたよ》りを置かぬ茫洋とした構え、構えと見せぬ構えにとっていた。

登之介の微笑が消えて、薄い唇がつと締まった。

竜次郎は相手がどこを衝《つ》いてくるかを読まない。その予測は対応を早くするどころか、そこに意識を置くことで別の箇所に仕掛けられた時、一瞬の遅れを取る。いま竜次郎の意識はどこにも置かれず、ただ瞬間の反応のみのために、ぼんやりとしながら同時に研ぎ澄まされていた。

「ふむ、できる」

登之介の乾いた声は、竜次郎の集中をそぎ、ふわりと据えた全方面への神経を乱そうとしている。

――来る！

登之介の幻惑の太刀は、尋常に上から来ると見せかけて、竜次郎の上段への防御を誘った。

竜次郎の両腕が確信を持って閃く如く上に上がり、胴が空き、

——不可ん！

と胸が一つ鳴った時、登之介は胴には来ずに信じ難い動きを見せて、竜次郎の素足のつま先を襲った。地を這う毒蛇《どくじゃ》めいた変耀《へんよう》の太刀一閃、刀尖は竜次郎の足の爪をこじ取った。

「あうっ」

飛び退った竜次郎のつま先から爪が剝がれて飛び、鮮血が吹いた。

「あうう……」

驚愕に目をみはりながら、竜次郎は相手の頰に浮かぶ、かげろうのような微笑を見た。

登之介の攻撃は、初めから爪をこじ剝がすことを狙ったものであり、仕損じではないのだった。

——不可ん！　まずいまずいまずい。

生爪を剝がされた足は、もはや自在には動かなかった。自分でも驚くほど、つま先に力が入らず、つま先が頼りないことがこれほど不自由だとは知らなかったが、とにかく足配りが苛立《いらだ》たしいほどたどたどしくなった。足指は血でぬらぬらした。

竜次郎の頭は、激痛など知らぬげに構えを求め、竜次郎はそれに応じて足を置き直しながら、どうしても自分の意識がつま先に向かってしまうのを感じた。

——痛みなど何だ！

耐えられる。耐えられるのだがしかし、そこに気持ちが行くことが命取りになる。心身をかき乱されていた。そのことが怖かった。呼吸が浅くなり、気が上ずっていく。

それに登之介の、一点をあやまたず突いてくる手腕にも心を乱された。つま先を襲って生爪を剝ぎ取れるなら、次はどこを狙ってくるのか。

——落ち着くんじゃ！

八

「おんし、嫌らしい太刀を使うのう」

竜次郎は息を鎮めるためにゆっくりと言った。声は震えなかった。

——よし、大事ないわ。

「膝から下を狙ってくるあたり、雑兵流《ぞうひょうりゅう》じゃな」

戦場で雑兵は、構わず足を狙ってくる。いや、雑兵に限らず、この時代の戦さ場での太刀遣いでは、股間や目鼻などを攻撃するのはむしろ当たり前のことだが、あえて竜次郎はそう挑発した。

「分かった。おんし薙刀《なぎなた》の出じゃろ」

「偉い偉い。それだけ疵《きず》を負いながら無駄口をきいて虚勢を張るのは大したものだ」

ゆっくりと、登之介の太刀構えが動く。感じの悪い下段の刀尖が、再び毒蛇の気味悪さを見せてうごめく。

「くっ！」

またも登之介の刀は、閃光の迅《はや》さで地を這った。

竜次郎は退《さ》がった。が、かわし損なった。

竜次郎のこめかみに汗が伝った。間合いを読んでかわすのに、失敗したことはこれまでなかった。だが登之介の刀は、まるでその尖端からさらに毒牙が伸びるかのようにしなやかな伸びをもって、竜次郎の両膝ぶしの下側を薄く削《そ》いでいた。

畏《かしこ》まるのが嫌で、袴《はかま》はつけていない。竜次郎の膝から下は、真紅の脛当てをつけたように真っ赤に染まった。素の肌に刃を入れられて、竜次郎は怒りに燃えた。

――両足！

真剣を持って構えている相手の両膝を一度に斬る技量……。

「たあっ！」

竜次郎は息をつがずに思いきってしかけた。その間のとり方は意表をつくもので、これまでの相手なら驚きと共に呼吸を乱されるのが普通だった。

が、登之介は渾身の気合で撃ち込んだ竜次郎の刃を、力を逃すかのように斜めに受け流し、余裕をもってひと足退がると見せていきなり高々と刀尖を舞わすや、右肩口を突いてきた。竜次郎は辛うじて刃を合わせ、激しく払いのけた。

――こ、こいつ、遊んどる。

肩口を突いても致命傷にはならない。それを承知でしかけられた一撃と思った。上がり気味になる息を、必死に鎮めながら竜次郎は果敢にしかけた。が、ことごとく受けられた。そのあとには反撃がついており、もはや嬲《なぶ》り殺しにでもしようというように、肩、腕、と竜次郎は薄手を負った。

「わ、わしを血だるまにしょう思てるのか！」

遂に荒々しく肩を上下させながら竜次郎が言った時、登之介はふふふと笑った。

「わが師匠……そのお人の名誉のために名は伏せるが、お師匠に言わせるとわしは性悪猫じゃそうな。ねずみをもてあそぶように敵を血だらけにして面白がると言うてな。そのうえたちの悪いマムシのような難剣だと。その通り、笹倉登之介は性悪猫の悪マムシさ。おぬしのような馬鹿でかいねずみをおもちゃにできて、楽しいことこのうえない」

傷の一つ一つはそう深くないが、それでも全身あちこちを削がれては、相当の流血だった。だんだん傷口から気力まで流れ出たようで、竜次郎の動きは鈍ってきた。

登之介の目が、きゅっと細くなった。初めてふざけるのをやめたように、猛悪な光が双眸に宿った。

竜次郎は半歩退こうとしてよろめいた。つい、膝をついた。その途端……。

――くる！　耳じゃ！

耳、と強く思った。なぜか分からないが、この猫は竜次郎の耳をひらひらと空中に飛ばすことを狙ってくる。あるいはあとでその耳を拾って、記念の品にでもするのかもしれない。

――耳じゃ。耳にくる！

確信が強すぎて、頭の中が白い光でいっぱいになったような感じがした。本来ならそうした確信はむしろ危険で、外れた時にはひどい結果が待っている。が、誰かが大声で叫んででもいるかのように、

――み、み……。

としか思えず、片膝をついたまま、下から無念無想で刀を薙ぎ上げた。それはまさに、竜次郎の耳めがけて登之介が大きく跳躍し、真上から剛剣を叩きつけてきたのと同時のことであった。

「おっ!?」

名状しがたい嫌な金属音がし、火花が散った。

折れて飛んだのは登之介の刀だった。

吠えながら竜次郎は起《た》ち、頭の中は真っ白なまま、全身の血を振り飛ばしながら登之介に斬りかかった。

その一撃は斜めに流されたが、しかし手応えはあった。同時に竜次郎のあばらにもすれ違いざまに刃がきた。一瞬の間に脇差を抜き放った登之介の一撃だった。それは竜次郎のあばらの脇を骨に沿って滑《すべ》った。入っていれば絶命するところだった。双方、朱《あけ》に染まった。

身を翻《ひるがえ》しざま、間合いを置かずに竜次郎は踏み込んだ。その瞬間、目の前の登之介の身体に、まるで光の花が咲くようにぱっと閃光が、瞬いた。あとで考えてもよく分からなかったが、衝くべき一点がなぜか可視の徴《しるし》となって目に見えたとしか言いようがなかった。

あるいはそれは、かなり血を失って惑乱した竜次郎の見た、単なる幻影かもしれない。しかし竜次郎は、耳、と感じたあの一瞬と同様、確信をもってその光る点に向けて、全身の力を込めた突きを入れた。

登之介が驚愕に目をみはったのを竜次郎は見た。

登之介の胸部に深々と刺さったわが刃を、渾身《こんしん》の力でぐいと手もとに引き戻した時、光った点から鮮血が激しく噴き出してきた。

登之介の身体が前方に倒れた。すぐ、動かなくなった。

竜次郎は何も考えずに数歩歩き、目眩《めまい》に襲われて膝をつき、枯草の中にゆっくりと倒れ込んだ。

――不可ん。

自分は一人だが、登之介は一人ではない。逃げ出してしまった料理人たちが様子を見に戻ってくるだろう。既に戻ってきて、木立の陰から見ているかもしれない。

ありったけの気力を振り絞って身体を起こした。

顔からは血は流れていなかった。足は見るも無残なありさまで、あばらの痛みはいつか崖からとび降りた時と似ていた。多分登之介の刀でぶち折られたのだろう。

無意識のうちに懐に手が入った。そこに、おやいのくれた蜂蜜の小壺があった。何も考えぬまま、竜次郎は壺の包みを開いて、中の固まった蜜を指でこそげ、口に入れた。

脳天に刺さりそうな甘みが、不思議にも竜次郎を正気にした。

――立て！

蜜に何の力があるかないか知らなかった。おやいの祈る気持ちが籠《こも》っていたのかもしれなかった。とにかくその焦げ臭いようなはっきりした味が、竜次郎を奮い立たせた。

——こんなところでくたばって堪《たま》るかよ。

血刀を突いて立ち上がり、よろめきつつ道の方に歩きだした。抜き身を提げたまま枯草を分けていったが、誰も攻めかかってこなかった。その時の竜次郎の形相を見ては、到底料理人たちにかかっていく勇気など出る筈もなかった。

竜次郎は死地を脱《ぬ》けた。

九

「ほれ、あーんと口を開いて」

福造が木の匙《さじ》にすくった粥《かゆ》を口もとに差しつけてくるのを、竜次郎は苦笑して避けた。

「わし、上体は別に大事ないて。手も普通に動くし」

部屋の壁によりかかり、両足を前に投げ出していた。そのつま先はひどいことになっている。布で覆ったりすれば、貼りついてしまってかえって大変なことになるというので、爪を剝がされた傷はそのまま固まった血で赤黒かった。

血だらけの足で団五郎の屋敷まで何とか歩いてきたらしいが、覚えていない。多分、屋敷に着いた安堵で気が緩んでしまったらしい。もっとも、福造に言わせると、竜次郎はまるで落ち着いた様子で口をきき、事情をざっと説明もしたそうである。

「話は分かったから、さあ、上がって。一人で上がれるか？　ほれ、手を」

というところまできて初めて、くたくたと上がり口にくずおれてしばらく気を失ってしまったらしい。

「多分、生きながら血抜きされてしまいよったんじゃな。顔が真っ白になっておったで」

と福造は声をひそめて言うのだった。

以来、団五郎の世話になっている。

後処理が悪いと大ごとになりかねないところだったが、団五郎から知らせを受けた北園十郎左衛門の奔走で、何とかことは穏便に収まった。

まずは、竜次郎の方からしかけたことではないことが明確にされ、一方、登之介との間のことは果し合いとして双方納得ずくという形にできた。十郎左衛門は料理人たちの策謀に関して騒ぎ立てない途《みち》をとり、大量に処分される者の出ないやり方で殿さまの裁可を仰いだのだった。お犬組のことも、犬を放した方に責任があるというだけで問題にせずに済んだ。

ただし。

「実はあの登之介は、奥方様の遠縁の者だったのだ」

団五郎の屋敷にわざわざ出向いて、十郎左衛門は話した。

「何、奥方様の周りでも、散々なもてあまし者として困り果てていたらしいから、果し合いで命を落としたということになっても、皆、眉をひそめて小声になる程度のことで済むだろうが」

しかし、と十郎左衛門は拳を自分の額に当ててこつこつと叩きながら、

「さすがにその方を殿のお膝もとに抱えるのは、都合がよろしからぬということには、なった」

と声を落とした。

「それはもう、仕官どころか、わし詰め腹の一つも切る破目になったかと思って内心、覚悟を決めようかと考えていたくらいですから」

竜次郎は本気でそう思っていた。話の限りでは、十郎左衛門にひどく迷惑がかかることにならなかったので、ただもうほっとした。

喧嘩がどう転ぶかは、必ずしも理非《りひ》と一致しない場合がある。料理人たちが目論見《もくろみ》の張本人であっても、そちらは織田家の抱え人であり、対する竜次郎は一介の流れ者であるのを思えば、殿さまによっては、竜次郎に不利な判定が下されて何もかもおっ被《かぶ》せられてしまうことすらあり得ただろう。

「殿さまは、随分と穏やかなお方にござりまするな」

「そういうお方だ。よくお分かり戴いた」

「そしたらわしは、動けるようになったら安濃津を去りますゆえ、申し訳ないが北園家から放ってやって下されませ」

「わしの抱えとしてとどまりたければ、わしはそれでも構わぬぞよ。城の料理人たちも、わしの家来にまでどうこうは申すまい。いや、どうこうとは言わせぬ」

「有り難いお言葉にござりまする」

竜次郎は低頭した。

「ほんでも、奥方様にしてみたら、縁者を断ったわしがいつまでも目の先をうろちょろしとるのはお気持ちがようないと存じますゆえ、勝手放題申すようじゃけんど、殿の御もとも、去りたいと存じまする」

その時十郎左衛門は、しばらく無言になった。それから嘆息して、

「まあ、しばらく他国を見てくるのもよいかしれぬ」

と呟くように言い、

「気が向いたら戻ってくればよい。その方の指身は忘れ難いでの」

と笑ってくれた。

それで竜次郎は、問題なく安濃津を去れるようになるまでの間を、団五郎の屋敷で療養することになったのだった。

話を聞いて、善兵衛も早速やってきた。

善兵衛はまるで医師のように竜次郎の全身をくまなく調べ、

「よくまあこう、鳥でもついばんだようにあっちこっちちょこちょこと斬ったもんですね」

と呆《あき》れ顔をした。

「あんな嫌らしい剣の使い手には初めて会ったわ」

と竜次郎は頭を振った。

「わし、もう少しで耳を削がれるところじゃったんじゃ」

「まあそうならねえでようござんした。傷が腫れないようにする煎じ薬を置いていきますから、あとで作っておもらいなすって」

「何じゃ、あんまり変なもんを飲まさんでくれや」

「なあに、柳《やなぎ》の木の皮を細かくしたもんでね。……それにしても、足の爪を削ぎやがるたあ、ほんとに、毒蛇のような奴だ」

「なあ。あんなに腕がええのに、人を苦しめて喜ぶ剣よ。つくづくわし、思たけんど、腕の良しあしと人柄とは必ずしも一致しとらんのじゃ。剣の達人なら心魂が練れてる筈なんじゃやけんど」

「そりゃ、たとえば木一本でも、まっすぐ生い立つ性のいい木もありゃあ、元からひねくね、枝も幹もくね曲がったビャクシンのようなやつもありまさあね」

「これ、まともに歩けるようになるまでにだいぶかかりそうじゃな。団五郎さんにとっちゃあ、いい迷惑じゃ」

「なあに、竜さん一人の面倒くらい、大したことじゃありませんさ。それよりも」

と善兵衛は面持ちを改めた。

「私の生業《なりわい》の都合で、安濃津を離れることになりそうなんで。何、竜さんが逗留していると思えば、時々顔を出すくらいは何とでもなりますがね」

「安濃津の探りはもう終わったか」

それには善兵衛は答えなかった。

「織田の殿さまは、えーえお人じゃ。もしおまはんの主人に訊かれたら、そう言ってやっておくれや。間抜けでのうて、ほんまもんのええ人なんじゃ」

竜次郎は殿さまに対するほんの微細な礼心のつもりで、善兵衛にそう言った。

善兵衛は薄く笑い、

「とにかく養生ご専一《せんいつ》になすって下さいよ」

と挨拶をすると座を立った。

出ていく善兵衛の背中を竜次郎は黙って眺めた。

再び会えるかどうかも分からない。会えたとしても、善兵衛が何になっているかも分からない。あるいは敵として刃を交えるはめにすら、なるかもしれず、あるいはどこそのお大名の、居並ぶ群臣の一人として澄まし返っているところに遭遇するかもしれない。

それでも何となく、いつどこで、どんなふうに会っても、きっと笑って挨拶できる、と竜次郎は思っていた。

――にっこり笑って挨拶をして、それからスラリと刀を抜く？

そんな場面を想像したらつま先に時ならぬ痛みが走った。

去っていく善兵衛の背中に「冗談じゃありやせんぜ」と書いてあるような気がして、竜次郎は独り、足を投げ出したしょうもない姿でくつくつと笑った。

第六章　北の海へ

一

梅の香漂う街道を、竜次郎は北に向かっていた。

団五郎の屋敷で英気を養い、身体は回復した。幸い、こじ取られたあとの足指に、どうにかこうにか爪も生えてきた。

安濃津の殿さま・織田三十郎が「ええ人」の見立てに違《たが》わず、竜次郎に次の行く先を与えてくれた。

北園十郎左衛門が団五郎の屋敷に立ち寄り、殿さまからの推挙状を渡してくれたのである。

「おぬしも名くらいは存じておるやもしれぬが、敦賀《つるが》に蜂屋頼隆《はちやよりたか》と仰せられるお大名がおわす」

「ああ、蜂屋さまなら、総見院さまの古くからのご家来衆にござりまするよな。もともとは美濃の人にて」

「そうそう、その蜂屋さまよ。殿さまが仰せになるには、もうだいぶ前のことになるが、蜂屋さまが『いい料理人がどこかにおらぬか』と仰せのことがあったそうだ」

「はあ」

「新しい話ではないゆえ、今はもう然《しか》るべき者をみつけられたかしらんが、殿さまの推挙状があれば、お城に奉公は叶《かな》わずとも、然るべき重臣がたになりと仕《つか》えることはできよう。少し遠いが、行ってみるか」

「参りますとも。実に有り難い話じゃ。なあに、身の上のことはまたどうなりと致しましょうし、取りあえず敦賀に参ってみようと存じます」

かくして竜次郎は、またもや梅塩のかめを背負い、往来の人となったのだった。


夕月夜の明るさに任せて、竜次郎は微風を楽しみながら歩き続けていた。疲れたらどこかのお堂の縁側にでも腰を下ろして休もうと思いながら進んでいくと、向こうの土手に人影があって、じっと川面を見つめているらしいのが見えた。

——おお、あかんな。

竜次郎は走っていった。

妙なかめを背負った大男がいきなり走り寄ってきたので、相手はびっくりしてただ立ちすくみ、怯《おび》えたように竜次郎を盗み見た。四十半ばくらいの小柄なおやじで、疲れきったように肩を落とし、背を丸くしていた。

「わしの勘違いじゃったら悪いけど、おまはん今、妙な気ぃ起こしていやせんかったか。なんか月明かりで見違えとったら申し訳ないが」

一気に言うと、相手の顔に泣き笑いのようなものが広がり、えぇへへ……と息の漏れるような笑い声とも泣き声ともつかぬものが聞こえた。

「わしは竜崎竜次郎いうもんじゃ。もしなんか困っとることがあるなら、わし話聞いたるけんど？」

相手はしげしげと竜次郎を眺めた。その堂々たる体軀と、腕っぷしの強そうなわりには愛嬌のなくもない丸顔を見ながら、

「武者修業……のお方にございますかの」

と見当をつけた。

「ちっと違うけんど、まあそんなようなもんじゃな。おまはんはこのへんの人かや」

男はうなずいた。

「わしはそこの街道で茶店をやっとる、長松《ちょうまつ》ゆうもんでござります」

「ああそうか。ほんでこんな月夜に川端で何をしとったんじゃ。こういう時は気ぃつ

けんと、なんか妙なもんに憑《つ》かれたり、河童《かっぱ》に尻子玉抜かれたりするんじゃど」

長松はまた、ふへへと情けない声を漏らした。今度はそれでも笑い声のうちと思われた。

「おおきにそうかもしれません。わし……わし稼業がうまくいっとらんで、なんかもうすっかり疲れきってしもて、なんかもう、水に引き込まれそうに……」

「おまはん、おかみさんは」

「わしに甲斐性がないというて、旅回りの軽業師《かるわざし》のような男と、逃げてしまいよった……」

「そうか。ほんでもおまはん、そんな女房ならいっそ、逃げてくれたがましかしれんど」

びっくりして長松の眉がはね上がり、ぱっくり口が開いた。顎《あご》をがくがくさせ、長松は憤慨するか泣き出すか迷っているように見えたが、そのどちらも起こらないうちに竜次郎がその温かい手で、長松の肩に触れた。

「ちょうどええと言ったらわし図々しいけんどな、今夜泊まるとこがありゃせんのじゃ。もし良かったらおまはん、泊めてくれんかの」

ふふ、と力ない笑いが長松の口から漏れた。

「どうぞ、わしとこみたいな小汚いとこで良かったら、どうぞお泊まりなさんせ」

「あ、そりゃかたじけない。じゃあ世話になるで」

「竜崎さまとやら、そのかめはひょっとして、酒でござんすかの」

「あ、残念ながらこれは酒でのうて、塩よ。おまはんとひと夜を飲み明かす、という訳にはいかんのじゃ」

「塩……塩を背負って、どちらに行きなさる」

「敦賀にな」

「そりゃまた遠いとこまで。……ああ、どうぞうちに来て下されませ。こちらでござります」

長松に案内されて土手を下ると、ほどなくして小さな茶店が路傍に見えた。

二

一晩じゅう竜次郎は、長松の愚痴を聞いてやった。どうやら長松の店が立ちいかなくなったのは、すぐ先に、新しく立派な別の店ができたかららしい。

「わしはもともと、細々とやっととったばっかりで。向かいの店は若い娘なんぞ置いて、人が次々と寄っていきますわの」

「ふうん、そうか」

その時はそんなものかと思って聞いていたが、翌朝明るくなって、店の構えを見た途端、竜次郎の眉はぐいと寄った。

とにかく汚かった。縁台はほこりでざらざらし、天井には蜘蛛《くも》の巣がかかっているのが見えた。竜次郎はそこに積まれた、ろくに拭《ぬぐ》えてもいないしみだらけの茶碗を手に取ってみた。竜次郎の鼻にしわが寄った。

「おまはん、これじゃ客は寄りつかんど」

「へえ……」

「まずきれいに掃除せんかい。向かいの店と比べるより、これじゃそもそも、客はここに入ってひと休みしょうという気になりゃせんが」

「はあ……」

「よし。わし泊めてもろたで恩があるわな。ちっとここ、きれいにしたろ」

棒切れを探し出し、その先にぼろを巻きつけると、竜次郎は天井の煤《すす》やら蜘蛛の巣やらを払いだした。

「なんでこんなになるまで放ってしもうたんじゃ」

「なんかもう」

と長松は溜息と共に答えた。

「なんもまともにやる気せんと、いつの間にかこないなことになってしもたんですわ」

「ただでさえ向こうの店に負けとるんじゃろ。せめて店の中くらい、気持ちようきれいにせんかい」

ひと渡り、掃いたり拭いたりしたあと、竜次郎は、

「客に出す用の湯は。というか、その水は」

と訊いた。

「これですが」

かまどの側《そば》に赤さびた古い大釜があって、その中に水が溜めてあった。

「あー、これはあかんじゃろ」

柄杓《ひしゃく》に汲んだ水を、口に含むまでもなくまた竜次郎の鼻にしわが寄った。

「おまはん、ちっと、まーちっとものを考えたらどうじゃ」

「と申しますと……」

「なんでこの釜を水がめ代わりにしとるんじゃ」

「これが一番大けなもんで」

「たわけじゃな。わざわざ水を錆臭《さび》くしてどうするもんじゃ」

「錆臭い……ですか」

ちっ、と竜次郎の舌が鳴った。

「あのなあ。人さまから銭をもろて飲ますもんじゃろ。たかだか鐚銭《びたせん》一枚か二枚でも、金をもらうならそれに値《あた》うだけのことせんか。あんな近くに川もあるし、あすこまで水汲みに行くのどれほどの苦労なんじゃ。無精《ぶしょう》せんと、まいんち新しい水汲みに行くくらいせんかい」

「なるほど」

「何がなるほどじゃ。ほんで茶は。……いつもやっとるとおりにして、わしに茶ぁ一杯、出してみなされ」

長松はかまどに火をおこし、そこにかかった鍋の中に錆臭い水を汲み入れ、湯を沸かし始めた。竜次郎は腕組みをしてその様子をじっと眺めた。

湯が沸きかけたところで、長松は小汚い布袋の口を開け、大きな茶碗の中に茶らしい粉をこぼし入れた。

「それ、茶の粉《こ》か」

「左様で」

「いつ挽《ひ》いたもんじゃ」

「さて、いつでしたか。そんなに前ではないですが。わし石臼持っとらんもんで、人さまのうちのをお借りしとるんで、そうそう度々《たびたび》も借りられんもんで」

やけに沢山の粉を入れる、と見ているうちに、長松はその中に湯を少し垂らし、ちびた茶筅《ちゃせん》で濃茶を練るようにかき回し始めた。

――ん？　何しとるんや、こいつ。

「それ、随分と濃いようやが、どうするんじゃ」

「いちいち点《た》てるのが億劫《おっくう》なもんで、こうやって」

ねっとり練った冴えない古びた色のものを、小さな木さじでほんの少量、長松はすくいとった。それを別の小さい茶碗に入れ、そこに湯をあらためて注ぐと、さっきの茶筅で小さい茶碗をかき回し始めた。

「まさかおまはん、幾つもの分を先に練っておいて、あとから湯で割るのじゃあるまいな」

あるまいも何も、長松のやっているのはまさにそれだった。

「お待たせ致しました」

とそこだけ妙に愛想よく言いながら、長松は薄茶を竜次郎の前に置いた。

竜次郎は茶碗を取り上げたが、すぐ口をつける気になれずに中を覗《のぞ》いた。

底の方に緑色のものが少し沈み、湯は上澄みのように薄黄色かった。

「おまはん、わし、ちっと、悪い方に感心した」

「はあ」

「これ飲むのは勘弁してもらうわ。錆臭い湯に古い茶に、多分わしが生まれてから今までに飲んだ一番まずい飲み物よりまずいの目に見えとるで。おまはんよく、これだけのまずいものを作りだしたなあ。わし、そこに感心したわ」

「ご冗談を……」

「たわけもん！」

竜次郎は真顔で怒鳴った。

「茶は、水で飲ませるもんじゃ。それをわざわざ錆臭くするやつがどこにおるんじゃ。加えて、茶の粉を挽いて長く置けば、香りはとんでしまうじゃろ。大体、茶壺にも入れんとそんな袋に入れっぱなしにしといたら、湿気《しけ》て固まりになってまうじゃろが。ほんでまた、何じゃこの薄ーい茶。これじゃ茶とはいわれんで。これはただ、茶のつもりの色つきの湯じゃが」

長松がうつむいた。

「この茶をもし、向こうの店で可愛らしいあねさんが出したらどうなると思う」

「それでも結構通るんと違いますかの」

「たわけもん！」

竜次郎の両手が、ばん！　と縁台を叩いた。茶碗が飛び上がって下に落ち、地面に転がった。

「どんな立派な店で、どんな美人が出しても、この化け茶じゃすぐに店が潰れよるわい。それとも何か、どうせ旅のもんで二度は通らん、たとえどんなひどいもん出しても、銭をとってしまえばこっちの勝ちじゃとでも思とるのんか」

「そ、そんなことは……」

「あのなあ、長松さんというたかな。あんた今ここで、腹決めなされ。あんたがこれからも、ここで茶店やって生きていくなら、わしその助けになることを幾つか教えたる。けど、もともとが茶ぁ点てて生きていくんは好きでもなし、向いてもおらんと思うなら、もう思いきって、この店畳んだ方がましやど。わしみたいなもんに出会ってしもたんが災難じゃと思て、きっぱり、腹決めなされ。それかもし、このまんま何も変える気もない、放っといてくれというなら、わしはもう往《い》ぬるわ。邪魔して説教までかまして、悪かったな」

勢いをつけて竜次郎は立ち上がった。次の長松の表情一つで、煮えきらぬ顔でもするようならさっさと出ていってしまおうとすると、相手がいきなり、

「待っておくれなさいまし！」

とこれまでにない大声で怒鳴った。

――よし。

と竜次郎は思った。やる気になったかと押して訊きたいのをあえてこらえ、長松が言葉を出すのをじりじり待った。

長松は大きく息をつくと、

「わしが間違っとった」

とはっきり言った。

「そうじゃ。おまはんが間違っとったんじゃ」

「わし、やり直しますわ。竜崎さん、どうしたらやり直せるか、力を貸して下されませ」

「安いことじゃ。あのな、これからちっとの間、わしの言うとおりにしてみい」

「分かり申しました」

と長松は真剣な顔で応えた。

三

それからすぐに、二人の姿は川岸に移動していた。

奥の炊事場の後ろの方に転がっていた汚いかめを竜次郎が抱え、茶碗類を長松がまとめて持って、ここまで来たのだった。

「とにかくまず、洗いもんじゃ。あんまり手荒なことして、茶碗のふちを欠くなや。往来の茶店じゃよく、ふちの欠けた碗で茶ぁ出すけんど、あれはほんまに気持ちようない」

長松に茶碗を洗わせておいて、竜次郎はかめを流れに浸けると、道端で拾った、緒の切れた草鞋《わらじ》で、ごしごしこすり始めた。

「あんた草鞋は作れるか」

作業をしながら竜次郎は訊いた。

「草鞋……ですか」

「難儀じゃな。ほんなら、縄は綯《な》えるか」

「縄くらいなら綯えますが」

「縄が綯えりゃ、草鞋くらい編めるさ」

「草鞋を……編みますか」

「うん。ほんで店で売るんじゃ。茶店で草鞋売っとったら便利じゃろ。ほんで値を安うにして、代わりに古草鞋をもろとくんじゃ」

「はあ」

「これ見たら分かるじゃろ。大きなもんを洗うのに、ちょうどええんじゃ。その他いろいろ、使い道は工夫できるで、『草鞋売っとる茶店』で名を売るんじゃ」

「なるほど」

「ほんでな、茶やけんど、どうせ安もんの古い茶葉しか手に入らんのじゃろ」

「まあ左様でござんすねえ」

「それはまあ仕方ないけど、せめて茶葉は、毎日朝に挽くんじゃ。何日も置いといたらあかん。そんでな、この水、ちっと飲んでみ」

長松は素直に、洗いかけの茶碗に汲み入れた水をすすった。

「どうじゃ」

「どう、と言われましても」

「あんたほんまに、水のうまいまずいが分からんのんか」

「いや、まあうちの汲み置きのよりはうまいと思いますが」

竜次郎は呆れて首を振った。それからふと思いつくと、

「あんたもう、いっそのこと、まずい茶なんぞやめてしまったがええな」

と断定した。

「でも、茶店で茶をやめたらどうなりましょう」

「白湯《さゆ》で売れ」

「はあ?」

「大けな看板を作るんじゃ。『うまいさゆ』て書くんじゃ」

「白湯では銭が取れまへんが」

「無論、向かいの店の茶よりは安くする。それでも沸かして茶碗に入れて出すんじゃ

で、白湯でも銭にできる筈じゃ。ほんでいくらか銭ができたら、ええ茶葉を買うて、『うまい茶も御座候』てやったらええんじゃ。ほんでな、菓子を出せ」

「菓子、ですか」

「うん。茶席で出るじゃろ。フノヤキやら、木の実やら、山菜の炊いたんでも、何でもええから、白湯に添えるんじゃ。ほしたら銭も取れるじゃろ。ああ、そうじゃ！」

竜次郎は大声をあげた。

「さっき通りすがりに、見事な梅の木が何本もあるところがあったじゃろ。あの木は持ち主があるんかな」

「あれはそこの淡禅寺《たんぜんじ》さんのもんでしょう」

「ほんならそのお寺さんに頼んで、季節になったら梅の実を売ってもろて、あんた梅干を漬けたらええんじゃ。白湯に梅干、ちゃんと合うし、旅の疲れもとれるちゅうもんじゃ。どうじゃ、『うまいさゆ』『うまい茶も御座候』『名代の梅干　お試しあれ』て、ええじゃろ」

「梅干なんぞ、漬けたことありまへんが……」

竜次郎は舌打ちした。

「やる気あるんかないのんか」

「あ、あります」

「ほんならわし、時季になったら梅を漬けに来てやるから、『白湯で聞こえた長松の店』に取り組んでみい。とりあえず今やったら、山に入ればフキノトウや何やかやあるで」

「フキノトウ、ですか」

「そうじゃ。ゆでて串にさして、味噌つけてあぶったらええんじゃ」

「ほんでも、そんなにいろいろと調《ととの》えたら、それに銭がまずかかりますわのう」

「ええもう、面倒臭いやっちゃな！」

竜次郎は懐《ふところ》から銭入れを取り出した。その中から、だいぶ昔に人から押しつけられた小さな銀の塊《かたまり》を出すと、それを無理やり長松に握らせた。

「い、いや竜崎さん、こんな大金」

「やかましい。それだけあったら味噌でも酢でも何でも揃うじゃろ。石臼も買えるわの。またわしが梅干漬けに来た時に、店がうまいことといって上がりがあったら返してもらえばよし……」

「うまいこといかんかったら……」

「そんなもんに銭つぎ込んだわしがたわけで済む」

長松が泣き出しそうな顔をした。

「りゅ、竜崎さん、わし……」

「ああもういいから！」

竜次郎は横倒しにしていたかめに水をたっぷりと入れて立てた。

「今日から稽古と思って、これ背負ってお帰り」

言うなり竜次郎はざばざば波をたてながら川から上がった。そうして長松がおろおろしているうちに、

「ほんならな。また様子見に来るで、それまであんじょうにしとけや」

と一方的に言うなり、さっさと土手に上がり、大股にそこから歩み去った。

四

――あの気性じゃあ、どうかのう。

うまくやれるか分からんな、と思いながら竜次郎は一人で茶店に戻り、梅塩のかめを背負って外に出た、その途端、

「おおっ、見つけたっ！」

という大声を浴びせられた。

振り返るまでもなく、その声の主は黒鉄巌之介の下僕・吾助の声だった。

――ああ……。

と竜次郎は心中にうめいた。

——まぁた、出よったかい。

「諦め悪いのう」

思わず呟《つぶや》いてしまった。

今回も、相手はわやわやと十人ばかりもいる。それらがあたかも魚鱗《ぎょりん》の陣《じん》の如くに三角なりに広がり、その先頭の位置に小柄で蒼白い顔をした尾崎八郎が立っていた。そしてそのすぐ後ろに、馬鹿馬鹿しいほど大身《おおみ》の槍をおっ立てた、雲を突くような大入道を従えていた。

——助っ人連れてきよったな。

「天網恢々《てんもうかいかい》、疎《そ》にして漏《も》らさず！」

八郎が決まり文句を叫んだ。

「今度こそ、わが刀の露と散れ！」

「尾崎さん、それはもう、この前試したじゃろ。あんたの技量ではわしを露と散らすことはできゃせんて」

その言葉に呼応して、大入道がずいと一歩前に出てきた。

「天を怖《おそ》れぬ不埒者《ふらちもの》！　義によってこの、滝本雨角《たきもとうかく》が助太刀を致す」

——そこそこ、できそうじゃな。

雨角と名乗った大入道の身のこなしは悪くない。視線も定まっているようながら同時に茫洋としているのは、かなり使える証拠である。

竜次郎は内心溜息をついた。やらざるを得ないし、こうなってはやるにやぶさかでもないが。

――面倒な……。

この追及を断ち切るには、八郎を斬り倒すしかないのだろうか。敵討《かたきう》ちの果し合いで返り討ちにされた者の身内に、その復讐は許されていない。それを許せば双方が永遠に殺戮を繰り返すことになるから、「復敵《またがたき》はご法度《はっと》」とされている。しかし、ここで八郎を仆《たお》したら、まず間違いなく富江は意地になって刺客を繰り出すのではないかと思われる。

――元はといえばわし、巻き込まれなんじゃけどのう。

「どうした！　臆したかっ」

大入道が鞘を払った。八郎らもぎらぎらと白刃を抜き放った。

「ちっと待ちや。わし、かめ降ろす」

「たわけ！」

迅雷の如く、大入道が凄まじいひと突きを入れてきた。竜次郎はそれを避《よ》けきったが、大入道が次の一撃を、槍を返した石突で見舞ってきたのに対し、機をはかり損なってしまい、左の肩をぶん殴られる形になった。衝撃に竜次郎の身体は後ろざまにふっ飛ばされ、仰向けに転げ、そこに石塊《いしころ》があったために、叩きつけられた背中のかめが、もろくも砕け散った。

「はわわっ、何をしてくれた！」

跳ね起きると同時に、竜次郎の中に激しい怒りが巻き起こった。

「どうしてくれるんじゃ、わしの大事な宝の塩に、何をしくさるんじゃ」

「やかましいっ、くたばりおれ！」

ビュン、ビュン、と次々雨角は激しい突きを入れてきた。

背中の重荷がなくなったために、竜次郎の身のこなしははるかにましになり、的確に避けながら刀を抜いた。

刀と槍では、柄《え》の長さを考えても槍が有利である。しかし狭いところでは事情が変わる。ここは街道だから、到底、広いところとは言いかねる。今はこの争いの様子を見て通行人は途絶え、皆遠巻きにしているが、雨角の周りには八郎とその取り巻きがいて、むしろ邪魔になっていた。

そうと見てとって、竜次郎は果敢に相手の手もとにとび込んだ。間合いを詰められすぎると槍は扱いが難しくなる。そこにつけ込んで竜次郎は、相手の左腕に鋭く斬り込んだ。

がうっ、と雨角は咆《ほ》えた。籠手があったら軽傷だったろうが、甲冑《かっちゅう》をつけてない雨角の腕は鮮血を噴き散らした。

その体軀では考えられぬ迅《はや》さで刃を返すなり、竜次郎は跳び、大きく振りかぶって真っ向、鋼を叩きつけた。

「あうっ!?」

槍を横ざまに上げて雨角は防ぎ、竜次郎の刃はそれをズンと斬り下げた。

白樫《しろがし》の柄《え》は真っ二つになった。

竜次郎の刀尖が雨角の鼻に届いて、削げた鼻が飛び、雨角は両手に分かれた槍の残骸を投げ捨てて鼻を押さえ、そこにうずくまった。

その時後ろから、怒号と共に八郎が斬りかかった。

相変わらず、ほとんど力のない一撃だったが、跳ね返しただけでは、どこまでもしつこくかかってくるのが目に見えている。

問題は、竜次郎がどうしても八郎を斬ってしまう気になれないところだった。

竜次郎は足もとの壊れがめから、貴重だった梅塩をひと握りすくった。

「これでもくらえっ」

竜次郎は大股に八郎に近づくや、思わず立ちすくむ相手の目を狙って、塩を叩きつけた。

「ぐわあああっ、何をする、卑怯な」

八郎は思わず刀を投げ捨てて七転八倒した。

鼻を削がれた雨角は、闘争心をも削がれたらしく、突っかけてはこなかった。それを幸いに、竜次郎は街道を飛ぶように駆け去った。

五

もう誰の姿も見えなくなったところで、やっと立ち止まった。そこで竜次郎は、迷うように今来た道を顧みた。路傍に腕組みをして、道を眺め、空を眺めた。

よほど、京の外れの山中の、おやいのところに舞い戻ろうかと思った。もう一度梅塩を取りに帰りたい気があったし、おやいに会いたい気もした。

登之介との死闘のあと、自分に生きる力を与えてくれたのはおやいがくれた蜂蜜だった。そのことも、無性におやいを懐かしく思わせた。

しかし竜次郎は結局、戻らなかった。

——わし、もしかしたら梅塩に気ぃ取られすぎてたかしれん……。

それさえあればどんなうまいものでも作れる気がしていた。現に安濃津の殿さまの御前で、絶妙な雑炊も出すことができた。そのことが、知らぬ間に自分を縛っていた

かもしれない、と気づいたのだった。そしてそう気づいたのは、

――かめを背負わずに歩くのはこれほど身のこなしが楽なんじゃな。

と思ったからだった。

――かめを背負ってたで、あんなに鈍くなって肩口突かれたんじゃ。

それに、かめを守ろう守ろうとして、つい動きそのものも稚拙になったに違いない。

「ないもんはないんじゃ。後ろ髪引かれてんと、先へ行け、たわけもん！」

こだわっていないで先へ進め、と自分を鼓舞した。そして戻らぬことを決めたのだが、そうなって改めて、

――ああ、あの塩……。

あれを泥にまみれさせてしまったとは何というもったいないことを、と惜しむ気持ちが満ちてきた。

――何じゃこの、けち臭いやつ。

と自分を非難して進んだ。おやいのことも、

――何年あすこに暮らしてると思うんじゃ。おやいは誰よりもしっかりした娘じゃ。むしろ山の精のように、深山の清い気に包まれて安らかに生きているわ、と思い直した。中途半端に駆け戻らず、迎えに行く時は行くにふさわしい形で、と心に決めた。

敦賀への道は、琵琶湖《びわこ》の東岸を木之本《きのもと》まで北進し、そこから余呉湖《よごこ》と琵琶湖の間を抜けて、塩津《しおづ》港に至る。

湖の港だが、塩津は敦賀からの物産を船で大津に送る中継地であるため、大きく栄えていた。ここと敦賀の行き来は盛んで、人も多かった。

——港はどこも、人が活き活きしとるの。

初めて訪れた敦賀は、空気のしっとりとしたところだった。竜次郎はそれを肌で感じた。

——こういうところはものがうまいんじゃ。

もっとも、ぱさぱさと荒れた土地にも、荒れた土地の味わいというものもなくはない。

「まずいものの中にも、味わいちゅうのがあることもある」

とは竜次郎の舌を鍛えた、曾祖父の教えである。

「貧しい土地の、貧しい食いもんでも、丁寧に手をかけてこしらえとったら、何とも言えん滋味のあることもある」

——確かにな。

と竜次郎は、歩きながら少しの間回顧した。

曾祖父の言葉とは逆の例も思いついた。たとえば安濃津の漁師の飯は、荒っぽいことこのうえなかったが、小魚をやたらにぶち込んだ、ろくにうろこも取れていない汁の濃い味わいは忘れ難かった。

——わし、殿さまに出した雑炊、お上品にしすぎたかの。

相手が殿さまだと思ったらどうしても丁寧になってしまった、と思う。

——あははあ、わし根性なしじゃ。

と自分を笑いながら、町なかに入った。

竜次郎の懐には、殿さまの推挙状の他に、北園十郎左衛門が添えてくれた紹介状もあった。蜂屋の殿さまの家来に中川春右衛門《なかがわはるえもん》という人があり、その人と知り合いだと言って十郎左衛門が書状を書いてくれたのである。

それ一つで泊まるところができるので、有り難いことこのうえなかった。

敦賀の町に城下のお屋敷町が整うのは次の領主になってからのことで、この時はまだ、街並みも昔のままだった。要するに、安濃津と同じような中世ふうの湊《みなと》町である。

人の賑わいは相当のもので、北国《ほっこく》と、京の都や東海道側の諸国を結ぶ拠点だけに、人馬の行き来にも勢いがあった。

忙しそうな人をようやくつかまえながら尋ね、探していくと、やがて中川の屋敷に至った。

——おお、ここかい。

十郎左衛門の知人だけあって、中川春右衛門の屋敷は立派な構えであった。もっとも、屋敷の造りも街並み同様、昔造りの半ば農家ふうの館《やかた》だから、別段閉ざされた門扉に番人が立っている訳でもなく、竜次郎はすいと中に入った。

——立派な紹介状あるから、行く先は玄関じゃの。

と思いながら構内を突っ切って行くと、向こうの方から何か騒がしい声と共に数人の人がまろび出てきた。と同時に、かしましく鳴きたてる何かが、竜次郎めがけてバタバタと突っ込んできた。

「おっと!」

蹴爪《けづめ》をふるって暴れる、大きな軍鶏《しゃも》だった。竜次郎はその鋭いくちばしと足を巧みに避けながら、軍鶏を手取りに捕まえた。

「おりゃ、じっとせんかい! もうわしに捕まったんじゃで」

「ああ、ああ、どうも有り難うございました!」

と、先頭切って走ってきた男がぺこぺこ頭を下げた。

「どうしたんじゃ、これ」

数人が口々に言いたてるところを総合すると、この鶏《にわとり》は夕刻に来るお客のために汁として仕立てる筈のものであるという。にもかかわらず料理人がしらの権太《ごんた》が不在であるため、誰もこれをうまく処理できずに大騒ぎするうち、鶏が籠《かご》を蹴破って逃げだしたらしい。

「ほおん。ほいでその権太さんとやらはどこに行きなすったんじゃ」

「大きな声では申せまへんが」

と相手は声をひそめた。

「かしらは大の博打《ばくち》好きで……」

どこぞで賭場《とば》の開かれる噂を聞くと、真っ昼間でもすぐ屋敷からいなくなってしまうということであった。

無論それがご主人に知れれば、軽くて追放、下手《へた》をすれば「そこへ直れ！」でご成敗、お手打ちさえもあり得るのだから、考えようによっては命がけの博打とも言える。

「わしら、みんな鶏なんぞろくにさばいたこともございませんのに、『何とかなるから、もしわしが刻限までに戻らなんだらお前らで工夫してみろ、これも勉強だ』と言われまして」

「ふうん。まあそりゃ、皆で工夫してさばいたらええ勉強になるかしれんけどな」

くちばしと足を片手ずつにしっかり押さえ、小脇に抱えるようにすると、軍鶏は不敵な目で一同をにらみまわした。

「それにしても、そういうしょうもないかしらをそのまんま雇っておくとは、おまはんらのご主人はよほど人がええお人なのかえ」

ぬるい人かと訊きたいのをこらえて繕《つくろ》った言い方をすると、台所方の者たちはまた口々に、

「そりゃもうわが殿は、慈悲深いお方で……」

と言いだした。話の流れで、権太は主人・春右衛門の乳母《うば》の息子であり、この年老いた乳母を何より大事に思っている春右衛門さまの大度量によってかなり大目に見られているということが分かった。

「それに、かしらはもう、至極腕のいい料理人なので、そこは……」

「なるほどそうか。それでも、度々いなくなっちゃあ、おまはんがたもええ迷惑じゃな」

台所から紐《ひも》を持った若い男が走ってきた。男が紐で軍鶏の足をぐるぐるに縛り、さらにくちばしをも括りつけたので、竜次郎はやっと軍鶏を逆さにして提《さ》げた。そうしながら、

「あのな、わし、こちらの殿の知り合いのところにおった者なんじゃ。ほいで、わし敦賀に来るにあたって立派な紹介状を貰てるから、怪しいもんではないんじゃ。竜崎竜次郎いう、料理人なんじゃけんど」

と名乗った。

それを聞いた者たちは、料理人！　と一斉に希望に満ちた声を放った。

「殿さまに紹介状持ってこられたなら、いっぱしの包丁人であらせられまするか」

「何、そんな大げさなもんと違うけど、軍鶏の一羽やそこいら汁にするくらいのことはできるもんで、おまはんがたもお困りじゃやで、わし、手ぇ貸したろうかの」

この時ほど感謝されたことはない、と後々まで竜次郎は思ったものである。一挙に安堵の空気が流れ、紹介状を懐にした人なら台所に上げても障《さわ》りはなかろうと一同は喜色にあふれて竜次郎を迎え入れた。

――玄関に通る筈のもんが、裏口になってしまいよったけんど。

まあそれも良かろう、と軍鶏をぶらさげて竜次郎は台所に案内してもらうことになった。

六

――なるほど、まあ腕がええかな。

台所は結構広く、きれいにかたづいていたので、料理人がしらの素行は良くないかもしれないが、腕に間違いはないらしい、と竜次郎は見てとった。

「ほんならわしが鶏をさばいたるで、ように見とって」

鶏をさばくのは鴨《かも》をさばくのと大差ない。ただ観応の屋敷では狩られた鴨を受け取ったが、ここでは鶏を絞めるところからやらねばならないというだけである。

竜次郎は手際よく殺生をやってのけ、羽を毟《むし》り、さくさくと下ごしらえをこなした。

「椀づまは何か、用意してあるかの」

「平茸《ひらたけ》がござりますが」

「おお、平茸はええな。平茸でも椎茸《しいたけ》でも、キノコは鳥によう合うんじゃ。鶴にも鴨にも、キノコは合いもんじゃ。あとは」

「ゴボウと、ウグイス菜が用意してござります」

「おお、ようできた支度じゃな。ものの分かったおかしらじゃ」

竜次郎は鶏をざっと切り分け、骨をはずした。

「出汁《だし》は引けるか。それができたらこの、骨を入れて煎じるんじゃ」

料理人の一人が出汁は取れると答えたので、それは任せ、竜次郎は骨をきれいにした。湯を沸かし、骨をざっとゆで、こびりついている血肉の類《たぐい》を丁寧にとる。

しばらくして出汁が手もとにきたが、竜次郎はひと目覗いただけで、

「これは、不可《いか》ん」

と首を振った。

「いけませぬでしょうか」

「見てみや。こう濁らせては、それこそ出し過ぎよ。ちっと舐めてみや。出汁は甘み

のええ加減で、鰹《かつお》は引き上げてしまうんじゃ」

　結局、自分で鰹節を掻き、出汁を取るのも逐一自分でやることになった。汁の味わいは出汁が決めてしまうからそれも仕方がない。満足のいくようにしたところで鶏の骨を加え、

「一気に沸かして。あくが浮いたらすくいや」

と木杓子《きじゃくし》を料理人の一人に渡した。

「吸い口は」

と訊くと、一人の料理人が得意そうに、

「ワサビがございまして」

と取り出してきた。雪解けの沢から届いたばかりだという。

「これはまた贅沢な」

　竜次郎がワサビを見たのは観応の屋敷で一度だけであり、その時も鳥の汁に合わせて吸い口とした。まだ広くは出回っておらず、珍しい部類のものである。

「軍鶏に平茸、ゴボウにウグイス菜、ワサビを添えてときた。おまはんとこの殿は贅沢もんじゃな。……ああ、その骨の煮出し、もうええ。ざるに布巾敷いて」

　骨をぐらぐら煮た出汁を、布巾で丁寧に漉《こ》した。

「さあ、これさえできてしまえば、あとはどうなりとなるわの」

ここにひと摘み梅塩……とつい思い、

――ああ、やっぱりわし、梅塩に囚われとるわ。

と首を振った。

気持ちを切り替えてゴボウを笹がきにし、酢を加えた水で下ゆでした。

その間に、他の料理を料理人たちがこしらえた。

竜次郎はそれぞれの椀だねを、別にして煮た。ゴボウはしっかりと火を通して柔らかくするが、平茸はそれほど煮込まず、菜はさっと湯がいた程度にした。鶏は煮すぎると固くなるから、これもそうじっくりとは煮込まず、いったん、皿にあげた。

汁は、ものによって調理法が異なり、かつ同じものにも幾つかの仕立てようがあるが、いま竜次郎がやろうとしているのは、「さし味噌」と言って、別に溶いて濾した味噌の液を、出汁の中に混ぜていくやりかたである。

椀に鶏と椀づまの種々《くさぐさ》を置いた。鶏と平茸は同じほどの寸法、ゴボウを脇に添え、ウグイス菜は季節を表すので上に添えもののように置く。そしてそこに、汁を張った。

全体の景色を見渡しながら、最後に竜次郎は、菜の上にほんの少し、箸の先ほどもないくらいにワサビを置いた。おろさずに、ごく少量を薄く薄くそぎ、それを微塵《みじん》よりもっと細かく包丁で切り、なお叩いたものである。激しく芳香が立ち昇っていた。

ワサビは香りを立てるためのもので、舌に辛いと思わせては巧い使い方とは言えない。

「さあ、これでよかろ」

表座敷から配膳の者がやってきた。まだ若い近習《きんじゅう》である。台所方が膳を渡した。近習はちらりと見慣れぬ竜次郎を見たが、何も言わずに膳を持ってそろりそろりと廊下を戻っていった。

――さて、どうなるかな。

何も起こらなければ、ごそごそと台所を出て、知らぬ顔で玄関に回るつもりだった。料理人たちと軽く世間話をしていると、かすかに遠くから、

「うまい！」

という声が聞こえ、少しすると廊下の向こうから重々しい足音が近づいてきた。

「あ、ご用人さま」

と台所方の者たちは座り直した。

七

もう六十過ぎと思える、この家の主《あるじ》の春右衛門は、しなびてはいたが眼光鋭く、竜次郎の差し出した紹介状を一瞥《いちべつ》したあと、畳みながら竜次郎をじっくりと眺めた。その様子は、到底、さっき台所で聞いていたような人の好いご老人には見えなかった。

「先ほどの汁はそこもとの作か」

「左様にござりまする」

「大層うまかった。いつもの味とは違うと思った」

「それは有り難きお言葉にござりまする。もっとも、椀のたねはこちらのお台所に用意してござったものでして。なかなか、ようできた組み合わせと存じました」

「うむ。権太は腕が良い。……それはそれとして、そこもと、実によい時に訪ねてくれたな」

　春右衛門はそう言ってかさかさと両手をこすり合わせた。

「は？　それはどうした訳で？」

「天下一の料理人を目指すなら、味の勝負も受けて立つか」

「はあ、そりゃもう、望むところにござります」

「良い良い。これも天の配剤じゃ。実はの……」

　春右衛門は話し始めた。

　最近のことだが、殿さま――蜂屋頼隆のもとに、京から高名な料理人がやって来て仕えたいと言ったという。

「それが、高名とは申すものの、名を聞き知る者もなく、ただ己《おのれ》でそう言っておるばかりのようなのじゃ」

「はあ……」

竜次郎は別段、驚かなかった。剣客と似たようなもので、何らかの技術を売りに仕官しようと思う者は、多かれ少なかれ誇大な売り込みをかけるものである。

「何、普通なら真っ当に腕試しをして、腕が良ければ採用、とそういうことだがな」

春右衛門は少し声をひそめた。

「その者──臼田段之丞《うすだだんのじょう》と名乗っておる、それの後ろ盾が良うない」

要するに、春右衛門の目から見ると「君側の奸《くんそくのかん》」……つまり、殿さまに取り入る悪い家来であると思われる男が、料理人・段之丞を後押ししているらしい。

「弐歩元大夫《にぶげんだゆう》という側近がおる。そやつが段之丞を熱心に売り込んでいるのがどうも気に入らぬ」

──家臣間の争いじゃな。

北園十郎左衛門の知己だというからには、春右衛門は忠臣で、その弐歩という変わった苗字の家臣が悪いやつなのだろう。竜次郎には十郎左衛門に対する確固たる信頼があったので、ここで春右衛門を疑うことはなかった。

「わしの立場としては、真っ向から反対するのも上手《うま》くない。かといって、殿さまのお口に入るものをこしらえる料理人に、危ない者はまっぴらじゃ。そこで、竜崎どのとやら、そこもと、殿さまの御前にてその段之丞と腕を競ってはくれぬかな。さっきの汁が作れるほどなら、大丈夫、勝負になると思うが」

「謹《つつし》んで、お受け仕《つかまつ》りまする」

竜次郎は、勇躍、返事をした。同時に、これはなかなか大ごとだと感じて、むしろぞくぞくと嬉しくなった。

「ようし、よし。さすがは北園どのの推挙する人物じゃ。ではわしは、万事段取りを調えようほどに、話が決まるまでそこもとは、この屋敷にて英気を養っておるがよかろう」

有り難く竜次郎は平伏した。

するとそこに、細面のまだ若い侍が現れて、

「お呼びにござりますか」

と平伏した。

「ああ、来たか。竜崎どの、これは昆野与六《こんのよろく》という若い者じゃ。万事この者が承知して取り計らってくれるほどに、心置きなく何でも言ってくれればよい」

与六は聡明そうな眼をくるくるさせて、

「以後、お見知りおき下されませ」

と竜次郎に平伏してみせた。竜次郎も慌てて会釈を返しながら、

——利口そうな若い衆じゃの。

と思った。

八

翌日竜次郎は、与六に連れられて、敦賀一の豪商・道川三郎左衛門《みちかわさぶろうざえもん》の屋敷に赴《おもむ》いた。

敦賀湾に注ぐ笙ノ川《しょうのかわ》に行き来する川舟座《かわふねざ》のかしらである三郎左衛門の屋敷は豪壮で、表の賑わしさとは逆に、奥はしんと静まって中庭の緑が春の息吹を感じさせた。

「ほう、料理人であられますか」

茶室に案内され、三郎左衛門の点前《てまえ》で薄茶が供された。

——久しぶりの茶室じゃ。

と竜次郎は思った。四畳半の茶室に狭さは感じず、浮足立つこともなく竜次郎は茶碗を手に取った。

飲み頃の、あっさりとたった茶は、嫌味がなくさらさらと喉《のど》を通った。

「結構なお点前で」

と竜次郎は心から言った。

「これは……伊勢《いせ》の茶ですかかね」

点前座で、でっぷりと太った三郎左衛門が軽く顔をこちらに向けた。

「そうです。ようお分かりになりましたな」

「いや、わしほんのつい先ごろまで伊勢におって、なんかちっと、同じような味のお茶じゃと存じたもんで」

三郎左衛門はうなずいた。

「このあたりでも茶を栽培しておりますが、多くは伊勢から入って参ります。それにしても、茶の味がようお分かりになる。大したものですなあ」

「水もうまいですなあ」

すると三郎左衛門の顔に、にんまりと笑みが広がった。

「実はこの屋敷にござる井戸が、ことのほか良い水にござりまして」

「ほう、それはぜひ拝見したい。よろしければ」

「よろしゅうございますとも、お見せ致しましょう」

——ひとの屋敷に来て、井戸を見たいもないもんじゃ。

と自身のことをおかしく思いながら、竜次郎は案内されて裏庭の井戸端に来た。

井桁《いげた》やつるべなどは再々取り換えると見えて、木肌も新しくきれいだったが、水気の多い庭らしく苔むして、僅《わず》かにその匂いがしていた。

このうちの下働きらしい老人が、縄をたぐって水桶を引き上げた。

「ちっと、御免なされ」

竜次郎は近寄るや、水桶から軽くひとすくいして口をつけてみた。

この頃はまだ、岩盤を掘り抜く技術はないので、井戸は大方、それより上の層の地下水を汲み上げる。だがここの水は、まるで深い層の水のように冷たく澄んで、引き締まった味がした。

「山々の雪解けの水が沁《し》み込んだものが、上がるように存じます」

「それでこんな、きりっとした味なんじゃなあ。こんなうまい水が湧く井戸をお持ちじゃとは、このうえない贅沢なことにござりまするな」

三郎左衛門は嬉しそうに幾度も点頭した。そうして、

「何でも、殿さまの御前にて味の勝負をなされるとか、中川様から承《うけたまわ》りました。菜の材料から酢でも塩でも、はたまた什器《じゅうき》の類《たぐい》でも、何なりとお申しつけ下されませ。万事抜かりのう、この三郎左衛門が揃えさせて戴きまする」

と、胸を張って言ってくれた。

「有り難いなあ」

と竜次郎は感動し、

「よろしく頼んます」

と低頭し、

「ほんならわし、早速じゃけんど、この井戸の水を使わせてもらいたいんじゃけん

ど」

と申し入れた。

「料理はまず、使う水が命なんじゃ。汁も煮物も、水がまずかったら味気ないものになってしまうんじゃ。この井戸水は、味が気高い」

「気高い……」

「俗気がないちゅうか、ほんまに高山の清水のような清らかな味じゃで、何とぞこれを使わせて下され」

「お安い御用ですとも」

と言って、三郎左衛門は期待に満ちた眼で竜次郎を見た。

九

道川三郎左衛門の屋敷をあとにした竜次郎は、与六に連れられて気比《けひ》の松原《まつばら》にやってきた。

「気比の海は静かじゃな。伊勢の海とは波の色がまた違うな」

この頃の日本人に、大きな海の名を知る者はない。おのおのが生まれ育った目の前の海と、その沖の灘《なだ》を知るばかりであり、列島の位置関係なども、全体像としては頭にない。

竜次郎は伊勢の海から、街道をたどって琵琶湖に沿って来て、いま気比の海を前にしたところなのだった。

「これで、冬は大層荒れます」

と与六が言った。

「海にも雪が降るものかえ」

「はい、吹雪《ふぶ》いて荒れれば、漁師は何日も海には出られぬこととなりまする」

「ふうん。どんな魚がおるんじゃろ。魚はたんとおるかや」

「それはもう、魚は何でもおりまする。今なら鯛《たい》、鰆《さわら》、身の厚いイカもあれば、大きなカニもおりまするよ」

与六は大きく手を広げて見せた。

「カニかあ。そんなに大けなんがおるんかや」

「カニは冬のものですけれどもね」

「カニちゅうと、わしら川辺育ちじゃで、こんな」

竜次郎は片手でしぐさをしてみせた。

「こんまいやつ。中身なんかほとんどないような、サワガニゆうやつをよう捕まえたもんじゃ」

「小さなものでは、ホタルイカというのがいます。それこそこんな……」

と、与六は指で二寸ばかりの幅を作った。

「こいつは夜中に岸へ寄せてきて、光り輝くので、不思議な眺めでござりまするよ」

「ふうん、ほんで『ホタルイカ』ちゅうんかい。どうやって食うんじゃ。食えるのじゃろ」

「茹でて、酢味噌で和えたら美味しゅうございますね。それから、煮物もうまいと存じます」

「はあん、うまそうじゃな」

「もうじき、旬が参りますよ」

「そうかあ。ホタルイカ、な」

どんな勝負になるのかもまだ分からないのだが、相手の段之丞は京の料理人と名乗っているという。

――そう言うたからとて、京の出とも限らんわな。

ホタルイカのことを知っているだろうか、後ろ盾に中川と同様の蜂屋家の侍がついているのであれば、地元の食材のことも当然話しているだろうか、などと思いながら美しい松原の景色を眺めていると、与六が、

「さあでは、面白いところにお連れ申しましょう！」

と勢い込んで言いだした。

「面白いところ？」

「きっと竜崎さまもお気に召しますよ」

与六は竜次郎を連れて、敦賀城の方に歩きだした。が、行った先は城内ではなく、その外の、地味のよく肥えた畑のあるところだった。畑の向こうに樹木の茂った園らしきものがあり、近づいていくと頑丈な平屋づくりの建物が見えてきた。

生垣に囲まれた園生《そのう》には、竜次郎には名の分からないような草々が生え、小さな花がぽつぽつと咲いていたりした。竜次郎の鋭敏な嗅覚は、それらの草のさまざまな香りを鋭く嗅ぎ分けた。

――すばらしくええ匂いのする草がありよるな。……薄荷《はっか》か？　山椒《さんしょう》の木もあるな。さては、薬草園か。

にわかに興味が湧いてきた。汁の吸い口に使うような柚子《ゆず》や辛子《からし》などはいずれも薬でもあり、どうやらここには、その種の芳香を持ったさまざまな草木が植えられているらしい。

「こんなとこ、よう知っとったの」

と感心すると、与六はえへへと笑い、

「実はそれがしの兄の藤五《とうご》がここの管理を任されておりまして」

と答えた。

「ふうん。おまはんの兄上は本草家《ほんぞうか》かい」

「兄は昔から草木に心を寄せておりまして、それでも尋常に武者働きをしておりましたが、戦いで少々足を損じましたので、以来殿さまより、お薬園《やくえん》の管理を一手に任されました」

「ふうん。この園は、見事なものじゃな」

「数年前にはここには何もございませんでしたが、どうにかこうにか、近頃はそれらしくなってきたと兄は申しております」

「向こう側は茶畑じゃな。茶も作るか」

「左様にござりまする」

「ふうん、ええなあ。こういうとこで草木を育てて、本草の調べごとなんぞしよるんも、ええ生き方じゃわ」

言いながら近づいていくと、ちょうど平屋の戸が開いて、中から藤五とおぼしき三十五、六ほどの人物が出てきた。与六の言ったとおり足を損じているようで、軽く跛《は》行《こう》していたが、その他はごく普通の武者らしく見えた。

兄上、と言って与六が駆け寄り、手短かに竜次郎のことを伝えた。

「ようおいでなされました」

と言って、藤五は竜次郎を招き入れた。

竜次郎は目をみはった。板敷の、広いひと間に整然と棚が並んで、幾つともしれぬ様々な壺が並んでいた。足もとには少し大きいかめがこれも整然と置かれ、天井近くには縄が渡されて、そこから薬草や香草らしきものの乾燥した束が逆さに吊り下げられていた。

「これ……この壺は」

「こちらはもっぱら塩漬け。この段は大体が酢漬けですな」

「酢漬け……見せてもろても構わんかの」

「ええ、構いませんよ」

藤五は一つの小ぶりな壺を下ろし、固く紐で縛ってあるのを外した。小さなかわらけの上に、白木の箸で中身を摘み出して載せ、

「どうぞ」

と竜次郎に差し出した。

「これ……これは、瓜《うり》ですか。酢は、いやこれ、梅酢じゃありゃせんな」

竜次郎はそのしなっとしたものを摘んで、鼻に近づけた。

「変わった香りじゃな」

「どうぞ、召し上がってみて下さい」

竜次郎はおそるおそる瓜の端の方をかじってみた。

「これ……えらい変わった味じゃけんど、忘れられんような味じゃな」

「それは、米の酢にそれがしの工夫で少し香りの草を加えてみたので、妙な味でしょう」

「いや、これどっちかいうとうまいわ。それにしても、ただ本草の学びでのうて、塩漬けやら酢漬けやらをこしらえておられますんじゃな」

「食物《しょくもつ》を、あれやこれやの工夫で、長く保《も》たせることを考えてみております」

「ああ。ああなるほど。これほんじゃけんど、腐らせんように保たせるの、難しいじゃろ」

藤五はうなずいた。

「そうですね。酢漬けはなかなか難しい。すぐにかびが浮いたり、だめになってしまいやすいが、香草を入れて酢をまず煮立たせて、そしてきれいに洗って水気をよく拭き取った野菜などを漬けると、存外うまくゆくこともあります」

「いや、面白い工夫をしておわすわ。酢漬けかあ。ほんじゃけんど酢は安いもんじゃありゃせんで、いろんなものを漬け込むほどの酢を用意するとなったら、なかなか高くついてしまいよるなあ」

「そうです。幸い川舟座の手助けがあるので、こんなことも試みられるのです」

「川舟座というのは道川三郎左衛門のことです」

と与六が脇から言った。

「そうか、わしさっき会うてきたんじゃ。なかなか、手も広い、腹も深い商人のようじゃったが、こういうことにも手を貸してくれよるとは、ますます大した人じゃな」

それにしても、と興味津々《しんしん》で竜次郎はまわりを見回した。

「味噌漬けも粕漬けもやってみておいでか」

「ええ。野菜だけでなくて、魚も、鳥獣の肉もいろいろに試してみております」

と藤五は微《かす》かに笑みを含んだ。

「魚！　肉！　ああ、わし片っ端から食べてみたいわ。味見さしてもらう訳にゃいかんじゃろか」

「蓋《ふた》を取るとどうしても傷みが早くなるようですが、何、いくら作っても自分ばかり試してみるだけではどうしても完全とは申せません。ぜひお客人の舌で、味をみて戴きたい」

「ああ嬉しい。わしこんな嬉しいことは久々じゃわ。それに、この風味のついた酢ちゅうの、これなんかただの漬け汁にとどまらんと、何か料理に使えそうな気ぃするし」

「きっと竜崎さまのお気に召すと思っておりました」

与六が言葉を挟んだ。竜次郎は力強くうなずき返した。手にした瓜を全て口に入れ、もぐもぐと嚙みながら、

「最高じゃ」

と呟いた。

すると藤五が、

「実はこれをよそ人にご覧にいれるのは、これが初めてのことなのですが……」

と言いながら竜次郎を手招きし、床を指差した。

そこには上げ蓋があった。

藤五がそれを上に引き上げると、下の暗がりからごく冷たい風が吹き上げてきた。

「こ、これは？」

「これは氷室《ひむろ》です」

「ひむろ？」

藤五が蠟燭《ろうそく》に火を灯《とも》した。梯子段《はしごだん》があり、それをつたって藤五と竜次郎は下りた。

「それがしはここで万一に備えまする」

と与六が上から覗き込んで言い、そう言われて竜次郎の背筋はぞっとした。が、次の瞬間、目をみはって、全てを忘れてしまった。

その地下蔵の壁は厚く藁《わら》で覆われていた。その中に、やはり藁でくるまれた四角い

ものがきっちり積まれていた。

「こ、これ、氷か！」

「左様です。明神の社の池の氷が厚く張るので、それを切り出してここに運んできたものです。六月の一日に、ここから氷を取り出して殿さまに差し上げたり、城中の方々に冷や水を配ったりするのです」

「すごいな。ほんじゃけんどわしらが長いことここにおったらようないな。上に上がろう」

「実はここにも、鳥獣の塩漬けや味噌漬けにしたものを置いています。やはり寒いところに置いたものは傷みがほとんどないようです」

「そうかそうか。ぜひ試させて」

言いながら竜次郎は急いで梯子段を上った。そこはそれほど狭苦しくはなく、冷気のせいか息苦しさもほとんど覚えなかったが、それでもぴっちりと閉ざされて氷の眠っている蔵は、少しばかり怖かった。

こんな氷室を守って、日夜、香草を干したり、酢や味噌に食材を漬けたりしている藤五が、何か食べ物を守護する神の化身ででもあるように思えて、竜次郎はそっと横目で眺めた。

上がってきた藤五が、小ぶりなかめを床に据え、蓋を覆った布を縛っている紐を解き、蓋を開けた。

たちまち立ち昇ってきた味噌の芳香に、竜次郎は、

「ううあっ、ええ香りがするわ！」

と感激の声を上げた。

十

「まずは饗膳《きょうぜん》。三の膳までの饗膳で、向こうは弐歩元大夫の屋敷、こちらはわが館にて殿さまをおもてなしすると決まった。正式のお成りではない、お忍びのていとするが、膳は本格のものを出してもらいたい。できるか」

下城してきた春右衛門が、竜次郎を呼びつけてそう言った。

「は、畏《かしこ》まりました。人数はどれほどになりましょうか」

「殿さまと、わしと、弐歩の分とで三人じゃな。先に弐歩の屋敷にお運びあそばし、次の日にわが屋敷にお成りあそばす。よいか」

「ははっ」

竜次郎は平伏し、それからそろそろと顔を上げた。

「あのう……」

「何かな」

「そのう、つきましては、早速に殿のお力をお借り致しとう存じまするが」

「何だ。何なりと申してみよ」

「はあの、一つは、出羽守《でわのかみ》（頼隆）さまは、御歯《おんは》の具合はいかがにあらせられましょうや。それによりまして、献立がいささか変わって参りまするで」

「なるほどな」

　春右衛門は納得して竜次郎を眺めた。

「わしの見るところ、殿さまは健啖《けんたん》に上がられ、これといって避けるものもないようには存ずるが、まずは台所方に尋ねてみよう」

「お願い申しまする。それと、好き嫌いにつきましてもお教え戴ければ幸いに存じまする」

「なるほど。それも尋ねてみよう」

「そう申せば、お城の料理方のかしらは、美濃者にございまするか」

「左様。古くから蜂屋家に仕えておる者どもが多いゆえ、台所はあらかた美濃者じゃな」

「それは安堵仕《つかまつ》りました」

「ほう、どうして」

「生まれはどうしても舌を決めるところがござりまするで。それがしも美濃の生まれ育ちにござれば、山の草木の香り、川魚の味、慣れ親しんだ味がござる」

「それはそうじゃろうな。わしも美濃の生まれゆえ、川魚にはちとうるさい」

春右衛門が笑って言い、竜次郎も我が意を得たりとうなずいた。

「もっとも、ふるさとの味に、ぴたぴたと嵌《は》めてゆくこともあれば、違う土地の新たな味に寄せて、親しんだ味から少しばかり離れることもござりまする。ここは伊勢ともまた違うた面白い海のあるところゆえ、美濃の味と敦賀の味と、その差し引き、駆け引きをお見せできればと存じまする」

「藤五のところに行ったか」

思い出したように春右衛門が問うた。

「はい、与六どのに案内されて」

「藤五は面白い男であろうが」

「はい、それはもう。わし、いろんなものを味見させてもろて、それですっかり感心仕りましたゆえ、頼み込んで友達にしてもらいました」

「さっきの話だが、台所方には改めてきちんと尋ねてみるが、わしの存ずるところでは、殿さまは味の好みの幅の広いお方じゃ。変わった味のものも大いに好んで召し上がる方ゆえ、大胆に試してみるがよかろうぞ」

「あっ、それは有り難い」

竜次郎は軽くとび上がって喜んだ。

「せっかく料理方が工夫を致しても、そういうものを好まぬ人もござるもので」

言いながら、久しぶりに父親の顔が脳裡に浮かんだ。野菜の切り方一つでも変えられることを好まない人だった。

「ここの台所を使うことになるが、権太とはもう話ができたか」

父親のことを考えていたため言葉に遅れ、竜次郎は慌てて、

「はあ、あの、一応」

と答えたが、実はまだ権太とはちゃんと話をしていないどころか、顔を合わせて挨拶すらしていなかった。

「何もかも一人ではなし得るまい。ここの台所の者に手を借りねばならぬであろう。権太とはうまくやれ」

「か、しこまりました……」

と言いながら、その日初めて竜次郎の口調に、ちょっとばかり自信のない響きが生まれた。

——面倒臭いから、腹割って話す手じゃな。

いろいろと絡んで来なければいいが、と思いながら春右衛門の御前を退がり、与六

に、

「ちっとまともな酒買うてきておくれんか」

と頼んだ。

「召し上がるのですか」

「いや、わしと違う。賄賂《わいろ》にするんじゃ」

「ああ、権太ですか」

与六は万事呑み込みが早かった。


まともな酒に目がくらんだか、権太は台所の脇の小部屋で竜次郎と対面し、別段、文句も言わずに酒をおごられて受け入れた。

——この分なら大事ないかな。

と竜次郎は読んだが、それは早計だったようで、

「わし、ここの台所を借りて、一世一代の勝負することになったゆえ、是非おまはんにも手を貸してもらいたいんじゃが」

と用件を切り出すと、権太の顔はたちまち、何か面白くないように歪み、指先がしきりと鼻のあたまを掻いた。

「そりゃ、ここはおまはんの城みたいなもんじゃで、わしに明け渡したばかりか手伝

えと言われては面白くないかしれんが……」

「仰せのとおりで」

と権太は絡むように言いだした。

「面白くはござえませんね、確かに」

「まあそう言わんと手を貸しておくれや。おまはんの主人のためにすることじゃで、これも奉公のうちと思って」

短気な竜次郎はそろそろ焦《じ》れてきたが、ここで権太と喧嘩をしでかしては何もかもだいなしなので、ぐっとこらえて権太の手の盃に酒を注《つ》いでやった。

すると権太が、ふいに目を輝かせ、

「そんなら一つ、賭けをなさいやせんかね」

と提案してきた。

――ああこいつ、無類の博打好きじゃったな。

と思い出しながら、竜次郎は
「してもええが、どんな賭けじゃ」

と訊いた。

権太は細長い舌を出して、厚い唇のまわりをべろりと舐めた。それから下卑《げび》た表情になると、

「わっちもこの家の料理人がしらとして、主人の言いつけには背《そむ》けやせんから、どっちみちお手伝いは致しやす。ですが、ここをただおめおめと明け渡すのも何ですから、賭けをして、あんたさんが勝てば一切おとなしく手下として使われやしょう。その代わり、できなかったら、わっちにも台所一同にも、手伝い賃をたんまり下さるというのはどんなもんで」

とねだるように言った。

——銭よこせ、か。こいつ、たち悪いな。

博打の元手がほしいのだろう。武家の台所方の者とも思えない品の悪さだと思ったが、面倒臭いので、

「ああそうしよう。で、どんな賭けじゃ」

と応じた。

権太は懐から小さな袋を出した。と見る間に袋から、賽子《さいころ》を三つ、てのひらの上にころころ出した。

「この賽を振って、見事に七を出すことができたらそちらさんの勝ち。できなければ負けでいかがです」

——三つで七か……。

つまりは一一五か一二四、一三三、二二三のどれかを出せ、ということである。

およそ賭け事で、条件を聞いてしまってから「それはやらない」とは言えない。

竜次郎は片膝を立てた。

権太から三つの賽子を受け取ると、片手を振って、

「まちっと後ろに退《さ》がりゃあせ」

と言った。

不審そうな顔をしながらも権太が少し退がり、二人の間にやや空間ができた。

次の瞬間、竜次郎は賽子を三つながら宙空に放り上げた。そして、抜く手も見せずに脇差一閃！

あっけにとられた権太の目の前に、全て真ん中から両断された六つの断片が舞い降りてきた。それは驚くほどきれいに並び、七の組み合わせを三つ作った。

一つは一と六の目、あとの二つは同じ、三と四の目に斬れていた。

「あ、惜しかった。どうせなら二と五の目も出したかったな」

と言って、竜次郎はにんまりとして見せた。

第七章　味勝負御前試合

一

山海の珍味をさまざまな料理に作り、膳に載せ、その膳がたくさん並ぶのがこの国での饗応のやりかたである。

最も多いものでは七つの膳を出し、その上には少なくとも三つ、時には七つまでの菜《さい》を載せるから、料理の数は合わせると二十から三十に及ぶものとなる。

もっとも、その中には金銀で飾り付けられた造花などが入っていることもあり、もっぱら眺めるだけの皿数となる場合もあったという。

三の膳までなら、そんなに手の込んだ飾り物などはつけるに及ばないが、それでも献立の妙を競うことにはなるだろう。

それぞれの膳に必ず汁が載るので、それを中心に献立は組まれてゆく。

すぐ竜次郎の頭に浮かんだのは、時季もぴたりと合った鯛や鰆である。話に聞いたホタルイカも必ず取り入れようと思った。

芸当を見せたので権太はすっかりおとなしくなっていたが、竜次郎は、

「万事うまくいったら、その時はまたすることはするからよろしゅうにな」

と柔らかく出ておいた。ついでに、

「おまはん、蒲鉾《かまぼこ》はこさえたことがあるかや」

と訊くと、

「へえ、蒲鉾ならなんぼもこしらえたことがございやす」

と答えたので、早速作って見せてもらうことにした。

蒲鉾は文字の見かけでも分かるとおり、もともとは魚のすり身を蒲《がま》の穂のように棒の回りに塗りつけて焼いたもので、つまりは現今のちくわの形をしていた。が、いつの頃からか板にこんもりと塗る形になった。竜次郎の頃は、もう板付きのものもできていた。

蒲鉾は御馳走には欠かせぬひと品なのだが、どういうものか観応の屋敷では作る機会に恵まれなかった。

台所に浜で揚げた魚が届けられ、料理人たちは一斉にうろこをとり、皮を剝ぎ、ひたすらおろし始めた。

「ハモに、メバル。こいつは？」

「それはイトヨリと申して、上等の魚にございまする」

「ふうん」

権太が巧みにハモをさばくのを、竜次郎は感心して眺めた。ハモは観応のところで使ったことがある。小骨が多くて骨切りをせねばならず、その上手下手《じょうずへた》で味は天と地の違いが出るから厄介な魚である。この場合はすり身にするから話は違うが、権太は危なげなく次々と処理していった。

血合いなどは除かれてきれいな身だけになった白身魚を、料理人たちは大きな臼《うす》に入れ、杵《きね》でつき始めた。

「ふうむ、なるほど……」

煎り塩と水を加えて練りに練ると、何とも不思議な弾力が出てくる。それを板に塗りつけ、真ん中を高くし、この時代のやりかたでは次に蒸さずに焼くのである。

庭に溝を掘りつけ、その中に炭火をかっかとおこし、両側に畳を立て、そこに蒲鉾の板を挿してあぶるのだった。

さらに、ただ置きっぱなしには無論せず、あぶられている蒲鉾には酒に鰹節を加えた煎り酒を再々塗りつける。

人手のある台所でなければ到底できない芸だった。

焼き目のついた蒲鉾は、御馳走の名にふさわしい上品で手間のかかった逸品になり、切り分けて一つ賞味してみた竜次郎も、しばし無言でもぐもぐするような風味があふれていた。しこしこした食感と、魚の旨味《うまみ》がほんのり残るところが見事だった。

「よし、ほんなら蒲鉾はこれでええな。本番の時も頼むで」

と竜次郎は権太の肩を叩いた。

一の膳には、取りあえず塩引きの鮭《さけ》が載るのが普通である。

だからそれは守るとして、その他に蒲鉾と、鯛のなますを載せようと思った。

鯛はこの時季、卵を持っている。それを使わない手はなく、煎った卵を加えてあえると「子つけなます」ができ上がる。

――今時分だけのもんじゃで、鯛は何としても「子つけなます」にする。

そうなればあとは、何か鳥獣の焼き物が欲しい、と思い、すぐさま、

――ああ、あれじゃ！　とびきりうまい粕に漬けてあったあれ。

と閃いた。

藤五のところに、魚や小鳥を並べて押して酒粕に漬けたものがあった。

酒粕といっても後世のものとは異なり、濁酒の底に沈んだ滓《おり》を言い、ほんのりと甘みを帯びている。

竜次郎はその時、鳥ではなくて魚の粕漬けの方を一尾焼いてもらい、試食したのだが、それは大変にうまかった。

同じようにして、塩漬けも、味噌漬けもあったが、塩引きやなますとの味の映《うつ》りを考えると、粕漬けが好もしい。

――あの小鳥。あれを分けてもらおう。

吟味した粕漬けの小鳥をこんがり焼き、供する。

――同じ膳に藤五さんとこの漬物も添えて出そう。……となると一の膳の汁は、あんまり凝らん方が全体の仕立てがええな。なんか季節の香りのするやつ……。

目をつむり、外の景色を脳裡に描いた。香り高い藤五の薬園の草木を考えた。

――決めた。

汁はヨモギをざくざくに切り、豆腐と合わせて春の香りを漂わせようと思った。

――ヨモギなあ……。

竜次郎の眼前に、おやいの面影が急に浮かんだ。

二つ花の咲く草を一緒に採った時、竜次郎がトリカブトの名を出した。おやいは草について滅法詳しいのに、草木の名はちっとも知らなかった。それでもさすがにヨモギは知っていて、

「これは存じておりますよ。これは餅草《もちぐさ》」

と笑った。確かにヨモギは餅草という名もあった。おやいは、ヨモギには細かな毛が生えているが、トリカブトにはないこと、それより何よりヨモギには芳《かんば》しい香りがあるが、それもトリカブトにはないことを言った。

――ああわし、摘み草に行こ。

おやいが懐かしくてそわそわしながら、竜次郎は思った。ついでに、取り合わせようと思った豆腐は、それ以前の苦い思い出の大三郎を蘇《よみがえ》らせた。

――今度は、豆腐をぶちまけられるようなことにはせん。

一の膳が決まった。

二

地元の産の鰆の焼き物と、ホタルイカの酢味噌あえとは二の膳につけ、二の膳は汁をふた品、一方はさっくりと鯉《こい》の汁、いま一つは「集《あつ》め汁」と呼ばれる、さまざまな具の入ったものにすることにした。三の膳に、海老《えび》、鮑《あわび》、タコと揃え、なし物（塩辛の類《たぐい》）を添え、三の膳の汁は小鳥の残りをあえて使って芋《いも》の茎と取り合わせ、全体を締めようと思った。

竜次郎に大体の腹積もりができた頃、春右衛門が竜次郎を呼んで、殿さまには嫌いなものはないこと、歯も大丈夫なこと、それに、

「実は、甘いものが大層お好きじゃそうな」

という、意外なことを伝えてよこした。

「甘いもの、にござりまするか。……と、食後のお茶席はお設けになられるので？」

「それは軽くする。茶席の菓子はその方用意せずとよい。こちらで手配するが、いずれにせよお薄一服程度のことに、と向こうと話を決めたでの」

「左様にござりまするか。そう致しますと……ああ、こう致してようござりまするかな。三の膳のあとに、しばし間を置いて甘味《かんみ》を、引き物（取り回しのもの）の如くあとから出すのはいかがにござります」

「それは変わった趣向だが、何か考えがあるか」

「はい、いささか」

竜次郎はにんまりとした。これもまた、藤五のところで見たあるものが頭に浮かんでいた。

――あれを使えたら大層面白いものができるで。

「別段、ならぬことはあるまい。弐歩の方にも、せいぜい好きなように献立を立てたらよかろうと言ってやったで、そこもとも思いつくままにやったらよい」

「畏《かしこ》まりました」

と言って竜次郎は春右衛門の前に平伏した。

新鮮さを考えると、早くから材料を揃えることはできない。それらをいつ手もとに届けてもらうかは、竜次郎の最も気を使うところだった。

水のかめ一つでも、汲み置きを何日も置いておけば味は落ちる。

水は殿さまをお迎えする前の日に、大がめ三つ分、道川三郎左衛門の井戸のものを届けてもらう手筈にした。特に、豆腐を作らねばならないので水はこのうえなく大切である。

藤五のもとには幾度か通い、こまごまと手筈を決めた。

粕漬けの小鳥の他に、竜次郎は何も漬けてない味噌そのものを請うた。

「なし物の代わりに、卵の味噌漬けこしらえようと思うんじゃ」

「卵の味噌漬けを？」

藤五は眉を吊り上げた。

「こしらえたことありゃせんかや」

「存じませんね。どうやってこしらえるのですか。ぜひ知りたい。卵はこの近くに鶏を飼っている家がありますから、そこで分けてもらいます」

「ちょっと今、手に入るかな。ほしたらやりようを見せてあげるけんど」

「じゃあ訊いてみますよ」

と言って藤五は出てゆき、しばらくしてざるに盛った卵を持って戻ってきた。

竜次郎は杉の箱を見つけ、

「おまはんのとこは、並の台所よりものが揃っておるの」

と感心しながらその箱に新しい味噌を詰めた。少し酒を入れて味噌を柔らかくし、その上に布を敷いた。軽くくぼみをつけ、そこに割った卵の黄身だけをそっと置いた。

竜次郎が、二つに割った殻を右に左に入れ替えながら、白身だけを椀に落とし、殻の片方に黄身を残すのを、藤五は感嘆して眺めた。

「こうして、四、五日置くだけでええんじゃ。もちろん陽の当らんとこに」

「それでその、余った白身はどうします」

「これはその……あっ、ええことを思いついた！」

「何です、何です」

と藤五が訊いたが、

「いや、内緒じゃ」

と竜次郎はにやにやした。そうしてその日は椀に入れた卵白を貰って帰ったのだった。

その次に藤五のところに行ったのは三日後だった。まだできていないかと思ったが、卵はもう、見事に味噌を沁み込ませて半ば透きとおり、黄金色に輝いていた。

「な、凄いじゃろ」

「凄いですね！　味見をしてもよろしいでしょうか」

「もちろん。食うておみやれ」

藤五の箸が卵を割り、口に運んだ。

「あー、これはうまい。これは、酒の肴《さかな》にも、飯の供にも、いずれにもすばらしく合いまする」

「そうじゃろ」

竜次郎は満足そうにうなずいた。海のものを揃えた三の膳に、同じ海のもののなし物よりも、この卵の味噌漬けは互いを引き立てると思う。

「なんかわし、今回の献立は藤五さんにべったり頼ってまうわ。ほじゃけんど、おまはんのとこにとびきりうまいものが揃っとるで、使わん手はありゃせん。殿さまも、驚きんさるじゃろ。わしちゃんと、どれとどれがここのものか、言上《ごんじょう》するでの」

「なあに、こだわることはありません。お好きなように何でもお使い下されたら、むしろ有り難く存じますよ」

さらりと言って、藤五は軽く笑った。

三

三月のあたま、うららかなある日、蜂屋出羽守は中川春右衛門と共に、弐歩元大夫の屋敷に赴いた。

元大夫の屋敷は春右衛門の屋敷からそう遠くないところで、造りも大方似たようなものであった。が、中に入ると襖絵は豪華で、板敷も顔が映るほど拭き込んであり、

──金のかかった造りじゃの。

と春右衛門は思った。

元大夫は以前から、様々な商人や普請作事の請負いなどと盛んに行き来をし、噂では相当な額の付け届けを懐に入れているとも聞こえている。

そもそもの大殿に当たる織田家では、従来、商才に長《た》けた者を見下すことはなく、信長公からして、

「銭がなければ戦さはなるまじ」

といったふうだった。金銀をつかみ出して与えることを、信長公も好んでし、あとを受けた太閤殿下はそれに輪をかけた銭金の使いよう、豪奢《ごうしゃ》好きである。

従って、織田家系列の家臣の家では、元大夫のような者もさほど強く嫌われること

はないのだが、しかし春右衛門の目から見ると、殿さまの利益、領国の利益を一向に考えておらぬ。

——弐歩は己の利益ばかり考えて、殿さまの利益、領国の利益を一向に考えておら

と思われた。利益はすべからく主君に還元し、私腹を肥やすなかれ、というのが春右衛門の考え方である。堅物と思われても、そればかりは譲れない。

元大夫は近頃、少しお歳を召してきた殿さまに取り入り、調子のいいことばかり申し上げ、茶道具やら調度品などの高価な品をしきりと勧める様子が見えてきた。

——弐歩め、利ざやをとっておるな。

と春右衛門は苦々《にがにが》しく思っているのである。だから今日の勝負も、食事のあと長々とした茶事になることを嫌って、

「あくまで饗膳の勝負と致しましょう」

と主張した。

幸い、殿さまも、

「それが良かろう。二日かけて、飽くまで料理の食べ比べをしようぞ」

と仰せになったので、ことはそう定まった。

中庭の桃の花がのどかに開き、微風甘い春の日であった。

「どんなものを出してくれるのか、楽しみだ」

と殿さまは手をこすり合わせ、春右衛門は低頭して賛意を表した。

二人が席に着いたところに、太った腹を揺らしながら元大夫が現れ、

「何とぞごゆるりとご賞味下されたく……」

と脂の浮いた顔をにたつかせて挨拶をし、席に着いた。

「世話になる」

と殿さまが応じた。

そこへいよいよ、膳が運ばれてきた。

思った通り、金銀をちりばめた美麗な漆塗りの膳が出され、所狭しと並べられた。

京の料理人をうたうだけあり、膳には枝の根もとを金の糸で巻いた、非常に精巧な作り物の桃の枝が添えられていた。

だが、春右衛門の目をみはらせたのはそれではなかった。

——む。こ、これは……。

大きく表情を動かしこそしなかったものの、春右衛門の顔はこわばった。

一の膳には、塩引き鮭、焼き物の小鳥、蒲鉾、鯛のなますが載っていた。汁は何か緑濃い菜のざく切りと豆腐の取り合わせだった。

——これは、竜崎の立てた献立！

春右衛門の目が、据えられた二の膳にさっと走った。

様々な彩《いろど》りの具の入った集め汁を右に、左には輪に切った鯉の汁があった。その上部には鰆の焼き物とホタルイカの酢味噌あえが並び、中央に巻貝の煮物が置かれていた。

——間違いない、これは竜崎の考えた献立ぞ。

二、三日前に、竜次郎が献立を見せに来た。春右衛門は一切を任す気でいたから、紙にしたためられた文字——汁・ヨモギザクザク、小鳥焼キモノ、蒲鉾……などという書付けを目で追い、

「これで良かろう。十分に腕をふるってくれ」

と言ってその紙切れを返した。

そのままの料理が、目の前に出されている。

——誰かが竜崎の献立を漏らしたな……。

竜次郎のことだから、台所の者にも別段献立を秘密にすることなく、手伝ってもらう手筈にしただろう。誰でも書付けを持って元大夫のもとに駆け込める。

春右衛門は拳を握った。背中に汗が流れた。

「ほほう、どれもうまそうじゃなあ」

と殿さまがおおらかに仰せになるのが聞こえ、意識して拳を緩めたが、代わりに思わず、奥歯を嚙みしめてしまった。

この場で、これが竜次郎の作った献立だと言い募るのは、良策ではない。無論彼らは、言いがかりだとごねるだろうし、それならとわが屋敷に使いを送って、竜次郎の書いたものを届けさせたところで、

「まねをする気で献立を盗んだのは、そちらであろう！」

と言われれば水掛け論になるばかりである。

しかも弐歩・段之丞側は、既にこうやって美々しく膳を調えてしまっているのである。

しばし盃のやりとりがあり、その間に春右衛門は腹を決めた。ここは何食わぬ顔で全てを食いつくすことである。

飯をひと口食い、汁を吸った。やはりヨモギの汁だった。加減は非常に巧く、野の香りが春を知らせる汁に仕上がっていた。

焼き物はスズメの味噌焼きで、脂がのり、こんがりと焼けてうまかった。

――献立には「焼キモノ小鳥」としか書いてなかったの。スズメなら手に入れるのも難しくないし、よく使われるので焼きようさえ良ければ当たり前に賞味される。

「おお、これは美味《びみ》じゃな」

鯛のなます――卵をまぶしたなますを味わいながら殿さまが仰せになった。

「子つけなますと申すそうにござりまする」

と元大夫が言った。

「時季のものじゃなあ」

と殿さまはうなずいた。

殿さまは料理がお気に召した様子で、次々と鉢や皿を空にした。確かに、段之丞の腕には間違いがなかった。どの素材も吟味され、元大夫が銭金を撒くようにして集めたものと思われた。具材の扱いは的確で上品、味つけは京ふうにいくらか薄めだったが、殿さまも美濃のあばれ者だった頃とは違い、この都ふうをむしろ楽しめる舌になっておわす筈だった。

元大夫ももりもりと食っていた。

春右衛門だけが、少しも味を楽しめなかった。

「どうなされた、中川どの。お口に合いませぬかな」

途中で元大夫が、にやつきながら春右衛門に言った。

「いや、別段」

そっけなく答えながら春右衛門は三の膳を眺めた。

手前に飯と汁。汁は、タイラギという貝の吸い物だった。

――違うな。

確か竜次郎はそこに、「鳥、イモノクキ」と書いていて、焼き物の鳥の残りをもう一度使う気だったと思う。

段之丞はそれをつまらないと思ったか、けち臭いと思ったのかもしれない。

タイラギの吸い物は旬でもあり、品よくかつ豪華だった。

右上の皿には串鮑と海老の煮物があり、左上には、茹でたタコの皮を剝いていぼもとり、薄く切ったひと皿があった。それは、大型のタコに対する当時普通の処理法である。

膳の中央には、鯛のわたと卵で作ったなし物が、漆塗りの小鉢につんもりと盛ってあった。

――汁の他は竜崎の献立だ。

帰ったらこのことを伝えなければならない。

殿さまが膳の上のものを食べ終わったところで、段之丞が大皿を持って現れた。

皿の上にはまんじゅうが盛ってあった。これも、竜次郎の献立には「引物　カンミ」とあったから、そのまま参考にされたのだろう。但し甘味を何にするかは書いてなかったから、まんじゅうにしたものと思われる。

当時、砂糖で甘い餡《あん》を作ったまんじゅうは、珍しくかつ高価なものであった。わざわざ「砂糖饅頭」と呼ばれたくらいである。砂糖はまだおそろしく高級品で、それゆえにこのまんじゅうは、元大夫と段之丞の、殿さまに対する最上のもてなしということになった。

「これはまた、随分と贅沢なもてなしじゃの」

殿さまは笑顔になってまんじゅうを手もとにとり、二つに割るなり、その一方にかぶりついた。

――難しいことになった……。

と春右衛門は唇を噛んだ。竜次郎の考えた献立がよくできていただけに、それを先に整った形で出されてしまっては完全に不利であった。

手もとにまわったまんじゅうを取るには取ったが、口にする元気もないほど春右衛門は困惑していた。

四

翌日になった。

門前をきれいに掃き清めさせ、春右衛門は殿さまと弐歩元大夫を迎えに出た。

「昨日の料理はうまかったな」

と殿さまは上機嫌で元大夫に話しかけていた。

昨日自邸に戻った春右衛門は、事の次第を逐一竜次郎に話してきかせた。竜次郎は頭を掻きむしって口惜しがったものの、そのあとは冷静になって段之丞の献立の内容を細かく訊き、

「まあ何とかしますすで」

とだけ言って厳しい顔をした。

春右衛門は、

「献立を漏らした不埒者《ふらちもの》の詮議はとりあえず措《お》いて、饗膳のことに集中してくれ」

と言って終わりにした。

それきり竜次郎が台所に籠ったので、春右衛門は顔を合わせていなかった。

昨日とは打って変わって、気温が上がり、少し暑いくらいになった。

汗ばんだ額に扇の風を送りながら、殿さまは質素だが落ち着いた佇《たたず》まいの中川邸を、気持ちよさそうに眺め、

「今日の料理が楽しみじゃな」

と仰せだった。

間もなく、若侍たちの手で膳が運び込まれた。そうして、三の膳の最後に、竜次郎が現れた。

竜次郎は次の間の敷居のところに控えて待った。

膳の上を見るなり、殿さまは、

「む？　これは？」

と言われた。同時に元大夫が、

「これはどうしたことだ！」

と大声で叫んで、春右衛門の顔をじろりとしゃくりあげるように見た。

「これは昨日、わが料理人・段之丞が差し上げたと同じ献立ではないか！　その方、よい案もないまま、話を聞いてそっくりに作り上げたか。いや、わが料理人の献立を盗みおったか！」

その間に殿さまは椀の蓋を取って中を見た。

やはりヨモギの汁だった。

殿さまが春右衛門の顔を眺め、その目が敷居のところの竜次郎に向いた。

「これはどういうことぞ」

竜次郎は平伏した。そのままの姿勢で、

「これはもともとそれがしの考えついた献立にござりまする。ひと鉢ひと椀、説明をせよとならば思いついたる所以《ゆえん》をご説明申し上げることもできま……」

「何だとっ。それではこちらが献立を盗んだとでも申すかっ」

途中で元大夫が威丈高になり、今にもぶん投げようとするように膳を掴んで片膝立ちになった。

竜次郎は鋭い眼光を元大夫に向けたが、殿さまの方に向き直り、手を支《つか》え、

「言い争っても無駄なこと、盗んだ盗まぬの水掛け論の間に汁が冷めまする。それよりも、もとより勝負のことなれば、同じ献立こそ、味の優劣はむしろ分かりやすいかと存じまする。殿さまにおかせられましては、何とぞ御存分に味をお比べ下されたく、願い奉りまする」

と言いきるなり再び平伏した。

元大夫は不服そうに口もとをもぐもぐさせた。殿さまは元大夫の赤ら顔をしばらく見、その目を春右衛門に移し、最後に竜次郎を見た。

竜次郎は平伏したままでいたが、その額から汗がぽたぽた床に垂れた。竜次郎は伏せた姿勢を微動だにさせず保ったまま、手だけをそっと動かし、懐から懐紙を出して床をぐいと拭いた。

「なるほど」

と殿さまが言った。

「その方の申すところも一理ある」

殿さまの口調はきっぱりしていた。元大夫もそれ以上異を唱えられずに渋面《じゅうめん》を作った。

そこへ、いい間拍子で酒が出された。

竜次郎はそのまま後ずさって退がり、いったん台所に引き取った。

春右衛門が椀を取り上げると、中身の菜は確かに同じヨモギだったが、合わせものは豆腐ではなく、何か白いものだった。口に入れてみると、それが卵白だと分かった。白いふわふわの間に緑濃いヨモギが見え隠れする椀の景色を、

――雪まの若菜の見立てじゃな。

と春右衛門は思い、この一見同じ膳に見える竜次郎の仕事が、何となく面白く思われてきた。

焼き物は粕漬けであり、まだ蕾《つぼみ》の菜の花の塩漬けが飾りに添えられていた。小鳥の足の爪が一部残してあり、それを見て殿さまが、

「むむ……。これは雲雀《ひばり》か」

と感心した。雲雀を出す際には足の爪を添えるのが定めだった。

「これはお薬園の藤五のところに、貯《たくわ》えられたるものにござりまする」

と春右衛門が言上した。

「薬園？　おお、昆野藤五か。ああ、藤五の弟はその方の家に仕えておったな」

「左様にござりまする」

殿さまの箸が雲雀を取り上げた。

「いい香りがする」

極上の粕に漬け、細心の注意で保存された雲雀は、奥の深い味がした。

「これは、佳品じゃな。なるほど、ヨモギに雲雀か」

それから殿さまは、子つけなますの鉢を手もとにとった。

鯛の身を細く作り、ほぐして煎った鯛の卵をからめたなますには、酢を加えた煎り酒がかけまわしてあった。

ヨモギの汁から雲雀とくると、なますの鯛がほんのりうす桃色を帯びているのも、春の景色の一つのように見える。

「よいできじゃな」

殿さまが味わいながら呟《つぶや》いた。春右衛門も、これほどうまいなますは食べたことがないと思った。昨日、元十郎の屋敷で食べたそれと見た目は変わらないように思えるが、いま比べると、何かこちらのひと鉢の方にはすっきりとした活きの良さがあった。

——煎り酒の味かな。いや、竜崎の包丁の冴えか。

そうなのかもしれない。蒲鉾も、ただ切って置かれている姿が、何だかきりっと美しい。

——腕か。気性か。

春右衛門はますます楽しくなってきた。

二の膳の鰆には生姜《しょうが》の漬物が添えられて姿よく、膳の中央の貝は蛤《はまぐり》の蒸し煮で、辛螺《にし》の煮物ではなかった。おそらく、当日によい蛤が手に入ったものだろう。これも旬の味である。

ホタルイカの酢味噌あえは同じだったが、段之丞の調理では、目のみならず、足もわたも取ってあったのが、竜次郎は目とくちばしだけを取り、足もわたもそのまま茹でていた。段之丞の調理の方が上品だが、ホタルイカのわたはうまいので、残してある方が味が濃く豊かだった。

「うまい酢味噌じゃ」

と殿さまが呟いた。

──藤五の酢じゃな。

と春右衛門は竜次郎から聞いた話を思った。何か香りのいい草を浸した酢で、何とも言えずホタルイカの味を引き立てている。

そして、二の膳の鯉の汁に、春右衛門は感激した。

──これこそ、覚えの味じゃ。

同じことを殿さまも思われたらしい。

「この、濃さがふるさとの味よな」

と殿さまが春右衛門に言った。

鯉の汁を作る時はうろこも引かず、ぶつぶつと切って味噌は濃いめに仕立てる。その味は、海のない美濃の山河を思い出させた。

右側の集め汁の方も、時には鮑やつみれなど海の味も入れるのだが、ここでは大根やゴボウ、芋や豆腐といったものだけで、やはり郷里の味だった。

春右衛門は段之丞の集め汁が、山海の珍味がくどいほどたくさん入った仕立てだったことを思いだした。

――心憎いな、竜崎。

三の膳では、海老と鮑の煮物にタコも同じだったが、青々としたワカメをつまにし、タコは茹でたものを透けそうなほど薄く切ってあるかわりに、皮もいぼも取ってなかった。おろしたワサビを溶いた、酢の小皿が添えられていた。

春右衛門は薄いタコのひと片でワカメをくるみ、ワサビ酢の皿に軽くつけて口に運んだ。

――おお、ワカメが香る。

ぶつぶつしたタコのいぼの食感が面白かった。弐歩の屋敷で食べたタコとは別のものに感じられた。ワカメの香りとタコの味わいと鼻に鋭く抜けるワサビ酢の調和が、何とも言えず美味だと思った。

汁は前もっての献立どおり、干した芋の茎と取り合わせた、少量の雲雀の粕漬けである。

一の膳の焼き物は一羽づけにしても量は少ないから未練があとを引く。それを補うようにもう一度使われた雲雀だった。

——帰る美人がもう一度ちらりと、後ろを振り返ったような……。

しゃれたことをする、と春右衛門は微笑した。

この献立の流れに、竜次郎は自信を持っていたろうから、盗まれたからといってバタバタと取り換えるには及ばないと思ったろう。いまこうして本元の組み立てで見れば、三つの膳には流れがあり、敦賀の春の、一巻の連歌にも似た作りだった。途中にちゃんとふるさとの美濃の味を思わせて、転調を演出し、三の膳でまた戻している。

これと段之丞の料理を比べれば、どちらが先に思いつき、どちらがただ紙の上の文字を盗んだものか察しがつけられる、と春右衛門は確信した。

そして膳の中央の美しく透き通って黄金色をしたものを、春右衛門は箸に挟んで口もとに持ってきた。

かぐわしい味噌の香りがした。端を少し嚙みとってみた。

ねっとりと濃く、風味が口中にあふれた。

「珍しいものじゃの」

と殿さまが同じく口にして呟いた。

「卵の味噌漬けのようにござりまするな」

「わざと変えたか。小細工を」

と元大夫が不機嫌に吐き捨てた。

ひと渡り食べ終えて、春右衛門は緩やかな満足感に浸されていた。

とそこへ、引き物を持って竜次郎が登場した。

「季節には早すぎるのでござりまするが」

と言い訳をしながら、竜次郎は盆の上の小鉢を、三の膳の空き間に載せた。

「おおっ？」

と殿さまが驚いた声を発した。

竜次郎は手製の竹の小さな杓子を添えた。茶杓をもう少し大きくしたような竹の匙《さじ》である。

元大夫が鉢を茫然と見つめた。

殿さまが鉢を手に取り、竹の杓子で中身をすくって口に運んだ。

「削《けず》り氷《ひ》か。汁はあまづらか」

「左様にござりまする」

「そ、その方」

元大夫がまた、大声をあげた。

「氷室の氷は、水無月《みなづき》の朔日《ついたち》に殿さまにお捧げすると決まったものぞ。お薬園の藤五を知っておるからとて、このような勝手なことをしてよいと思うのか！」

「お言葉にはございまするが」

と竜次郎は落ち着いて言い返した。

「水無月朔日より以前に、よそ人に氷を供したなら、まずいことにございましょうが、殿さまに差し上げる分には何も、ならぬことはございまするまい」

目を瞋《いか》らせた元大夫に、殿さまが、

「これ元大夫」

と声をかけた。

「はっ」

「話はあとにせぬか。せっかくの氷が溶ける」

仏頂面をしながら元大夫は鉢を取り上げた。嫌々ながら匙で氷をすくい、口にした。その途端、不覚ながら元大夫の渋面が緩んだ。元大夫は思わず、もうひと匙すくってすすり込んだ。そしてはっと気づき、前にも増して不快そうな面持ちになった。

「腹が洗われるようじゃの」

と上機嫌で殿さまは呟き、

「このあまづらというものはどうしてこしらえる？」

と竜次郎に訊いた。

「これは、ツタの木より作りまする」

と竜次郎は答えた。

「と申しても、これまた藤五どののところより頂戴致しましたものにござりまするが」

「ツタとは、そこいらに生えるツタか？」

「左様にござりまする。但し、秋に葉の赤くなるツタでないと甘い汁は採れませぬ。ツタの幹を切りまして、片端より息を吹き込みますと、こう、たらたらと樹液がこぼれ出て参ります。それを集めて、火にかけて煮つめましたるものが、あまづらにござりまする」

殿さまはほうほうと聞き入った。

「何とも言えぬ品のよい甘みよの」

と呟き、氷をすっかり食べきって椀から甘露を吸い、

「六月に改めて氷室を開く時に、またこしらえてもらおう」

と笑った。それから、

「ところで、先ほどの黄金色のものは、卵を味噌漬けにしたものか」

と尋ねた。

「左様にござりまする」

「作るのは易《やす》いか。城の者でもできるかな」

「はい、誰にでも作れます。そして殿さま、ちょうど今日、味噌に漬けたばかりのものがござりまするゆえ、箱ごとお持ち帰り下されませ。あと三日もすれば、ちょうど程よく味が沁みます」

それは、藤五のところで思いついた、卵白を豆腐の代わりに使うことの余慶だった。汁のために卵白を分け、残った卵黄を味噌に漬けた。偶々《たまたま》とはいえ、殿さまが気に入ってくれたので竜次郎はご機嫌になった。

「それは有り難い土産《みやげ》じゃ。遠慮なくもらっていこう」

と再び殿さまは笑った。そうして、

「竜崎とやら、見事な献立であったぞ」

と仰せになった。

あっ、と竜次郎は喜び、

「おほめに与《あずか》り、恐悦至極にござりまする」

と心から言って、床に額をすりつけた。

満足げに春右衛門がうなずき、元大夫が苛々《いらいら》としかめ面で自分の膝を鷲《わし》づかみにした。

五

　数日後、城から戻った春右衛門が、

「第二の勝負をすると決まった」

　と告げた。

「元大夫め、献立のことでしつこくぐちぐち申した末に、殿さまのお前で勝負を決しようと言いおった」

「お前で？」

「そうだ」

　春右衛門は深くうなずいた。

「殿さまのお前にて、大鯉をさばき、指身《さしみ》をこしらえる。受けるだろうな？」

「はい、それはもう、望むところにござりまする」

　竜次郎は喜色満面で答えた。しばらくぶりにわが包丁の出番を得て、腕が鳴らんばかりだった。

「鯉が調い次第の勝負じゃ。いつになってもよいように心がけよ」

「畏まって候」

竜次郎は台所に退《ひ》いてきた。

台所に、権太の姿はなかった。

竜次郎は、献立を漏らしたのは権太に決まっていると思っていた。おそらく、弐歩の側が銭金を派手にちらつかせて誘ったのだろう。竜次郎が面目を失えばそのまま知らん顔をして居座るつもりが、そうはならなかったのでさすがに逐電したか、あるいは、主《あるじ》・春右衛門が因果を含めて暇をやったのかもしれない。

——どっちでも、わしの知ったことじゃありゃせん。

竜次郎は包丁の鞘を払ってみた。無論、今さら研ぎにかけるまでもなく、水鏡の輝きをもって静まり返った刃のありさまである。

鍛冶《かじ》・坂倉の市兵衛のことをしばらくぶりに思い浮かべ、

——元気じゃろか。あの弟子も少しは達者になったかな。

と思った。


城館の、庭に臨んだひと間に座がしつらえられ、殿さま・蜂屋出羽守といま一人お客人がみえるということであった。

そのひと間から十分に望める庭には白砂が敷き詰められ、その上に板が置かれ、さらに真紅の毛氈《もうせん》が繰り延べられて華やかであった。

そこに竜次郎と段之丞が、少し間を置いて二人、横に並んだ。各々の前には削りたてのまな板が置かれ、箸は揃いのものが用意されていた。二人の後ろにはそれぞれ介添えがついた。竜次郎の後ろについたのは昆野与六一人であったが、段之丞の方には城の料理人だか段之丞の弟子だか、若い者が数人控えていた。

竜次郎はそっと、横目で隣の段之丞を探り見た。

――思ったより歳のいった男じゃ。

肩を超えるほどの長さの髪を撫でつけにした段之丞は、もう五十にさしかかろうかというくらいに見えた。かっぷくが良く、いかにも堂々として、料理人というよりは何かの師匠でもあるかのようであった。竜次郎のことなど関心もなさげに顎を上げ、しかし濃い眉の下のぎろりとした眼は半眼に伏せられて悠然としていた。

その時ふと、竜次郎の鼻に皺が寄った。

――ん!? この男、何か香りのするものを身につけとるが。不見識じゃな。

相当、上等な香りだから高価な香木であろうとは思うが、調理をする者が香りのあるものを身につけているのはまずい。それとも衣類にたきしめられた香りだろうか。どちらにせよ、好もしくない。

――何でわざわざ、自分の首を絞めるようなまねをするかな。

たとえいい香りだろうと、調理をするには邪魔になる。そんなことは料理人なら誰でも分かっていると思っていたが。それとも、今日は鯉をさばくだけだから鼻が利かなくてもいいと思ったのか。

――段之丞、敗れたり。

と竜次郎は腹の中で呟いた。

自信に満ちあふれて胸を張り、控えていると、小姓たちが先駆けのように廊下を伝って来、ついで蜂屋出羽守さまが現れ、すぐ続いて、お客人という人が姿を見せた。

「あっ」

竜次郎と段之丞は、当然、平伏する。が竜次郎は、その前にお客人をちらりと見てしまい、思わず短かく声をたててしまった。

慌てて平伏しながら、竜次郎は何ともいえぬ偶然に驚いていた。

――あれは、街道でわしに包丁のこと訊きなさったお人じゃ。

忘れもしない。天下一の料理人になると決めて街道に旗をたてた竜次郎に、腕の良しあしは道具を見れば分かるから、包丁を見せろと言ったその人であった。

竜次郎は深々とお辞儀をしたまま、後ろへ首をねじって、与六を招き、

「あのお客人のお名は」

と素早く尋ねた。

与六が驚きながらも低くした身のままさっとにじり寄り、

「細川幽斎《ほそかわゆうさい》さまにござりまする」

と教えてくれた。

緋毛氈を見つめたまま、竜次郎は思わず息を呑んだ。

――あの人が、細川さまかい！

当代きっての風流人、学芸の道において知らぬことはないと言われるほどの武将である。信長公からも、関白秀吉公からも一目置かれ、誰もが尊敬のまなざしで見る人物である。

今さら、そんな大物に路傍で声をかけられたのかと思うと、竜次郎の身体を武者震いが駆け抜けた。

そうして次の瞬間、その人はいとも気軽に階《きざはし》を下りて、二人の料理人の前に立っていた。

「鯉をさばいて見せてもらう前に」

と、確かにあの時と同じ声で幽斎は言った。

「おのおのの愛用の包丁を、見せてもらえるかな」

――来たっ！

竜次郎の顔にかあっと血が上った。同時に、自分の包丁を自信を持って見せられると思い、誇らしさを感じた。

段之丞が先に、布にくるんだ包丁を前に置き、勿体ぶった動作で布をほどくと包丁の向きを変えてまな板の上に置き直した。

幽斎は毛氈の端に片膝をつき、いとも優雅な手つきで段之丞の包丁を取り上げた。口に懐紙を咥《くわ》えこそしなかったが、ひと振りの刀を見ると同じ目だった。

「なるほど」

一瞥して幽斎はまな板の上に包丁を置いた。

それから竜次郎の前に移動してきた。

竜次郎は黙って、鞘に納めたままの包丁を、刀にすると同じやり方でやはりまな板の上に置いた。

本来なら顔を上げてはならないのだが、竜次郎の気質はどうしてもその頭をはね上げさせた。竜次郎はちらりと幽斎の目を見、急いでうつむいた。

深い色をした幽斎の目が、無論竜次郎を覚えている、と一瞬にして語り、ほんの微《かす》かに上がったその唇の端が、声にはならない「息災だったかな」という挨拶として竜次郎の目に映った。

幽斎が包丁の鞘を払い、竜次郎の包丁を、おやいの小屋で幾十ともない鮒や鯉をさばいた業物を見た。

「なるほど」

また幽斎は言った。

そして包丁を元に戻すと、立ってすっと一歩退き、双方に向かって、

「この勝負、大いに楽しみなり。思う存分に腕をふるいなされ」

と告げた。

どん、どん、と大きな太鼓の音が鳴った。

竜次郎たちは身体を起こし、運ばれてくる、見たこともないほど大きなたらいを見た。

六

たらいが、二人の前に置かれた。

なみなみと湛《たた》えられた水の中に、艶《つや》めく大鯉が勢いよく身をくねらせ、尾で水を叩いていた。

座敷の中に蜂屋の殿さまと細川のご隠居さまが対峙《たいじ》し、廊下には春右衛門と元大夫がおり、階の足もとにはたくさんの侍たちが居並んで見物していた。

段之丞は泰然と構えたままでいた。介添えの若い者の一人が鯉を水面から引っぱり上げようとしたがうまくいかず、結局数人がかりで暴れる鯉を何とか抱え上げて持っ

てきた。しかしまな板に押さえつけられた鯉の頭を段之丞がほんの軽くひと叩きすると、不思議なことに鯉はおとなしくなってしまった。

そのさなか、竜次郎はさっと立って、たらいに寄り、すっ、と水に手を差し入れた。左手はすくうように鯉の顎の下を摑み、右手は尾を得ていた。

水しぶき一つ立てずに竜次郎は鯉を捕らえ、まな板に据えた。大きく口を開けてあえぐ鯉の頭をやはり一撃、確実に打ち、動かなくさせた。ついで、尾の方からするすると包丁を入れ、中骨に沿って頭まで進めたところで包丁を抜いて、胸びれを頭に残すように頭を切った。そうして、鮮やかに包丁を動かしてわたを取った。

ところが段之丞の手順は違っていた。

段之丞もやはり尾から包丁を入れたが、頭を落とさずに片身を削ぎ取り、裏を返してもう片側を削いだ。そして次の瞬間、頭のついたままの骨を、つとたらいに放り込んだのだった。

おおおっ、と見物がどよめき、声を放った。

骨だけになった鯉が水の中で身をくねらせ、身を削がれたことなど気づいてもいないかのように尾で水面をひと打ち、昇天する竜の如くに空めがけて躍りあがった。

蜂屋の殿さまも、ほうっ、と感心して乗り出し、ついで、廊下まで出てきてたらいを覗《のぞ》き込むようにした。

ざわめきは治まらなかった。

その場の者の中で、竜次郎ともう一人、細川幽斎だけが平然としていた。

――こういうことのできるもんが、ほんまにおるんじゃな。

竜次郎は骨の魚を泳がす技について、半信半疑の噂で聞いたことがあった。魚が、身を切られたことにも気づかぬほどの刃の冴えなのだそうな。

――大した芸じゃな。

と、素直に思いながら竜次郎はすべきことを続けた。

竜次郎の刃先は小気味よくきれいにわたを去っていた。苦玉と呼ばれる部位（胆《たん》嚢《のう》）を傷つけると中の猛烈な苦みが身について何もかもだいなしになってしまうが、立てた包丁で左から右、右から左へと軽くこそげただけで、鯉の腹の内側は何一つ汚れのないほどきれいに処理された。

その時、見物人たちから段之丞に対して拍手喝采が起こった。段之丞は軽く頭を下げてそれに応えると、まな板に置かれた身と皮を引き離しにかかった。

骨を泳がせるくらいで、さすがに段之丞の手さばきは見事の一言であり、全ての目がそちらに注がれているのを竜次郎も感じた。

――そんなに腕のええ包丁人なら、何でわしの献立盗んだりしよるんじゃ。

それとも、同じ料理で味比べをさせて、こちらを参らせてしまおうとしたのだろうか。だとしたらえらい自信だと思った。

竜次郎は至極真っ当に包丁を使い、鯉の身を薄くきれいに削ぎ、用意された皿に盛った。いつかやったように歌を歌ったり、包丁を大げさに舞わせたりするのは、相手の離れ技に対抗するには、わざとらしくしかも見劣りする芸当だと思い、しなかった。同時に、たとえ何の変哲もない包丁遣いをしても、指身の味で負けるとは少しも思っていなかった。

鯉には煎り酒が合いものなので、それはあらかじめ作って持参している。

煎り酒に使う鰹節は道川三郎左衛門の肝煎りで、志摩《しま》のものを手に入れてもらった。志摩のものはいぶりが効いて堅く、薄く削ぐことができて味が際立つのだった。合わせる梅干は藤五のところで漬けたもので、おやいの壺の枯れ梅干ほどではないものの、まったりと角だたぬ塩気と酸味がうまかった。

竜次郎は己の腕にも、煎り酒の味にも絶対の自信があった。だから堂々と、できた皿を捧げたが、その時になって自分の仕事にはほとんど誰も関心を持ってないことに気づいた。

ほぼ全員の目が、段之丞とその前の皿を見守っていた。操り人形のように、段之丞が包丁を高く上げれば見物人の目も包丁の切っ先を追って上に向いた。

介添え人がたらいの中から骨つきのかしらを取り出し、皿に載せた。

鯉の口がぱくぱく動いた。

段之丞は骨の上に形よく薄い削ぎ身を並べた。

鯉の口が時々動く皿を、介添え人が蜂屋家の料理方に渡した。

初めて竜次郎の腹がひやっとした。

二つの皿が並んだが、蜂屋の殿さまはまず段之丞の方にぱっと手をつけた。そして魅入られたように鯉の顔を眺めながら、殿さまは指身を味わい、満足そうにむむ……と息を漏らした。

もはや比べるも何も、喘《あえ》ぐ鯉に皆、気を引かれ、次々と箸を取り、段之丞の鯉を味わおうとしていた。

「あっ、それはわしの！」

竜次郎は座敷の様子を見るうち、思わずそう言って腰を浮かせた。

侍たちががやがやと入り乱れ、うちの一人が、竜次郎の用意した小皿の煎り酒に段之丞の指身を浸して口に運ぶのが見えたのだった。

竜次郎は頭に両手を突っ込んで、がっくりと毛氈の上に腰を落とした。顔を伏せて、つき上げる口惜しさに耐えていたので、ゆっくりと幽斎が竜次郎の皿をとり、竜次郎の指身をひと片摘んで、煎り酒なしに口に入れたのは見なかった。

殿さまが側の者に一言言い、その者が朗々と、

「この勝負、臼田段之丞の勝ち！」

と宣言するのが聞こえた。

七

「くそぅわし、あんなケレンに負けた！」

中川邸に戻った竜次郎は、髪を掻きむしって嘆いた。

「味で比べてもらいたかったに」

「それは分かるが、見せ方も含めての味よな」

春右衛門が考え深げに応じた。竜次郎が唇を噛みしめていると春右衛門は続けて、

「もっとも、ものの見方はいろいろよ。あのあと、細川さまが面白い話をして下されたわ」

と言った。

「話？」

「昔の話で、何とやらいう書物にあるそうな。ある宴席で、今日のような見事な生きた鯉が持ち込まれてな。それを何とやらいう人が、『自分は毎日鯉を切る願を立てて、百日続けることにしていますので、切りましょう』と言ったのだそうな」

「ほう」

「それで皆が、『気の利いた挨拶をするお人よ』と感心していたら、北山入道《きたやまにゅうどう》という偉い人が、『わしはそうは思わぬ。ただ、切る人がいないなら、私が切りましょう、と言えば済むことだ』とおっしゃったのだと。わざとらしいのは、嫌味なやりようだということらしいな」

竜次郎は思わず口を開けて、鯉のように一つ息をした。

「それを、細川さまが仰せて下されたのですか」

うん、と春右衛門はうなずいた。

「その書物に、『振舞ひて興あるよりも、興なくてやすらかなるが勝りたる事なり』と書いてあるそうだ。それも一つの見方じゃな」

「それをわざわざ細川さまが話して下されたのですか」

「うむ。殿が少し退席なされておられぬ時に、わしにだけ話して下された」

うわっ、と感激のようなものに突き上げられて、竜次郎はぞくぞくと身もがいた。

――細川さまは分かって下されたんじゃ！　芸はせんでも、真っ当に作ったわしの指身の味、分かって下されたんじゃ！

なんと名誉なことよ、と竜次郎はきりりっと背筋を伸ばした。すると春右衛門が、

「それでの、先日の勝負と合わせて一勝一敗になったゆえ、三日後に最後の一戦をす

ることになった。心してかかれよ」

　と告げた。

「そりゃあもう、お任せ下さいまし。それで、どのような勝負になりますか」

「何も用意はせず、ただ来て、ただ命じたとおりのことをせよとよ」

「ほう。その場で即妙の腕を見せよということにござりまするな」

「ここまでのことで、そこもとの腕が段之丞におさおさ劣らぬということは誰も認めるところじゃ。あとひと押しゆえ頑張れ」

「無論にござりまする」

　言ってからふと思いつき、

「細川さまはまだご逗留なされるのでございましょうか」

　と訊いた。

「さあどうかな。それはちと分からぬな」

　――できたらもう一度、わしの料理をお口にして戴きたい。

　と竜次郎は思った。自分にとっては守り本尊とも思える、料理の生き神様の細川幽斎であった。

　翌日、お城から使者が来て、明後日、煎り酒だけを自作して持ってくるように、と伝達をした。

――煎り酒か。ようし！

竜次郎は早速、志摩の鰹節を削って出汁を作った。それと酒を合わせ、藤五の梅干を加え、たまりを少し入れて煮つめた。半分くらいになるまで煮たものを布で濾《こ》し、台所の棚の、陽が射さず風の通るところに置いた。そうして、台所方のうちでしっかりした若い者を番につけ、

「誰にも触らすな。わしの言いつけとか言ってきても信用すなよ。わしが来るまで、誰にも触らせたらあかん」

と厳命した。

最低でも一日くらいは寝かさないと味がなじまない。しかし長いこと置いては傷《いた》んでしまうし、そこまで行かずとも味が落ちてしまう。今回は「明後日」と指定されているから問題はない。

――ちょうど煎り酒のなじむん見越した日取りじゃな。

と思った。

――煎り酒か。やっぱり、なまもんかの。

次の料理は、なますか指身、あえものだと思う。

――それとも、煎り鯛か煎り鯉？

それらは魚の身を指身よりはやや厚めに切って、煎り酒と酢でさっと煮る。これは一にも二にも火加減が勝負のものだが……。

「何でも来いじゃ」

と竜次郎は声に出して言ってみた。

魚ならば、言うまでもなく何がこようとさばいてみせるにやぶさかでない。さすがの段之丞も二度同じ芸当で勝つ訳にもいくまいと思った。

八

城につくと早速、竜次郎と段之丞に対していったん煎り酒を渡すように、と命令があった。一応、毒味をするとのことであったが、

——今さら？

と竜次郎は不審に思った。これまでにもう散々、二人の作った料理が披露されている。怪しくないのは分かりきっていると思ったが、まあ文句を言うまでもなかろうと考え直し、煎り酒を詰めてきた竹筒を渡した。

すると、案内人が二人を城の台所に導き入れた。

広く、立派な台所だった。

「ここを好きなように使ってもらおう」

と案内人は宣言した。

さすがにここは「裏」方の場所であるから、殿さまや春右衛門たちは顔を見せていない。代わりに、監督にあたる用人と、数人の侍たち、それに双方の介添え人が居並んでいた。

真ん中の広いところに庭でやったと同様の緋毛氈が敷かれ、中を空けて双方のまな板が向かい合わせに置いてあった。その間には、水がめや、多分、塩や酢が入っていると思われる壺がそれぞれに用意されていた。さらに、左手に大きな台があり、台の上には何やら干した魚や、キノコ、海藻、ウドやゴボウ、青菜などが所狭しと並べてあった。

二人の側に用人が近寄ってきて、

「第三の勝負は」

と声を張り上げた。

「水あえを二鉢分こしらえよ」

――水あえ!?

いやいや待て、知っているわ、と竜次郎は自分に言った。山海のものを双方取り合わせ、煎り酒にさらに酢を案配したものであえる料理である。

――二鉢、ちゅうことはまだ細川さまはご逗留じゃな。ようし……。

竜次郎は周りを見回した。

――ははあん、あの台の上から合わせるものを選べちゅうんやな。ほんじゃけんど、干物はもどしてあるんじゃろか。

水あえに使う海のものは、ごんぎりと呼ばれる小ハモの干物やスルメ、イリコなど、からからに干されたものが多い。それらをもどし、細く切るのだが、あまり柔らかくしてはパリパリした素材を使う意味がないから、歯ごたえと食べやすさの兼ね合いを考えなければならない。

思案を始めたところへ、預けた煎り酒を持って小姓がやってきた。

自分の煎り酒を受け取った竜次郎は、全く何の気なしに筒の蓋を取り、中の煎り酒をひと嗅ぎするなり、

「こ、これ違う！」

と立ち上がって叫んだ。

「何が違うと申すのだ」

用人がいささか不快げに言った。

「これはわしがこしらえた煎り酒と違いまする」

「馬鹿を申すな」

「馬鹿、て何じゃ。これはわしのこしらえたもんと絶対に違う」

「なぜそう思う」

「なぜも何も」

竜次郎は竹筒の口に再び鼻をさしつけた。

「わしのこしらえる煎り酒は、こんな妙に酒気《さかけ》の強い臭いと違うわ」

そして言いながら竜次郎は指を突っ込み、それを舐め、思わず唾を吐きながらしかめっ面をした。

「まずい！　これ、よくこんなまずい煎り酒こしらえられるな。どうやってこしらえたか知らんけど、これはまずいわ。わしのと違う」

「馬鹿を申すな」

用人が落ち着き払ってもう一度言い、段之丞に、

「そなたの煎り酒も入れ違っておるかの？」

と訊いた。

段之丞はもったいぶった動作で同じような筒の蓋を取り、軽くひと嗅ぎするなり、

「いや、これは間違いなく私の作りたる煎り酒にござる」

と答えた。

「それ見よ。何も間違ったことはないではないか」

「たわけぬかせ！」

竜次郎は思わず地団太を踏んだ。

「そっちがどうであれ、これはわしの作ってきたもんと違っとるから違うと言っとるんじゃ。わしのこしらえた煎り酒返して！」

「返すも何も、その方の使うべきものはその竹筒の中身のみじゃ。それが嫌なら勝負はやめるか？」

用人がそっくり返った。すると段之丞が脇から、

「察するところ、わたしに勝てる気がせぬゆえ、わざと無体を申して勝負を壊そうとしておるな？」

と口を突っ込んだ。

ふざけるな！　と喚《わめ》こうとした途端、いつの間にか後ろに来ていた与六に、強く袴の裾を引かれた。

「その手に乗ってはいけません！」

与六が床から身を乗り出して、いきり立つ竜次郎に鋭く囁《ささや》いた。

竜次郎がぎりぎり歯噛みをして見下ろすと、与六はきっと顔をあげ、

「畏れながら」

と用人に向かって言いだした。

「かくなる上は、ふた方とも、この台所で使っている煎り酒を使ってはいかがでしょうか」

「馬鹿げたことを」

と尊大な調子で段之丞が遮った。

「こちらには何の不都合もないものを、なぜこちらまで自作の煎り酒を使えぬことになるのだ」

竜崎どの、と与六が必死の面持ちで見つめてきた。

阿呆《あほ》らしい！　と叫んで、そこいらじゅうのものを蹴り飛ばしたいところだった。

実際、つま先がぴくついたくらいだった。しかし、自分一人のやっていることではなく、春右衛門に頼まれて段之丞を排除しなければならないのだった。ここで腹を立てて暴れれば、自分だけでなく春右衛門が面目を失うことになる。

——うっ、くくっ。

すると急に、後ろの方から一人のまだ若い、ここの台所方らしい男が走り出てきた。

男の手には鉢があり、たぷたぷと何かの液体が波立っていた。

男は竜次郎の前にうずくまるなり、その足もとに鉢を置いた。

——おっ!?　煎り酒。

いい匂いがした。竜次郎は座った。

「おまはん、これ……」

「わたしは、喜ノ介《きのすけ》と申します。この城の料理人の一人でございます」

そう言って喜ノ介はお辞儀をした。

「この煎り酒は、先だってそちらさまが鯉に添えなさったものをまねて、こしらえてみたものにございます」

――ああ、それでこれ、わしの煎り酒とおんなじような香りがしよるんじゃ。

「わたくし不束者《ふつつかもの》にはございますが、一生懸命作ってみました。も、もしよろしければ、これをお使いになって下さいませんでしょうか」

喜ノ介が言っている間に、竜次郎は指を液に浸して舐めてみた。

材料にした鰹節や梅干が違うので、全く同じ味には無論なっていなかったが、まずまず使える味に仕上がっていた。

「竜崎さまのお作りになった煎り酒があまりにお見事にござりましたゆえ、せめてまねだけでもと存じました」

自分より明らかに優れた料理人である竜次郎を、憧憬のまなざしで見ながら喜ノ介は言った。

竜次郎は腹を決めた。

「分かった分かった。ほしたらわしはこの煎り酒を借りることにするわ。悪いけどこっちの筒の中身は何としても使われやせんで。こんなもので作った料理差し上げたら殿さまにも失礼じゃ。ご用人さまさえ認めて下されれば、わしはこれを使わしてもらいますで」

合わせる酢や、味を見て足す塩、水などの加減で、何とかこの煎り酒を生かしてやろうと竜次郎は腹づもりした。

与六は一生懸命用人に頭を下げていた。並んで喜ノ介も、頭を下げてくれた。

用人も、これ以上ことが滞《とどこお》っては面倒になると見てか、遂に、

「よろしい。竜崎は城の煎り酒を用いるがよい。では始めよ」

と宣言した。

段之丞が苦りきった顔をしたが、何も言うことはできなかった。

二人は立って台に近づいた。

九

ひまのとれる乾物類はあらかじめもどしてあった。竜次郎はごんぎりを手にとってみて、

——お、悪くないわ。

と思った。さらにスルメをつついてみると、これもいい加減にもどしてあった。

——これも喜ノ介さんとやらの仕事かの。

野菜の類《たぐい》もすぐ使えるように、あらかた下ごしらえがしてある。

——変わった勝負じゃな。

乾物をもどすには手間がかかるからそこを省略したのだろうが、同時にどうやら、ひとのやった下処理を受けて仕上げをする、その腕を見られているらしいと思った。

確かに城の料理人のかしらともなれば、下ごしらえは下の者に任せて最後だけ気をつけることも多いだろう。それでもやはり、

——勝負としちゃ、風変わりだわの。

と思いつつ、竜次郎は段之丞に向き直った。そうして大きな声で、

「そっちが先に選びゃーせ」

と話しかけた。

「わしはあとから選ぶで、先にどれでも好きなもん取ったらええわ」

——そうすりゃ、わしに先取りされて不利になったとは言えんじゃろ。

後半は腹の中でだけ言い、腕組みをして待った。

段之丞は口の端に嫌味な笑みをぐいと浮かべた。

「そう言われて遠慮はせぬぞよ」

鋭い目で台の上をにらみ回し、段之丞はさっと手を出して、ごんぎりを取り、更に乾鮭《からざけ》をも取った。それにゴボウとカブを添えて、さっさと自身の座に戻っていった。

——ええとこ持っていきよったな。

ハモは滋味深く出汁が出るし、乾鮭は味が濃い。それに香りのいいゴボウを混ぜて、カブは葉も切り入れることで、緑の彩りを添えるつもりだろうと思われた。本体の方は細めに刻んで塩で揉めば、足した時にぬめりも出て全体がまとまると思われる。

——さてわしは……と。

スルメを取った。ついで、端の方に昆布があったので、

——こいつを細かく刻んで合わそう。

と思った。

——お、ミズがある！

ミズやシオデなどの山菜があるのが目を引いた。それは生だった。

——スルメに昆布、ミズと……キクラゲじゃ。

そして山椒の枝があるのを見、段之丞がそれを持っていかなかったことで、つい、

——よしっ。

と思ってしまった。

この山椒一つで、味のめりはりはまるきり変わる。仮に段之丞の煎り酒が秀逸なで

きでも、山椒のあるなしはそれ以上に大きい。

段之丞にしたところで、山椒を添えるくらいのことは分かっているだろうに、急いで取りすぎて、他の野菜の陰にあった山椒を見落としたのだろう。

「このスルメや昆布は、おまはんがもどしなすったかね」

席に戻りながら竜次郎は喜ノ介に訊いた。

「えっ、はい、左様にござります」

「やっぱりな。加減がええで、そうじゃと思ったわ」

水あえは名のとおり、たっぷりの煎り酒と酢で浸すように作るから、具材は水分を吸う。それを見越して、喜ノ介は普通より少し堅めにもどしていた。

感心しながら座り、まな板の上に材料を並べた。

そして、ミズを茹でようと、塩の壺の蓋をとった。

――む？

何かがおかしい。

手を入れ、塩をすくい取った。掌に載せてみて、すぐ分かった。砂が混じっている。ご丁寧に、ちょっと見には分からぬ白砂だった。

――くっそう！

きりっと竜次郎の歯がまた鳴った。しかし、さっき煎り酒でひと騒動起こして、また声を上げ、騒ぐ気にはならなかった。だが。

——こんなことをしている間に、時がどんどん過ぎる……。

向こう側の段之丞は、手際よく材料を切り揃えている。

顔を真っ赤にし、腕組みしたまましばし竜次郎は頭を絞った。汗が滴り落ちた。

その時、閃いた。

竜次郎はぐいと汗を拭うと、さっと顔を上げて喜ノ介を顧み、

「申し訳ないが、小ぶりのかめと、ざる一つ貸してくれんかの」

と静かに言った。

さっき、ここは好きなように使ってもらうと言われてもおり、喜ノ介は空のかめとざるを素早く持ってきた。

竜次郎は塩壺を真ん中の水がめのところまで持っていき、ひしゃくで中に水を注ぎこんだ。そして持ってきてもらったかめの上にざるを据えると、その中に手拭いを敷き、与六に、

「こっちの水をここに静かに注いでおくりゃれ」

と頼んだ。

砂利の混じった塩水を、与六はゆるゆるとざるに注ぎ込んだ。

塩と見分けのつかなかった白い砂利が、手拭いの上に残った。見物人たちがざわめ

いた。

「不思議な塩じゃの」

と嫌味を言いながら、竜次郎はざるをどけた。

「これでよかろ。ここに引っかからないこんまい砂は、底に沈むでざっと済みよ。さて、ミズをゆでよか」

塩を摘んで入れる代わりに、塩水をすくって使えばいいのだった。

かまどに水を入れた鍋をかけ、湯の沸くのを待つ間にミズの茎を手早く剝いた。

ミズは山菜には珍しくあくはほとんどないから、さっとゆがくだけで済む。しゃきしゃきしているくせに、嚙むと微妙にぬめりの出るのが味わい深く、あえものに合う素材である。

しんなりしたミズを、皿にいれた煎り酒に浸してしばらく置く。

さて、竜次郎は覚悟して酢の壺の蓋をとった。見たところ、薄膜の張っている様子はなかったから、少なくとも口に入れられないほどの酢ではない。が、鼻を突く臭いに、

――これは、上物とはいえんな。

としかめ面になった。どこから持ってきたのだろう。ありふれた、雑味のする、うまくはない酢だった。

――これ、中間《ちゅうげん》長屋あたりから持ってきたんじゃろ。

腹立ちを通り越して、げんなりしてきた。

――こんなことまでして、わしを負かしたいんじゃなあ。

ふと見ると段之丞は、小気味よくカブをさくさくと切り、塩で揉んでいた。竜次郎はいったん取り上げた酢のかめを、ぼんやり自分の前に置いた。と、その時だった。用ありげに後ろから出てきた喜ノ介が、見事にかめにつまずいて蹴転がした。酢がどぶどぶ流れ出し、そこいらじゅうにツンとひどい臭いがたった。

「何をしておる、このたわけが！」

と用人が腹立たしげに叫んだ。何人かが雑巾を持って走ってきた。

「ああっ、すみませぬ、とんだ粗相を！」

と叫びながら喜ノ介は慌ててかめを起こし、そこいらを拭きかけながらつと立つと、台所の奥の方に走って行き、また一つの鉢を持って帰ってきた。そうして用人の方をうかがうように見ながら、

「わたくしが粗相を致しましたゆえ、竜崎さまにはここの酢をお使い戴けばと存じますが、よろしゅうございましょうか」

とおそるおそる尋ねた。

用人はもう、しんそこうんざりしたという様子だった。もうどうでもいい、といっ

た風情で、

「やむを得ぬであろう」

とぶっきらぼうに答えた。

「申し訳ござりませぬ！」

と叫びながら喜ノ介が、常用の酢を竜次郎の前に置いた。

誰にも聞こえない小声で竜次郎は、

「かたじけない」

と喜ノ介に向けて囁いた。

十

ゆるゆると酒を酌み交わしながら、蜂屋の殿さまと細川幽斎は、水あえの出るのを待っていた。そうしながら合間には、今の九州の状況など難しい話も二、三出した。

とそこへ小姓が、水あえの鉢の載った膳を持ってきた。二人の前に据えながら小姓が口をきろうとするのを、幽斎がつと押さえ、

「作り手の名はちとお待ちゃれ」

ととどめた。小姓は慌てて口をつぐみ、膳を進めて自身はうしろに退いた。

「さあでは、味をみましょうかな」

そう言いながら幽斎は、まずカブやゴボウの入った鉢を取り上げ、しばらく眺めた。次にミズとスルメの入った鉢を取り上げたが、その時一瞬幽斎の目が鋭くなり、そしてほんのかすかに首が傾《かし》げられた。

「出羽守どのは、どちらがどちらのこしらえた水あえかお分かりかな」

「……さてな」

と言いながら、蜂屋の殿さまも幽斎のしたように鉢を取り上げて眺めてみた。そうして両方の鉢の匂いまで嗅いでみたが、

「いや、見たばかりではとんと分かりかねまするなあ」

と答えた。

幽斎は笑った。そして、

「実はそれがしにもいま一つ分かりませぬな」

と軽く言いながら箸をとった。

蜂屋の殿さまは水あえが好物とみえ、細切りのカブやゴボウと一緒にごんぎりを箸に思いきり挟み込んで口に持っていった。

「ふむ。……うまい」

噛みごたえを楽しみながら殿さまが呟いた。

幽斎の箸の先が、煎り酒にしっとりと濡れたカブをひと片持ち上げた。

「ふうむ？」

幽斎はまた首を傾げた。

「いかがですかな」

「この乾鮭は塩が利いていますな」

カブを食べながらそう言う幽斎を、殿さまはちろりと横目に見た。

「ほんの僅《わず》かだが、この煎り酒の塩気を、乾鮭の塩気の分だけ引けばだいぶ良くなったのですがね」

「わしには分からぬが」

ついで幽斎はミズの入っている方の鉢を取り、またもかすかにいぶかしげな顔をしながら、すん、と鼻を鳴らした。箸がミズを挟んで口に向かった。

同様に殿さまもミズを食べ始めた。

「こっちも、うまい。ミズはいいですなあ」

しゃきしゃきするミズを噛みながら殿さまは満足げに言ったが、次には、

「しかしこの二つは、どちらも同じほどのできと、わしには思えるのだが……ごんぎりもうまいが、ミズもうまい。どちらがどちらの作か、わしにはちと分かりかねまするな」

と首をひねった。

幽斎が箸を置いた。

「すみませぬが出羽どの、妙なお願いだが、お台所を覗いてもよろしいかな」

「えっ、台所!?」

「ちと確かめたいことがござりましてな。酔狂とは存ずれど、座興とおぼしめしてお許しを賜りたい」

「いや、そりゃ構いませぬが」

よっこらしょ、と立ち上がろうとする殿さまを、幽斎は手で抑え、

「いやいや、ご同道には及びませぬ」

とおかしそうに言った。そうして、

「それがしの思うには、このごんぎりと乾鮭の入った方が段之丞とやらの仕事、ミズとスルメの方が竜崎とやらの鉢と思うのでござれども……」

「ござれども?」

「具材の選びよう、切りよう、山椒の葉を細かに刻み入れた姿は、確かに竜崎の手になると思いまするが、それにしてはこの、煎り酒と酢の味が、つまらない」

「つまらない?」

「竜崎の腕なら、もっと際立った味になると存ずるゆえ、これはどうやら、台所で何

か起こったかもしれませぬ」

眼をぱちくりする殿さまに微笑《ほほえ》みかけ、幽斎は身軽に立ち上がるや、驚いている小姓に、

「お台所に案内しておくりゃれ」

と頼んだ。


――わし、一生懸命に作ったけど。けどなあ……。

喜ノ介の煎り酒とお城の酢とは、どう工夫してもそれだけのものだった。

ぼうっと座って結果を待っていると、向こうから幽斎の歩いてくるのが見えて、竜次郎は驚いた。

すたすたと近づいてきた殿さまのお客様に、皆畏れ入ってしまい、ばたばたと廊下に這いつくばって平たくなっている。

「よいよい、手を上げよ」

と気軽に言いながら幽斎が台所に入ってきた。そうして竜次郎の前に片膝をつくと、その目がまず塩水のかめに向いた。

「これは？」

「し、塩のかめ……塩水の、かめにござりまする」

どういう訳か竜次郎の顔が真っ赤になった。竜次郎の責任ではないのだが、「塩水のかめ」という言葉がもうむしょうに恥ずかしくて、舌がもつれた。

「酢はこれかの」

酢の鉢を手にして、幽斎は液の照り具合を一瞥し、鼻に皺を寄せた。

「煎り酒は？」

「これにござりまする」

煎り酒の鉢を竜次郎は前に出した。

「作り手は？」

「こ、これは、ここの台所方の喜ノ介どのの作にござる」

幽斎はうんうんとうなずいた。そしてひょいと立つと、水あえの具材が並んだ台の前に歩いていった。

十一

次の瞬間、白い閃光が竜次郎の胸前に迫った。

竜次郎は何も考えぬまま、包丁を手にしてその白光を両断していた。

清冽な香りがたち、竜次郎の前のまな板に、きれいに二つになった生のウドが落ちた。

脇差でも投げるように、幽斎がウドを凄まじい気合と共に投げたのだった。とっさに竜次郎は片膝立ちになりながら包丁を薙ぎ上げ、ウドを真っ二つにしてのけた。

ぱちぱちと幽斎が拍手した。竜次郎は呆然と包丁を置いた。

「見事見事」

言いながら幽斎は近づいてきた。そうして、半分の丈に切れたウドを手にした。

ウドの皮は繊維質で切れにくい。しかし竜次郎の斜めに切ったウドの断面は筋だつこともなく、鏡のようになめらかだった。香り高い水をあふれさせて、白い硬質の槍の穂のように、きりっと冴え返っていた。

「臼田とやら」

幽斎が厳しい声で話しかけた。

「その方、この切り口が見えるかの。投げたものを切るには及ばぬが、できたらその包丁で、ウドを切って比べてみるか？」

幽斎がウドの切り口を段之丞に見せた。

段之丞は眼を寄せて、斜めの切り口を凝視した。そのうちに段之丞の顔から、血の気が引き始めた。

幽斎は片方のウドを、段之丞のまな板の上に横にして置いた。

「切ってみるがいい。勝てると思うならば。その方も、骨の鯉を泳がす芸の持ち主なれば、ウドを切るくらい何でもなかろう？」

ごくりと唾を吞み、震える手で段之丞が包丁を握った。しかし幽斎の眼光に畏れ入ったように、段之丞の手はかじかんだ。それでも咳払いを一つするや、段之丞はざっくりと刃をウドに入れたが、そのままうつむいてしまった。

切れてはいた。段之丞もさすがにいっぱしの京の料理人ゆえ、ウド如きの柔らかい棒状のものを切るのに、何の造作もあろう筈はなかった。それでも、たかがウドの断面にして、凄絶の感すらある竜次郎の切り口の前で、ある程度の腕があればこそ、段之丞の手は止まってしまった。

「勝負あった」

幽斎がぽつりと言った。

段之丞はうつむいたまま、岩のように固まった。

すると幽斎は、さらりと調子を変えて竜次郎に、

「この煎り酒に酢では、せいぜいがんばってもあのできよりマシにはなりようがないであろうな」

と声をかけた。

そしてまたすたすたと、幽斎は台の方に戻り、ワカメと、別のウドと田作りを持っ

て戻ってきた。田作りとはカタクチイワシの幼魚を干したものである。

驚く竜次郎の前で、幽斎は優雅な手つきでウドの皮を剝き、サクサクと細切りにした。

——ああ、見事じゃ。

玄人《くろうと》の料理人が毎日料理を作る時のようなさりげなさで、一国のお大名が包丁を持っている。いくらご隠居とはいえ、そのウドを切る様子、続いて飄々《ひょうひょう》と田作りのわたをむしる姿は、竜次郎に深い感銘を与えた。

幽斎は見る間にひと鉢の水あえを作り上げた。使ったのは竜次郎の借りた煎り酒と酢である。

幽斎は膳にそれをひょいと載せると、竜次郎に、

「それを持ってついておいで」

と言った。

言われたとおり竜次郎は膳を目八分に持ち上げると、幽斎につき従って進んだ。

「お待たせを致しましたな」

にこやかに言いながら幽斎はさっきの部屋に戻り、蜂屋の殿さまに軽くお辞儀をしてみせた。

「今、もしや城の中でお迷いにでもと存じて、家来に探しにいかせようかと存じてご

ざる」

と殿さまが冗談を言った。

「いや、実はこれを召し上がって戴きたいと思いましたのでな」

幽斎が顧みたので、竜次郎はうやうやしく水あえの載った膳を殿さまの前に出した。

「これは、戯《たわむ》れにそれがしがこしらえてみたる水あえにござる」

「おお、細川どののご自作にござるか。それはそれは」

大喜びで殿さまは箸を取り、鉢を持って中身を食べ始めた。ところがその顔は、少しばかりとまどったような色に変わった。ウドを嚙みながら殿さまは、何と言っていいか分からないという顔をした。

「ミズの鉢と、味は変わりますまい」

幽斎がゆったりと言い、ほっとした顔で殿さまは、

「……いやまあ、どれもうまいに違いござらぬが」

といま一つよく分からないという顔で答えた。

「種を明かしましょうか」

「ぜひぜひ」

「段之丞の水あえは、それなりの味。自身用意の、念の入った煎り酒に吟味した酢であの味にござる。一方竜崎どのの水あえは、おかしかった」

「おかしかった?」

「ミズの湯がき具合、スルメの切りよう、昆布の切りよう、キクラゲの量、そこに刻んだ山椒の葉と、仕事は全て極上のできゆえ、名を訊かずともミズの水あえが竜崎どのの鉢と分かりました。ところが、煎り酒と酢の味が、それに合わない」

「合わない……」

「竜崎どのの腕と、合っておらなんだ。それでそれがしは、定めて台所にて、何か間違いがあったものと存じて、失礼ながら人さまのお城の台所にまで迷い込んでみたのでござる」

「ははあ」

「何か、ちょっとした手違いにござりましょう。どうも竜崎どのの思うような煎り酒、酢が調わなんだげにござる」

　幽斎はにこりとした。

「いや、煎り酒はまずまずのできでしたがな。酢は……出羽どの、それがしのもとに出入りの、よい酢造りがおりますゆえ、こちらにもお届けするよう申しつけておきまするよ。とにかくあれを使って調味したのでは、誰が作ってもそれなりにしかなりはしますまい」

「竜崎、何か、故障が入ったのか」

殿さまが竜次郎に訊いてくれた。が、今さらくどくどと説明する気にもなれず、竜次郎は、

「はあ、まあ」

と言葉を濁した。そして、

「実はお願いがござりまする。いま細川さまがお作りの水あえの、お流れを頂戴してはいけませぬでしょうか」

と真剣なまなざしで頼み込んだ。

十二

「おお、さすがに味の道に執心の者は申すことが違うわの。よいよい、味をみてみよ」

殿さまは食べかけの水あえの鉢をすいと竜次郎に渡してくれた。竜次郎は失礼にならぬよう横を向き、鉢の中身を摘んで手に載せ、口に入れた。

――!

途端に竜次郎は、雷にでも撃たれたように両目をかっ開いた。

――違う。これは違う。

竜次郎は慌てて、かたわらに残っていた自作のミズの水あえを同様に食べてみた。その様子を殿さまと幽斎は面白そうに眺めていた。

——うっ。わしの作った水あえはうまくないっ。これ、これ、同じ煎り酒と酢を使って、こ、この味！

どう考えても幽斎のひと鉢の方がはるかに美味だった。おそらく、煎り酒と酢の配分が竜次郎とは微妙に違うのだ。それにウドとワカメの水分の計算が完璧で、あの煎り酒と酢で、ここまでの味を作ることができるのだ。

殿さまには分からないかもしれないが、竜次郎の舌には違いが歴然としていた。

「弟子入りさせて下されませっ！」

竜次郎はいきなり幽斎の方に向いて、床に額をすりつけた。

「わし、あの煎り酒と酢で、この味、この味は、料理の神様と存じまする！　何とぞ弟子入りさせて下さりませ！」

「その方ほどの腕ならば、もう取り立てて教えるほどのことはない。ただ自身で工夫を積むのみで十分ではないかな」

にこやかに言いながら幽斎は、蜂屋の殿さまの方に向き直り、懐から竜次郎の切ったウドを取り出して見せた。

「この切り口をご覧あれ」

殿さまもいっぱしの武人であるから、その切り口の見事さは分かったようだった。ウドを手に持ったまま、切り口と竜次郎の顔をしばし見比べた。

「二名の勝負は、やはり竜崎竜次郎の勝ちと存ずる。出過ぎたまねをして申し訳ないことながら、それがしの一存にて、段之丞とやらには引導を渡しておきましたが、勝手過ぎましたかな」

幽斎が言った。穏やかな口調ながら威厳があった。

「ああいやいや、幽斎どのの仰せならば、それがし如きの判定よりもよほど確かにござりましょう。それがしに文句はござらぬところ」

殿さまは気にしていない様子で応じ、側の者に向かって、春右衛門と元大夫を呼ぶように命じた。

今日は別室で待機させられていた二人は、呼ばれてそわそわと入ってきた。

平伏した二人に向かって殿さまは、

「本日の水あえの勝負、竜崎竜次郎の勝ちとした」

と告げた。そして声を厳しくしながら、

「どうやら今日の台所では、いろいろと予期せぬできごともあったようである」

とつけ加えた。

「しかしながら、そうした混乱にもかかわらず、竜崎のこしらえた水あえは劣ることのない味わいであった。従ってこの勝負は竜崎の勝ちとし、わが台所のかしらは竜崎竜次郎とする」

　殿さまはそう宣言し、竜次郎に向かって、

「その方をわが台所がしらとして抱える。よいな」

と言った。

　春右衛門が満足そうにうなずいたのは不思議もなかったが、竜次郎の驚いたのは、元大夫がすっとすり寄ってきたことである。元大夫は満面の笑みを浮かべながら、

「いやあ、祝　着《しゅうちゃく》祝着、そこもとの腕ならば定めてこれから、我ら一同城の者、うまいものを味わわせてもらえることになりそうじゃの」

と、竜次郎の手を取らんばかりにして言うのだった。

　流れ者の段之丞はこの瞬間に見離され、捨てられてしまった。

　竜次郎は、元大夫に対しては何とも答えられずにそっぽを向いた。

「竜崎、殿さまにご挨拶せよ」

　春右衛門に言われて、竜次郎は向き直り、作法正しく平伏した。しかしその口から出たのは、

「有り難うござりまする。そのように仰せ下されて、まことに有り難く存じまする。さりながら」

と、余計な一言のついた口上だった。

「ん？　さりながら？」

「わしは、まだまだでござりまする。こんな程度の腕で、蜂屋さまの料理人は畏れ多い。わしはもっと、学ばねばなりませぬ」

「何を申す。細川どのも認めたその方の包丁の切れ味ではないか」

「それは違います」

竜次郎は一生懸命頭を振った。

「そ、そのウドの切れ方は、わしの料理の腕前にはござりませぬ。それは、恥ずかしながら昔の剣の修業のなごりにて、ふるったは包丁ながら、切った心得は剣の道の流れを汲むものに他なりませぬ。いわば、わしの剣の修業の、残り物にござる。わしの包丁は、まだ剣に追いついておりませんのじゃ」

「はっはあ、この者は正直者よな。しかしながらそれが剣の腕と申すなら、それはそれで見事なものぞ」

笑いを含みながら殿さまは膝を叩いた。竜次郎のことが気に入ったようだった。

十三

竜次郎は自分に代わる者として喜ノ介を推薦した。しかし殿さまは、

「いずれは喜ノ介をかしらにつけるにもせよ、あれはまだ若いゆえ、今すぐには難しい。それこそあれには、学ぶべきことがいろいろとあるであろう」

と難色を示し、

「ならばその方しばらくの間でもこの城にとどまり、かの者に教えよ。そうじゃな……半年か、少なくとも、み月。その間に喜ノ介がそれなりの腕にならば、かしらに取り立ててやってもよい」

と言いだした。

そこまで言われては竜次郎もとどまる他はなく、感謝の辞を述べて平たくなった。

「ついでに、若い者どもの剣術も見てやってくれぬか」

と言われたが、それは固く拒んだ。

気比の、春から夏にかけての風光は、竜次郎の心を豊かにし、学びを深める役に立った。

竜次郎はひまがあると藤五の薬園を訪れ、飽くことなく食物の保存について語り合った。

竜次郎が殿さまの前で再々藤五をほめあげたので、藤五は加増され、喜んでいた。

六月、藤五の管理する氷室が開かれ、竜次郎は再び削り氷を作った。


暑い一日、竜次郎は喜ノ介と与六を連れ、台所でこしらえた塩のむすびを持参して気比の松原に遊んだ。

「海は、ええな。わしの生まれ故郷は殿さまと一緒の美濃じゃで、海がないんじゃ。そう言や、喜ノ介さんはどっちの生まれじゃ」

「わたくしはここの生まれにござりまする」

地元の郷士の出だと喜ノ介は言った。

「ああ、なるほど。ほんならここの地のものには詳しいんじゃな。それはええことじゃ。ここはほんまに、うまいもんのいくらでもあるところよの」

「この時季ならばぐじですね、何と申しましても」

と与六が脇から言った。

「ぐじ……。ああ、あの間抜けな、と言っちゃあ可哀想《かわいそう》じゃけんど、のんびりした顔の魚な」

「ぐじは、若狭《わかさ》、敦賀の名物にございます」

　喜ノ介がおっとりと言い添えた。

「うん。浜で背開きにして、ひと塩で、うろこも取らんと焼くんじゃろ。身がやわいで、扱いは難しいわな。都でも大層珍重する魚じゃわの」

「ここいらでは、ぐじの焼き加減で料理人の腕前が分かると言われまする」

「おお。うろこをつけたまんま焼くのも難しい」

　潮風に吹かれながら、三人はむすびをかじった。

「うまいなあ」

　松の根方で幹に寄りかかりながら、竜次郎は沖を眺め、むすびを味わった。

「料理て、奥が深いな」

　竜次郎がしみじみ言ったので、喜ノ介は研ぎ澄ました眼をして竜次郎の顔を見守った。熱心なこの青年は、師匠と仰ぐ竜次郎の言葉を一言も聞き漏らすまいとするのだった。

「ここへな、手の込んだ料理を重詰めにして持ってくるより、ただの塩むすびの方がうまいんじゃ。この熱気と風の中では、手の込んだものはうるさい」

「うるさい、ですか」

　与六が笑った。

「時とところに適《かな》ったもんが一番うまいんじゃ。浜のわびしい小屋でカキを焼いて食うたら最高の贅沢。それは、わびしい小屋がそのまんま御馳走なんじゃな」

「豪華な座敷でこそうまいものもございましょうか」

喜ノ介が首をかしげながら呟いた。

「面白いことを言う。豪華な座敷で山海の珍味を、造り花のついた金銀の器で頂戴するのも、それはそれで結構なことだわな。もっとも、豪奢を競ってばかりいたら味が浮わつくかしれんけどな」

「浮わつきますか」

喜ノ介が真剣な声で訊いた。

「うん。豪華でも粗末でも、どっちでもええけんど、料理人は己の舌だけが頼りなんじゃ。そこにいっぽん、勝負をかけるんじゃけんど、豪華な献立は気持ちが上ずりやすいじゃろ」

「……なるほどなあ」

喜ノ介が、むすびを食べ終えたあとの指を舐めながら考え込んだ。

「なあんてな、偉そうなこと言うとるけんど、わしにもまだ分からんことばっかりなんじゃ。わしも修業に出たいわ、そろそろな。うちのお殿さまはええお人じゃで、城も居心地ええんじゃけど、居心地ええのはもっとずっと歳とってからでええと思うんじゃ」

「ええぇ、まだおって下されませ」

喜ノ介が砂の上にぴょんと座り直して、竜次郎を拝むようにした。

竜次郎は笑った。

「おまはんはもう、十分一人でやれるで。何か難しいことがあったら、与六と藤五どのと相談したらええんじゃ。わしはそろそろ、退転仕ろうと思とるんじゃ。殿さまがお許し下されたら、じゃけんどな」

そう言って、竜次郎ははるか沖に見える白帆を、眼を細くして眺めた。

「わしはやっぱり、天下一の味勝負の旗持ってさすらうのが向いとる。殿さまは許して下さるかどうかしれんけど」

「多分、お許し下さるだろうと思いますよ」

与六が考え深げに言った。

「殿さまは普段、少しおどけていなさるけれど、実は相当、懐の深いお方です」

言ってから与六は、両手で口を押さえた。家来が主君のことを批評するのは、けなすのはもとより、ほめるのでもあまり望ましいことではない。

竜次郎は軽く笑った。砂をはたいて立ち上がり、

「漁師のとこにぐじがあるかどうか見に行こ。あったら今日は、ぐじの汁じゃ」

ともう大股に歩きだした。

後ろから子犬のように喜ノ介と与六がついてきた。

――わし、こいつらと別れるのはちっと寂しいかな。

二人とも真面目で忠義な、そのくせ涼しい顔をした若者だった。きっと、離れて去ったあとで懐かしく思うだろうと思いながら、竜次郎は松原をずんずんと歩いていった。

この作品は徳間文庫のために書下されました。

徳間文庫

二刀《にとう》の竜《りゅう》

2022年5月15日 初刷

著者 志《し》木《ぎ》沢《さわ》郁《かおる》

発行者 小宮英行

発行所 株式会社徳間書店

東京都品川区上大崎三―一―一 〒141―8202
目黒セントラルスクエア

電話 編集〇三(五四〇三)四三四九
販売〇四九(二九三)五五二一

振替 〇〇一四〇―〇―四四三九二

印刷
製本 大日本印刷株式会社

ISBN978-4-19-894741-5 (乱丁、落丁本はお取りかえいたします)

徳間文庫の好評既刊

幡　大介

騎虎の将　太田道灌［上］

関東公方《くぼう》家はもはや滅亡し、坂東《ばんどう》の差配は関東管領《かんれい》たる上杉《うえすぎ》一門が担っていた。その一翼、扇谷《おうぎがやつ》上杉家の家宰《かさい》が太田家だ。太田家の跡取り・資長《すけなが》（後の道灌《どうかん》）は、関東の支配権を巡り勢力を二分する大戦乱のさなかで、合戦の戦略にも在地経営にも突出した才覚を現していく。道灌は、いかに戦い、いかに生き延びたか。坂東を席巻した出来星《できぼし》武将の波瀾の生涯を描き尽くす戦国歴史大河小説！

徳間文庫の好評既刊

佐藤恵秋

雑賀の女鉄砲撃ち

鋼《こう》輪《りん》の銃

書下し

紀州雑賀《さいか》、太田左近《おおたさこん》の娘・蛍《ほたる》は、射撃術の研鑽《けんさん》に生涯をかける女。秀吉に太田城を水攻めで落とされ、父母姉妹と一族を失った。秀吉への復讐を誓い、新開発の鋼輪銃《こうりんじゅう》を手に戦場を駆ける。徹底的に豊家《ほうけ》に敵対する蛍は、義なき朝鮮出兵に抗《あらが》うため半島に渡り義勇兵として日本軍と戦うことに……。そして関ヶ原での因縁の対決の行方は!?　戦国を鮮烈に駆け抜けた女鉄砲撃ち再び。